El secreto de Daniel

Gael Solano

Algunas veces, los dragones a los que nos enfrentamos no son reales. Pero incluso sabiéndolo, hay algunas personas que no dudan en acompañarnos en la aventura y darnos fuerzas con su sonrisa. Por ello este libro está dedicado a Yolanda Zajara Hernández (Minskita), la más pícara de todo el wow.

1

El murmullo continuo en los pasillos de la universidad, disminuía a medida que los alumnos se iban desperdigando hacia el mundo exterior. A pesar de todo, Eva Lightstorm caminaba sin prisa charlando con su amiga.

Al pasar a su lado, más de uno se giraba a mirarlas con disimulo. La cazadora fina de cuero marrón sobre la blusa blanca que llevaba, los jeans desgastados y las botas marrones con punta y tacón, la daban un aspecto fantástico. Aunque no podía afirmar si se volteaban por ella misma o porque su acompañante estaba igual de impresionante.

Cuando en el jardín de infancia, en pleno recreo, Robert Hellín les propuso matrimonio a ambas, nació entre ellas cierta rivalidad. Pero al descubrir al pequeño granuja agarrado de la mano de Johana esperando su turno para lanzarse por el tobogán, lejos de enfadarse, decidieron rechazarle juntas. Ninguna se hubiese atrevido a asegurar que la amistad que nació en sus primeros años de educación, iba a durar tanto tiempo. Ahora, Robert Hellín había quedado relegado al olvido del pasado, mientras que ellas aún se tenían la una a la otra.

A medida que caminaban a ritmo lento por esos pasillos, no dudaban de que el destino las había unido para ser amigas hasta que la muerte las separase. Juntas, habían superado el jardín de infancia, primaria, secundaria, el primer amor, el primer desamor e incluso los celos típicos que habían visto entre sus amigas. Lo que no estaban tan seguras de superar, eran más fines de semana en casa estudiando para otro estúpido trabajo de clase.

—Tiene que haber alguna forma de subir nota —comentaba Eva con la desesperación plasmada en su cara—. Es que tú no lo entiendes, imprimí casi setenta páginas con lo mejor que se ha escrito nunca sobre Sócrates. Aún no puedo creer que el cabrón me lo haya puntuado tan bajo.

—Te avisé que no era buena idea sacar todo de internet. —El tono irónico en la voz de Clara era más que evidente—. Deberías haber aprovechado para intentar meter alguna idea tuya. Alfred es muy exquisito con su materia y siempre anda diciendo que nos olvidemos de Wikipedia.

—¿Y ahora qué debería hacer?

Antes de responder, Clara hizo una mueca socarrona mientras restaba importancia al asunto con un gesto de la mano.

—Yo probaría a pedirle otro trabajo con un buen escote.

La sonrisa de Eva adornó su cara mientras devolvía el saludo a una chica que pasó a su lado de la que ni se acordaba.

—Claro, pero es que yo no soy una buscona facilona como tú. —El sonido de la risa sin malicia de su amiga llenó el pasillo—. A lo mejor sí que debería hablar con él. Podría contarle alguna tontería para ablandarle un poco y... —La frase quedó cortada cuando su cara se estrelló contra unos duros pectorales que le dieron la impresión de ser de piedra.

El golpe la desequilibró y los libros que tenía en los brazos, salieron volando a la vez que caía al suelo de una manera aparatosa y humillante.

—Mira por donde andas. —El gruñido, chulo y prepotente, provenía de un chico allí plantado que debía rondar los veinticinco, quizás veintiséis años.

A pesar del encontronazo, el muchacho ni se había inmutado. El pelo castaño le caía sobre la frente de manera casual y estaba allí quieto, dirigiéndola una dura mirada con esos ojos grises llenos de desdén como si se hubiese interpuesto en su camino a propósito. Aunque lo cierto era que ella estaba mirando por donde iba. Había sido él el que apareció tras la esquina de improviso como un tanque en mitad de la calle.

Eva dejó escapar un lastimoso gemido frotándose con la mano la parte dolorida, mientras esperaba a que le ofreciese su ayuda para levantarse.

— Será gilipollas —murmuró impresionada cuando vio que en lugar de hacerlo, siguió caminando indiferente—. ¡Imbécil! —chilló.

El susodicho ni siquiera se molestó en girarse. Tan solo se alejó como si la cosa no fuese con él.

Aquello era increíble y aunque a Eva se le estaba llenando la boca de insultos por momentos, se percató de que tirada allí en medio estaba haciendo el ridículo más que otra cosa.

—De cretinos el mundo está lleno —comentó Clara mientras la ayudaba a levantarse.

—Que le den ¿Sabes quién es?

—Ni idea —respondió con un encogimiento de hombros—. Le he visto un par de veces por clase, pero nunca me he interesado por él.

—Pues ni sé su nombre y ya está en mi lista negra —añadió con indignación—. Que se joda.

Al agarrar a su amiga del brazo, tuvo que reprimir

el impulso de pasarse la mano por el culo al ver que varias personas la seguían mirando. A veces, era toda una jodienda atraer así a la gente.

—No te preocupes, seguro que cuando veas los dos nuevos modelitos que descubrí en Valentino te olvidas del tiparraco ese —la informó con una sonrisa maliciosa.

La idea era tentadora, aunque le seguía doliendo la caída y no tenía ganas de ponerse toda la tarde a caminar en busca de ropa. A pesar de todo, Eva la dejó hablando sobre los nuevos conjuntos que iban a comprar durante casi veinte minutos.

—Casi mejor me voy ya a casa de mis tíos y descanso un poco —añadió en cuanto vio la oportunidad de cortarla—. Me he puesto de mal humor y no quiero pagarlo con ninguna dependienta.

A medida que hablaba, sintió la decepción en la cara de su amiga a la que parecía que estuviese clavando un cuchillo.

—¿Estás segura? —preguntó como si no pudiese creérselo—. Mira lo bien que suena: descuento del quince por ciento —alargó la frase como si fuese una vendedora que se llevase una comisión por buen patrocinio.

—No —respondió negando con la cabeza—, se me han pasado las ganas. De todas formas, aún podemos ir mañana ¿no? —elevó un poco la voz intentando fingir un toque de alegría que no sentía para ver si así la animaba antes de proseguir—. Y mañana en lugar de dos, nos cogemos seis conjuntos. El quince por ciento no se da todos los días.

Por un momento, mientras su amiga se lo replanteaba, rezó para que lo aceptase. Odiaba cuando tenía que desilusionarla y no podía hacer nada para evitarlo.

—De acuerdo —concedió Clara mucho más animada—; pero como no sea cierto te pudrirás en el infierno de los mercadillos.

—Eso ni en broma —respondió Eva riéndose—. De hecho, si quieres te llamo en cuanto esté lista y salimos esta noche.

La cara de Clara no podía reflejar más felicidad.

—De acuerdo, aunque seguro que con un conjunto nuevo habría ligado el doble —añadió con picardía mientras levantaba la mano despidiéndose antes de alejarse.

El Ford *Ampera* rojo, seguía aparcado en la sombra del árbol donde Eva había tenido la suerte de dejarlo. De todos los lugares del aparcamiento, aquel era el mejor. Lo bastante cerca de las puertas para poder echarse una siestecita cuando llegaba temprano y lo bastante lejos como para que nadie se sentase sobre su capó. Encima, no se sobrecalentaba cuando el sol daba de lleno y estaba protegido cuando lloviznaba. Un día de estos, cogería un espray de pintura y pondría en mayúsculas su nombre en el suelo. Así, el resto de la universidad sabría a quién pertenecía aquel sitio.

El ronroneo del motor la saludó mientras examinaba el reloj de reojo. No la esperaban en casa tan temprano pero sería bueno conseguir puntos extra. Así, cuando esta noche les dijese que no iba a dormir, serían más benevolentes.

Al encender la radio, Gloria Gaynor se dejaba la voz con su canción *It's raining men* y ella no iba a ser menos. Bajó las ventanillas cantando a pleno pulmón mientras circulaba dejando que el viento la acariciase.

Cuando paró en un semáforo, un hombre de unos sesenta años se la quedó mirando desde un deportivo situado a su lado. En lugar de sentirse avergonzada, se dedicó a embelesarle con un movimiento sensual de hombros mientras se la dedicaba. En cuanto el semáforo le dio paso, al grito de aleluya, apretó el acelerador dejando que la inercia la mantuviese sujeta al asiento circulando a mucho más de lo permitido.

La hora que la separaba de casa, se transformó en treinta minutos de música cantando a pleno pulmón. Al llegar, ni siquiera se molestó en dejar el coche bien aparcado. Había sitio más que de sobra para que su tío pudiese salir y no contaba con que fuese nadie más. Por eso se sorprendió cuando vio el A3 plateado aparcado al lado del árbol en la polvorienta carretera. El Audi no era de las marcas preferidas de su tío así que o tenían una visita inesperada, o no sabía que pintaba allí ahora mismo.

—No me fastidies que va a tener volver a ir de incógnito a algún sitio —refunfuñó dando un portazo al cerrar.

La fastidiaba que cada vez que su tío tenía que investigar algunas de sus fábricas, tendiese a desaparecer una buena temporada. No por su ausencia en sí, sino porque su tía siempre exigía más explicaciones a la hora de salir que él.

A medida que se acercaba, la casa de dos pisos y casi mil quinientos metros donde vivía hasta que sus padres volviesen, se mostró majestuosa ante ella sin ocultar la opulencia que guardaba en su interior. Sus paredes cuidadas y pintadas con un blanco perfecto, mantenían una cuidada vegetación de enredaderas que ascendían hasta el tejado cubriendo sus huecos con delicadas flores que crecían en equilibrio perfecto.

Las matas y los jardines que rodeaban la mansión, eran obra del mismo perfeccionista que se había encargado de todo aquello. Todas las personas que habían tenido la suerte de ser invitadas allí, siempre referían maravillas ante la majestuosidad del paisaje que se abría ante sus ojos. Pero ella, que estaba habituada, ni siquiera perdió un segundo en admirar las imponentes vistas.

Al llamar a la puerta Sarita, la atractiva mulata encargada de abrir, no acudió como era su costumbre y tomó nota mental de amonestarla en cuanto la viese. Era una suerte que precisamente hoy hubiese decidido llevar las llaves. Normalmente, la molestaba el ruido que hacían en el bolso cuando se movía y tendía a dejarlas en cualquier sitio a la menor oportunidad.

La puerta se abrió sin hacer ruido y penetró en un recibidor que tenía el estilo entre un buen gusto y una demostración ostentosa de riqueza. Allí donde se mirase, se podía oler el dinero. Según su tío, aquella era la mejor forma de conseguir que la gente se sintiese intimidada en cuando les recibía en casa. Por el contrario, a ella le parecía excesiva toda aquella magnificencia de objetos caros por doquier.

De pequeña, la posibilidad de romper algo valioso y las amenazas del castigo si ello ocurría habían sido tan frecuentes, que odiaba cada rincón de esa casa casi tanto como odiaba la de sus padres. Cuando ella tuviese la oportunidad de conseguir su propio piso sería un sitio para vivir, no para mostrar.

Unos ruidos en el salón la indicaron que

posiblemente tener visitas era la opción ganadora en lo referente al asunto del coche. Cuando sus tíos comían nunca había ruido, todo era un silencio perfecto a excepción de vagas conversaciones sobre trabajo. Casi mejor. Con gente delante no creía que pusiesen muchas objeciones cuando les dijese que saldría de fiesta esa noche.

En el marco de la puerta del comedor, el rítmico sonido que había oído desde el recibidor, ni siquiera le dio una pista de lo que iba a encontrar y que cambiaría su mundo para siempre.

Sobre la mesa de roble macizo de diez metros, un hombre desnudo poseía a su tía donde normalmente se sentaban a comer. Ninguno de los dos se había percatado de su presencia y por el ímpetu con que gozaban, ninguno se hubiese enterado si a ella no se le hubiese ocurrido saludar.

—Ya he llegado —informó con voz temblorosa, incapaz de moverse.

Aquello les detuvo en el acto.

—Hola cariño —la saludó su tía Carmen con aquel hombre aún entre sus piernas—; no te esperaba tan pronto.

Como si la cosa no tuviese más importancia, el chico se alejó de la mujer y se giró a coger sus calzoncillos. Eva miró aquel cuerpo varonil perfecto, dudando entre respetar la intimidad de su tía o exigirla la explicación que aquello merecía. Finalmente, su mal humor ganó la batalla decantándose por lo segundo.

—¿Qué coño pasa aquí? —preguntó en un tono demasiado agresivo—. ¿Acaso te has olvidado de tu marido o qué?

—Por favor Eva, si me das un momento...

A lo mejor incluso hubiese aceptado si en aquel instante, el desconocido no se hubiese girado para coger el pantalón que estaba descansando sobre una de las sillas. Todo lo que sentía explotó cuando pudo reconocer las facciones del gilipollas con el que se había tropezado esa tarde.

—¡¿Qué coño haces tú en mi casa?!

—Tranquila cariño —intentó calmarla Carmen que se sorprendió ante semejante arranque de ira—. Él es un amigo que vino a...

—Ya he visto a lo que ha venido —la interrumpió Eva—; y ya se está largando de mi puta casa.

La mirada del chico estaba clavada en ella. Ardiente, desafiante, sin una pizca de remordimiento a medida que se abrochaba la camiseta negra ocultando aquel musculoso torso.

—En cuanto me acabe de vestir —comentó divertido con la misma voz prepotente y chula que en el pasillo la exigió tener cuidado.

Se exhibía ante ella con descaro, como si le diese igual que segundos antes le hubiese pillado desnudo en plena follada.

—Date prisa —le ordenó, ahogando sus ansias de lanzarle el costoso jarrón que tenía a su izquierda y matar de golpe su chulería.

El chico no aceleró, tan solo dejó de mirarla cuando acabó de calzarse para dirigirse a Carmen que esperaba embelesada.

—Como siempre, ha sido un placer. Espero que la próxima vez no nos interrumpan hasta oírte gritar mi nombre como una loca.

Se inclinó para besarla y hasta el último segundo, Eva creyó que su tía no sería capaz. Había mil razones para no hacerlo, ella estaba mirando, la había descubierto poniéndole los cuernos a su tío, estaba mal... Aun así, pudo ver cómo la mujer respondía a sus labios con ardor.

—¡Lárgate! —bramó Eva, lanzando el jarrón en una explosión de mal humor.

Si el chico se asustó cuando le pasó al lado estampándose contra la pared, no dio muestras de ello. Al separarse de su tía, la mujer seguía observándole como si la hubiese hechizado.

Eva no podía creérselo, el matrimonio de sus tíos siempre la había parecido fuerte y acogedor. Seguro que ahora por culpa de ese mal nacido...

—Ya estaremos —comentó el chico, rozando con el dedo la mejilla de Carmen como si su sobrina no les estuviese mirando.

Si se hubiese vestido y se hubiese ido, si hubiese mantenido la boca cerrada, si tan solo hubiese tenido la decencia de darse cuenta de que sobraba, hubiese obrado de otra forma. Pero no lo hizo. Cuando aquel imbécil pasó a su lado, Eva le dio un tortazo en la cara con todas sus fuerzas. El odio que destilaba su mirada era en igual medida de furia y de asco.

—¡No vuelvas nunca! —demandó con una rabia que la estaba consumiendo. La mirada divertida que el chico le dirigió la hizo enfadarse aún más—. ¡Vete! ¿Me oyes? ¡Vete y no vuelvas!

Esperaba que la insultase, que incluso la pegase. Pero no lo hizo. Tan solo pasó a su lado como si no hubiese ocurrido nada, como si aquella situación fuese lo más normal del mundo mientras se alejaba con unos andares llenos de prepotencia.

Aunque le costó el esfuerzo de mil vidas, Eva no

se movió hasta que estuvo segura de que había oído la puerta cerrarse. Tenía la ilusión de que por lo menos en su tía podría encontrar una pizca de arrepentimiento, de conciencia gritando por algo de sentido común.

En lugar de eso, observó cómo la mujer miraba embobada la puerta por la que había salido su amante.

—¡Casi tiene mi edad! —la gritó, como si aquello ya fuese lo bastante malo por sí solo—. ¿En qué estabas pensando?

Aquella fue la primera ocasión en que Carmen clavó sus ojos en ella. La mujer la miró sin ninguna expresión en la cara, ladeando la cabeza para hablar.

—Tendrás que explicar a tu tío cómo es que rompiste un jarrón tan caro. —La ausencia de cualquier emoción al hablar, puso los pelos de gallina a la muchacha que no estaba acostumbrada a su frialdad—. ¿Te importa darte la vuelta para que pueda vestirme?

Ni siquiera hizo amago de taparse o sentir vergüenza por su desnudez. La mujer, a pesar de sus cincuenta años, mostraba con orgullo una figura que muchas veinteañeras envidiarían. Las largas horas que dedicaba al gimnasio, la habían premiado con unas curvas suaves y proporcionadas en los lugares indicados. La suave melena castaña caía sensualmente sobre su hombro derecho, dándola un toque erótico que nunca había visto en ella. Aquella voluptuosidad, estaba eclipsando el recuerdo que tenía de la tía de su infancia.

Con una mueca en la cara, Eva salió del comedor dando un sonoro portazo. Los minutos que esperó a que se vistiese, se le hicieron eternos mientras sopesaba lo que había visto y sentía. Así que tan pronto se abrió la puerta, asaltó a su tía furiosa con un grito.

—¿En serio no te das cuenta de lo que has hecho?

—Si claro, he echado un buen polvo. Bueno casi... —añadió dirigiéndole una fría mirada mientras se acicalaba el pelo frente a un espejo—. Lo hubiese acabado si no me hubieses interrumpido.

—¿Y qué pasa con Marcos si se entera?

La mención de su marido hizo girar a la mujer con la sonrisa afilada de una navaja, enfrentándose a su sobrina que no pareció amedrentarse ante la amenaza de sus ojos.

—¿Tú se lo vas a decir?

El tono pausado con que lo preguntó la avisó del peligro.

—Por supuesto que no —respondió Eva con rapidez—. Es solo que...

—¿Qué? ¿Qué no está bien que le dé una alegría a mi cuerpo?

—Es solo que no está bien —intentó escudarse la muchacha.

—Pero sí que está bien que él folle con su secretaria en algún hotelucho esos largos fines de semana en los que dice estar reunido. ¿Es eso acaso?

—No, yo no creo que el tío haga eso.

La cara de Eva era una mezcla de confusión, sorpresa y debilidad. No se esperaba nada de lo que estaba pasando.

—Por Dios cariño, despierta ya —alegó su tía sacándola de la inopia con ese toque frío e hiriente en la voz—. Las señales están ahí. Puede que no te guste lo que ves, pero eso no significa que tengas que ser ciega. ¿No te has preguntado por qué casi todo el servicio que tenemos son mujeres hermosas? Solo mira a tu alrededor.

Aquello era demasiada información para digerir. El cerebro de Eva reaccionó mandando mensajes por su cuerpo que la hicieron tener ganas de vomitar.

Una parte de si misma quería gritar, decir en voz alta que todo aquello no era cierto. Quería defender a su tío argumentando que eso solo eran excusas desesperadas ahora que la había descubierto en plena infidelidad. Pero no fue capaz. Su tía hablaba con sinceridad y desdén a partes iguales. Como si en el fondo, no le importasen las consecuencias de sus actos.

Eva tenía demasiadas emociones encontradas para poder mantener una conversación de esa importancia en ese momento. La miró, como si con un vistazo pudiese ver a través de la persona que hoy había visto en el salón y reconocer a la mujer que durante toda su infancia, la había incitado a ser ella misma. Aquella mujer que siempre respetó su independencia y su fortaleza, alabándola por seguir sus principios por muy equivocados que estuviesen a veces. La miró esperando ver un rastro de ella en esa máscara de autodesprecio que la retaba a tacharla, que la desafiaba a abrir una caja que no se volvería a cerrar.

Sin decir nada más, se dio la vuelta dirigiéndose a su habitación.

Nunca la casa le había parecido tan grande como en ese momento. El pasillo, lleno de los cuadros que tanto esfuerzo había supuesto adquirirlos, no era más que un camino sin fin hasta la soledad que tanto ansiaba. Cuando finalmente llegó a su cuarto, cerró la puerta y se dejó caer en el suelo rendida. Aún no sabía si quería llorar, gritar o tan solo no hacer nada. A lo mejor era un cúmulo de las tres cosas a la vez.

La habitación de un color gris claro, tenía todas las necesidades que pudiese llegar a desear. Sin embargo, le faltaba algo que ahora ansiaba. Una cosa que se rompiese en mil pedazos cuando lo lanzase contra la pared.

¿Debía decirle algo a su tío? Era el hermano de su padre y siempre había sido muy bueno, pero tampoco es que su tía se hubiese portado mal. Además ¿quién era ella para meterse en medio de un matrimonio?

Mientras daba vueltas a todas las posibilidades que se le iban ocurriendo, el tiempo pasó mucho más rápido de lo que le hubiese gustado. En el reloj que había sobre la mesita, ya se marcaban las ocho de la tarde y tenía que armarse de valor para bajar a cenar si quería salir a la noche. Después de todo, por mucho que creyese que habían cambiado las cosas, seguían siendo su familia. Además, necesitaba darse una vuelta lejos de casa para centrar un poco sus ideas.

Sin muchas ganas, del armario empotrado de casi seis metros que tenía en la habitación, escogió un conjunto que constaba de una blusa azul con mucho escote y unos pantalones vaqueros que le daban un aspecto sport. El espejo le devolvió la imagen de una chica luciendo un look informal que la encantó, pero si Clara la veía saliendo de fiesta con esa pinta la iba a matar. Finalmente optó por un vestido negro, corto y ajustado, que realzaba toda la belleza de su cuerpo.

Era una suerte que por su constitución, todo le quedase bien. Tras una última ojeada para ver cómo le sentaba, colocó el vestido sobre la cama para cambiarse rápido en cuanto terminase de cenar y se puso la ropa con la que había ido a clase.

—... no será cierto lo que me estás diciendo. —Oyó comentar a su tío en voz alta mientras entraba al salón—. Si es así, quiero una explicación ya.

El hombre se quedó callado cuando percibió la presencia de su sobrina que estaba paralizada en la puerta mirándoles.

—Hola cariño ¿qué tal el día? —la preguntó como si de pronto no pasase nada grave.

Eva dirigió una tímida mirada de reojo a su tía antes de encontrar el valor para entrar en el comedor y responder.

—Bien. ¿Y tú? Veo que hoy vienes con las pilas puestas.

Como si la pregunta hubiese reavivado el recuerdo de que estaba enfadado, su mirada cambió a la de duro ejecutivo mientras elevaba la voz un poco más de lo normal.

—Tengo una pregunta para ti, ¿te importaría responder?

¿Qué si la importaba? ¿Qué iba a preguntarla? ¿Si su mujer había estado follando en el mismo sitio donde estaba ahora sentado?

Seguro que si ahora se miraba en un espejo, tendría la palidez extrema de un fantasma.

—Claro, dime —concedió intentando aparentar normalidad.

Se posicionó en el lado derecho de la mesa justo enfrente de su tía. Más que sentarse, se dejó caer en la silla cuando notó que las piernas le fallaban de lo temblorosas que las sentía.

Por la puerta, Anise apareció con la cena en las manos y su sonrisa habitual en la cara. Desplazándose por el comedor en silencio, con su habilidad innata para pasar desapercibida mientras llenaba los platos.

—Imagínate por un momento que se supone que no tienes que estar en un sitio —le empezó a explicar su tío—. Pero por algún motivo casual, apareces y presencias algo que no tenías que ver. ¿Qué harías?

Cuando apartó la vista de la cena para mirarla, se encontró a su sobrina con la cara descompuesta

—¿Estás bien? —preguntó preocupado—. De repente te has puesto muy pálida.

—Si claro —se disculpó Eva mientras agachaba la cabeza intentando esquivar su mirada—, es que tengo mucha hambre.

—Pues come, no te preocupes —la indicó su tío señalando el plato con el cuchillo de su mano derecha—. Te explico, resulta que Jaqueline...

—¿Ahora es Jaqueline? —le interrumpió su mujer mientras dirigía una significativa mirada a Eva—. Hasta ahora siempre había sido solo la secretaria.

Antes de responder, Marcos tuvo que armarse de paciencia mientras resoplaba.

—Las secretarias también son personas cariño, incluso tienen nombres y todo —se defendió sin llegar a levantar la voz—. Como te decía, mi secretaria —hizo hincapié en la palabra mientras miraba a su mujer antes de continuar—, olvidó unos papeles por error y en mitad del viaje tuvimos que dar media vuelta ¿Qué crees que nos encontramos cuando volvimos?

—No sé —añadió Eva con un encogimiento de hombros.

La cara seria que tenía su tía la incomodaba tanto como la conversación que estaban manteniendo.

—A casi todos los empleados en un descanso no

autorizado con sus encargados sentados al lado. ¿Sabes? Como si el puto dinero les lloviese del cielo estando allí parados. Este lunes sin falta voy a despedir a todos los jefes de sección sin excepciones. Es indignante. —Al hablar, cortaba el filete como si él fuese el responsable de sus problemas—. ¿Y qué tal vosotras? Contadme, a ver si me dais envidia.

—Muy bien —añadió Carmen sonriendo —Me pasé casi toda la tarde haciendo deporte. Me he agotado. No recordaba que sudar de esta manera me dejara tan relajada como cuando tenía veinte años. —Se interrumpió al ver cómo Eva empezaba a toser de manera sonora—. ¿Estás bien cielo?

—Sí, sí. Perdona. Es que se me fue el agua por el otro lado. —¿Habían sido imaginaciones suyas o su tía acababa de confesarle a su marido que se pasó la tarde follando?—. Hoy estoy de lo más torpe.

Mientras hablaba, buscó sin encontrar la fuerza de voluntad suficiente como para levantar su vista del plato. Desde luego, jamás una cena había resultado tan estresante como esa noche.

2

—¡Ostia! No me jodas ¿Es de verdad? —exclamó Clara caminando mientras escuchaba lo que había acontecido esa tarde.

—Te lo juro —respondió Eva haciéndose la señal de la cruz sobre el corazón—. No sabía ni dónde meterme. Menudo marrón me he encontrado en casa.

La risita cómplice que le dedicó su amiga restó hierro al asunto.

—¿Sabes? No tenía ni idea de que tu tía fuese de esas tigresas a la que les van los jovencitos.

Eva sacudió la cabeza. Estaba segura de que su compañera no entendía la gravedad del asunto. Era su tía la mujer de la que estaban hablando, no una cualquiera que les hubiese quitado un ligue de fin de semana.

—Es que tenías que haberlo visto —comentó con enfado—. Les pillé en plena faena y solo les faltó empezar a montárselo de nuevo delante de mí. Como si haberlos descubierto solo les diese más morbo.

Aunque entendía la frustración de su amiga, Clara no pudo reprimir un toque de maldad al dirigirla una mueca divertida.

—Reconoce que deberíamos brindar por una mujer que sabe lo que quiere. —Ignoró a propósito la mirada asesina que le dirigió Eva con un encogimiento de hombros—. Tiene su gracia.

—Ninguna —la respondió disgustada.

El *Holiday*, el pub al que iban cada viernes, lucía la habitual cola de gente que aguardaba con impaciencia para entrar. Ninguna de las dos se paró a dar las gracias cuando el portero, un hombre de más de dos metros con unos músculos que intimidaban, las dejó pasar ante la indignación del resto.

El ambiente oscuro y la música a todo volumen del interior, daba una sensación de plenitud a los clientes que como cada fin de semana atestaban el lugar. Gente de todo tipo y condición pugnaba por mantener su hueco allí dentro, ya fuera apoyado contra las paredes o en el centro del local. La parte inferior del pub era básicamente una pista de baile gigante, donde cualquiera podía probar suerte e intentar lucirse. Sin embargo la segunda planta, era mucho más sibarita a la hora de permitir su acceso. Allí arriba solo iba lo mejor de lo mejor, como si subir unas cuantas escaleras valiese los veinte euros de diferencia que existían entre las consumiciones que se servían también abajo.

Mientras las dos chicas se internaban entre la marea de personas, sentían como se clavaban en ellas varias miradas. No era para menos. Clara, aunque apenas si llevaba maquillaje, había tenido el detalle de realzar sus labios con un tono suave de rojo que contrastaba con la blancura de su piel. Llevaba un vestido del mismo color que realzaba sus pechos a la par que se ajustaba a su cintura marcando una silueta preciosa, mejorada por unos tacones que alargaban sus piernas y las delineaba. Eva no iba menos esplendorosa. Se había decantado por el vestido negro ajustado y unos zapatos del mismo color con no menos tacón que los de su amiga. Se había alargado las pestañas destacando sus ojos verdes y sonreía abiertamente a todo el mundo.

Ninguna de las dos hizo caso a ninguno de los

grupos de chicos que pugnaban por llamar su atención a medida que se adentraban entre el gentío.

—Voy a la barra ¿Quieres tomar algo? —preguntó Clara gritando en su oído para que la escuchase.

Antes de responder, Eva se fijó en un hombre muy atractivo que no le quitaba el ojo de encima. Posiblemente si no tuviese otras cosas en la cabeza, ya tendría plan para toda la noche. Sin embargo hoy no estaba de humor.

—Un montés verde —la pidió antes de que se alejase.

A pesar de estar abarrotado, el lugar le dio una sensación de vacío y soledad que agradeció a la hora de ponerse a bailar en el centro de la pista. El sonido rítmico de la música arrastraba lejos todos los recuerdos de la tarde como si no hubiese sido más que un mal sueño y ya hiciese un rato que estuviese despierta.

—Aquí tienes —le ofreció su amiga sacándola de su pequeño paraíso privado.

Aceptó el coctel y de un trago, dejó que la hierbabuena, el limón, el pepino y el mezcal unión obrasen su pequeño milagro. Lanzó un grito de júbilo cuando notó el ardor que el chile piquín dejaba en sus papilas gustativas mientras la euforia recorría sus venas. Esta noche el mundo iba a ser de ella y solo para ella.

En pleno ataque de júbilo, mientras paseaba la vista por la cantidad ingente de personas allí reunidas, se quedó pasmada observando el segundo piso.

—¡Es imposible! —murmuró anonadada.

—¿Qué?

—Mira —indicó señalando la barandilla en la parte superior del Pub—. Es él.

Clara se quedó examinando el gentío sin saber a qué se refería hasta que su amiga, sujetándola por la mandíbula, la indicó la zona exacta. A pesar de todos los hombres que había arriba, solo uno resaltaba. Era un chico alto, fibroso y con un atractivo salvaje. Casi peligroso. A su lado, una mujer que le doblaba en edad, reía de algún comentario mientras le sujetaba como si temiese que alguien se lo fuese a robar.

—Déjame adivinar —comentó Clara con sorna evidente—. Así al azar, me atrevería a apostar que ese es el chico que estaba con Carmen.

—Sí, justo ese —respondió indignada.

Su amiga se deleitó examinándole un poco más con una mirada lasciva.

—Está bueno —añadió con picardía.

Eva ignoró el comentario. Por la expresión de su cara, parecía como si lo acontecido aquel día fuese algo personal. De hecho, para ella, se estaba volviendo cada vez más personal.

—Por dios, se ha pasado la tarde follando a mi tía y ahora está con esa otra ¿Quién se cree que es?

—A lo mejor es que le gustan las maduritas.

—Que le jodan.

—¿A dónde vas? —gritó Clara, viendo que su amiga se dirigía como un tanque al lugar donde estaba el tío buenorro—. No es buena idea.

Eva ni siquiera la oía. Su mente estaba concentrada en cómo aquel cabrón sonreía con descaro con su nuevo ligue colgado del brazo.

Como ya la conocían, no tuvo ningún problema en que la dejasen pasar a la zona VIP. El muy cretino ni siquiera fue consciente de su presencia hasta que furiosa, le agarró del hombro obligándole a girarse para mirarla a los ojos.

—¿Quién coño te crees que eres? —le increpó con frialdad.

—¿Qué pasa Daniel? —le preguntó la mujer que colgaba de su brazo un tanto confundida.

—¿Daniel? ¿Es así como te llamas? —preguntó Eva con cierto retintín de burla en la voz—. Vamos, cuéntale a tu amiguita que es lo que me pasa.

Aguardó con una sonrisa hiriente la excusa patética que iba a dar, antes de hundirle en la miseria.

—Nada. La pobre no lleva bien que no se la follen como hice esta tarde a su madre.

Eva se le quedó mirando con la boca abierta sin creerse lo que había oído.

—Era mi tía —acertó a decir con más sorpresa que bochorno.

—Disculpa —comentó Daniel sonriéndola—. No lleva bien que no la follen como hice con su tía esta tarde.

Como si entendiese a lo que se refería, la mujer asintió varias veces con la cabeza. Eva posó su vista en uno y otro sin saber qué decir. En su cabeza, acudieron un millón de frases sin sentido hasta que su lengua escupió la única palabra que pudo entender.

—¡Imbécil!

—Envidiosa —añadió Daniel sin levantar la voz pero apañándoselas para darle él ahora el tono de burla.

La corriente eléctrica que recorrió el cuerpo a Eva, le hizo echar la mano hacia atrás dispuesta a dar el tortazo de su vida a ese cretino. Pero antes de lograrlo, Daniel la sujetó el brazo sin esfuerzo.

—¡Suéltame! —le ordenó la chica con toda la ira que se le estaba acumulando.

—Una vez en tu vida es suficiente. Así que si se te ocurre volver a tocarme, obraré en consecuencia.

Aquello era inaudito ¿acababa de amenazarla en serio? Desvió sus ojos hacia la mujer que la miraba divertida ante el bochorno que estaba haciendo. De un fuerte tirón se soltó sin que hiciese el menor esfuerzo por retenerla.

—¡Que te jodan! —añadió desafiante acercando su cara a la del chico.

—Claro pequeña —la respondió Daniel cogiendo de la cintura a su acompañante a la que el gesto llenó de felicidad—. Durante toda la noche. Con suerte, incluso mañana. Espera, ya sé —añadió como si se le acabase de ocurrir una brillante idea—, estás enfadada porque esta vez no te hemos invitado a mirar ¿Me equivoco?

La prepotencia con la que hablaba la sacaba de quicio. Aunque fue peor cuando la mujer que le acompañaba se dirigió a ella.

—Si es por eso, a mí no me molesta...

Fue más de lo que podía soportar. Incluso a pesar de la música a todo volumen sus risas seguían resonando en su cabeza a medida que se alejaba.

—¿Qué tal ha ido? —le preguntó Clara con un cubata en la mano en cuanto la vio acercarse.

Ignorándola, Eva le quitó la bebida y de un trago se la terminó

—¿Así de mal? —se respondió a sí misma mientras su amiga la agarraba de la mano y la arrastraba hacia la pista de baile.

Aquel maldito hipócrita la había humillado. A

pesar de todo, no podía dejar de mirarle mientras bailaba deseando que un terremoto tirase la segunda planta del pub y acabase con su mísera vida. Decididamente, su tía era idiota si le gustaban aquel tipo de hombres.

Daniel debió notar cómo le estaba observando, porque la saludó con un gesto de cabeza levantando la mano con excesiva alegría. Después, besó a su acompañante mientras la acariciaba todo su cuerpo de una manera pasional.

¿Es que nadie iba a decirle nada? No estaba bien tocar a alguien así en público. Mientras miraba, la mujer empezó a reírse de algo que la había susurrado al oído.

Ahora lo veía claro. Se estaban riendo de ella. Esos dos estaban ahí arriba burlándose en su cara sin que pudiese hacer nada por evitarlo. Tenía ganas de ir allí y... ¿Qué se volviesen a reír? No era buena idea, nada de lo que estaba haciendo lo estaba siendo. Clara tenía razón, no debía tomárselo como algo personal. No era su problema.

Intentó concentrarse en el baile intentando ignorarlos. Ellos no eran más dos desconocidos en una lugar lleno de gente.

Lo cierto era que no se movía mal del todo, porque bailar no era precisamente lo que estaba haciendo. Aunque lo intentaba con todas sus fuerzas, era incapaz de evitar que sus ojos echasen una y otra vez tímidas miradas de reojo al segundo piso. Lo peor de todo era que encima Daniel, siempre le estaba mirando sin disimulo con esa estúpida sonrisa victoriosa.

Que se quedase con su puta. Era su tía la que

estaba enfrascada en una relación con él, no ella. No era su problema. Si lo deseaba, podía tener a cualquiera del bar con una sola mirada y ya no digamos si se esforzaba en bailar bien.

Empezó a concentrarse solo en la música dejando que su cuerpo exhalara sensualidad en cada movimiento. ¿Quería mirar? Que lo disfrutase entonces. Iba a demostrarle lo que era una mujer de verdad.

—Vamos a calentar —le pidió a Clara con una sonrisa—. Que se quede deseando lo que no puede tocar.

No le hizo falta repetirlo. Aquella no era la primera vez que lo hacían y ambas sabían compenetrarse. Sus movimientos no estaban sacados de ninguna academia de baile ni mucho menos, sino de largas noches de discotecas en las que la música las inspiraba con vida propia.

Eva se acercó tanto a Clara, que podía sentir el calor de su amiga en su propia piel a medida que subía y bajaba su propio cuerpo en perfecto equilibrio. La experiencia las había dotado de una sensualidad innata que atraía las miradas de todos los que las rodeaban. Eran el centro de atención y lo sabían. Aquí y allá, les dirigían sonrisas sugerentes que ignoraban sin perder el ritmo.

Cuando por fin la canción terminó, Eva miró divertida hacia el segundo piso deseando ver cómo aquel cretino babeaba por sus huesos. Ni siquiera estaba allí. Sorprendida, examinó a la gente apoyada en la barandilla buscándole sin llegar a encontrarle. El muy imbécil se había ido. Había estado impresionante y se había ido sin mirarla siquiera. Maldijo en silencio mientras se acercaba a la barra para pedir otra ronda.

—¿Me dejas invitarte? —El chico de su espalda intentaba hacerse un hueco entre los demás ocupantes de la barra.

Con un rápido vistazo, Eva decidió que no le gustaba. No iba bien afeitado y su barba tenía aspecto descuidado. Sus pantalones estaban rotos en esa horrible moda que encima, al caminar, se iban bajando hasta mostrar unos calzoncillos que hubiese preferido no ver.

—No gracias, ya estoy con una amiga.

—Sí, os hemos visto bailar —añadió cortándola el paso cuando Eva intentó alejarse—. Mis amigos están deseando conocerla. Será una noche divertida, solo tienes que decir que sí.

La miró como si fuese un lobo ante una oveja. Si había algo que Eva odiaba, eran esas miraditas en las que la desnudaban.

—Lee mis labios: No.

—Vamos, puedo volverte loca —insistió.

—Ya lo haces —le respondió con una sonrisa—. Estoy loca porque desaparezcas.

Pasó a su lado sin siquiera volver a mirarle. Un baile estúpido en mitad de la pista y los hombres se volvían tontos. Si el inútil de Daniel había desaparecido de la planta de arriba, era porque no la había visto moverse. Estaba convencida.

—¿Qué quería ese? —le preguntó Clara en cuanto se acercó.

—Un *ménage à trois* —su amiga sonrió divertida al imaginar el resultado—. ¿Has visto por algún lado al payaso?

—No, pero déjalo ya. Ha pasado, pues ha pasado.

Además, es viernes, tenemos que divertirnos ¿Recuerdas? No vamos a estar pendientes toda la noche del amante de tu tía.

—Ya... bueno... —aceptó insegura.

Pero no era tan fácil. A pesar de que quería dejar de pensar en él y seguir bailando, no podía quitárselo de la cabeza. Una y otra vez, se sorprendía buscándole entre la gente sin llegar a verle.

—¡Vamos! ¿Es en serio? —le preguntó Clara molesta.

—¿El qué?

—Dime ¿estamos divirtiéndonos juntas o sigues en tu vendetta personal?

—Juntas —respondió Eva con rapidez.

Clara se la quedó mirando sabiendo que mentía, aunque tras unos segundos decidió darla la oportunidad de la duda. Empezó a bailar de nuevo hasta que a los dos minutos, Eva desvió su mirada buscando a Daniel.

—Vale, ya está bien —se quejó Clara cansada—. Hoy me parece que no es un buen día para que estemos juntas. Mejor me voy a casa.

—No espera... —Eva intentó sujetarla del brazo mientras se alejaba, pero su amiga se desembarazó de ella con un simple movimiento.

—Entiendo que estés muy enfadada —le dijo Clara volviéndose hacia ella—, pero me estás jodiendo a mí la noche por esa tontería. Simplemente haz como que no es tu problema y olvídalo.

Eva apartó la cara avergonzada.

—Es que tú no le has visto allí arriba. Me humilló —le confesó frustrada.

—Para empezar ¿Por qué subiste ahí arriba? Lo

que haya pasado esta tarde es problema de tus tíos no tuyo. —Lanzó un resoplido resignada—. Además, no es algo tan grave. Todo el mundo echa una canita al aire de vez en cuando. Seguro que no es la primera vez que tú te acuestas con un chico con novia ¿A qué no?

—No, pero...

—Es lo mismo, a tu tía le picaba la entrepierna y se rascó. Si no le dieses importancia no se volvería una montaña.

—Sí, pero es que...

—Sin peros, ¿te jode que tu tía sea una mujer? Lo siento, a veces es una putada descubrir que nuestras familias también forman parte de la raza humana. —esperaba que Eva la interrumpiese, pero no lo hizo y resopló cansada—. Hagamos una cosa. Por hoy lo dejamos y mañana a la noche seguimos. Lo que necesitas es relajarte, dormir y que se te pase el mosqueo. ¿Te parece bien?

—Sí, bueno... —respondió, aunque no sonó muy convencida—. Quizás sea lo mejor.

Mientras lo sopesaba, volvió a echar un vistazo alrededor.

—Es lo mejor —añadió frustrada Clara.

Eva tuvo que acelerar cuando su amiga empezó a caminar hacia la salida sin comprobar si la seguía.

El ambiente en la calle era caluroso y se alegró de no haber traído chaqueta. Ambas caminaron en silencio en dirección al garaje sin atreverse a levantar la cabeza.

—Siento haberte fastidiado la salida —se disculpó Eva con sinceridad—. No sé lo que me pasa, es que es pensar en él y sacarme de mis casillas.

—No siempre podemos tener un buen día. Pero

pasa ya del tío ese. ¿Lo harás por mí? —le pidió Clara con una sonrisa indulgente en la cara.

—Si claro —aceptó con la misma sonrisa.

Por su personalidad, lo normal era que pasase de los problemas con naturalidad. Nada calaba lo bastante hondo en ella como para merecer diez minutos de su tiempo. Sin embargo, la actitud prepotente de Daniel la sacaba de quicio. No sabía si era por la falta de educación que demostró cuando se tropezó con ella o el hecho de haberle pillado desnudo fornicando como un cualquiera.

Para cuando llegó al coche de Clara, había decidido que su amiga tenía razón. No tenía por qué pensar más en él. Por mucho que la hubiese jodido el día, no tenía que darle más poder. Solo era el chico que se acostaba con su tía y punto. Después de todo, ¿Quién no tenía en pleno siglo XXI una aventura de vez en cuando?

Declinó con educación el ofrecimiento de su amiga de acercarla hasta el coche antes de alejarse. En estos momentos, lo que más necesitaba era caminar y pensar un rato. Había sido un día raro. Uno de esos que no se tienen más que una vez cada veinte años, así que hasta los cuarenta no tenía que preocuparse de repetir.

El silencio del aparcamiento no la intimidó, ni siquiera cuando el eco de sus tacones repiqueteó contra las paredes resaltando la soledad del lugar. Sin embargo, se quedó paralizada cuando el movimiento furtivo de un A3 plateado aparcado en un lugar sin bombilla, la llamó la atención. Que la sacasen los ojos si aquel no era el mismo coche que había estado en su casa esa misma tarde.

A pesar de la oscuridad, los cristales empañados no disimulaban las formas en su interior moviéndose en un baile primitivo. Sería capaz de subir la apuesta a que en su interior, estaba Daniel jugueteando con su última conquista.

Con el gesto fruncido, Eva se agazapó detrás de un auto intentando ver bien. Tal y como estaban las cosas ahora mismo solo veía dos opciones. Podía irse y olvidarse del tema como la había pedido Clara o acercarse en silencio y dar un fuerte golpe en la chapa. Seguro que el sobresalto le cortaba todo el buen rollo que pudiesen tener en ese momento.

No le hizo falta dar muchas vueltas a la idea para ver el atractivo de la segunda elección. Sin levantar la cabeza, avanzó intentando que sus tacones no la delatasen.

No había dado más de cinco pasos cuando una mano en su boca la impidió chillar.

—Mira, mira, mira a quien tenemos aquí —dijo una voz de hombre levantándola del suelo.

Al girarla, pudo reconocer a la pandilla del chico mal afeitado que había conocido en el pub.

—¿Tu amiga se ha ido dejándote insatisfecha y te da por espiar a las parejitas para excitarte? —La manera en que el chico la susurraba al oído la estaba aterrorizando—. Podemos ayudarte si es lo que deseas.

Los otros chicos reían la gracia ignorando a propósito su pánico. Eva estaba bloqueada y no sabía qué hacer. Por suerte, su instinto sí. En lugar de luchar por soltarse, llevo sus manos hacia el brazo de su agresor y bajó la palma que le tapaba la boca lo justo como para poder tener un punto donde morder con fuerza. El grito que soltó su agresor no se hizo esperar y como preveía, la soltó.

A pesar de todo, antes de que su cuerpo reaccionase y pudiese echar a correr, un tortazo la tiró al suelo.

—¡Serás zorra! —la maldijo el chico mal afeitado de la discoteca—. ¿Os podéis creer que la muy puta me ha mordido?

—¡Déjame en paz! —le gritó Eva sujetándose la mejilla desde el suelo.

—¿Y quién te estaba haciendo nada? —bramó el muchacho que comprobó que a pesar de no sangrar, aquel mordisco dolía.

—Si te acercas chillaré —le amenazó la muchacha desde el suelo en cuanto vio que daba un paso en su dirección—. Lo juro. Gritaré como una histérica.

—Chilla. ¿Qué te crees que te voy a hacer?

No lo sabía. No la importaba. No iba a arriesgarse. Gritó presa del pánico con todas sus fuerzas.

—¿Qué está pasando aquí? —preguntó una voz.

El chico mal afeitado le tapaba la visión, pero Eva pudo reconocer perfectamente esa voz. Esta vez, a pesar del toque de prepotencia que seguía teniendo, le pareció la voz de un ángel. Cuando su agresor se apartó y pudo ver a Daniel, comprobó que ni siquiera llevaba la camisa, dejando ver unos músculos bien formados.

—Ayúdame —pidió desesperada.

—No la estamos haciendo nada —indicó el chico al que había mordido que se seguía acariciando la mano donde empezaba a notarse el mordisco—. Estaba yendo hacia tu coche y la sujetamos en plan broma para que no mirase en su interior.

Daniel examinó uno a uno a los integrantes del grupo como si los estuviese evaluando a fondo.

—Te lo agradezco, pero ya conozco sus aficiones fetichistas. Así que si no te importa, me gustaría que la dejaseis en paz y os fueseis.

El chico mal afeitado lanzó una risotada burlona.

—¿Cómo? ¿Me estás echando? —preguntó molesto por la manera de hablar de Daniel—. ¿Quién te crees que eres? Encima de que me preocupo porque esta buscona no te arruine la noche.

—¿Para eso hace falta pegarla? —El tono de amenaza que usó, hizo que los amigos del muchacho se pusieran detrás de él respaldándole—. Te he dado las gracias y ahora te pido amablemente que te pierdas.

—A lo mejor quiero quedarme —chuleó.

—A lo mejor te echo.

El chico de la discoteca sonrió como si no fuese capaz de creerse la bravuconada. Miró a sus compañeros mientras se acercaba a Daniel pavoneándose y de improviso, lanzó un puñetazo que no encontró el objetivo.

Daniel había sospechado el movimiento, ladeó la cabeza antes de impulsar su brazo contra el hígado de su rival. El grito que lanzó no le impidió que continuase el movimiento y le golpease en la nuca lanzándole al suelo.

—¡Basta! —gritó la mujer que había estado mirando desde el coche—. ¡Ya basta!

Pero nadie la escuchó. Los otros tres chicos se lanzaron a la vez contra Daniel, que les estaba esperando. Esquivó el primer golpe del más delgado que fue quien atacó primero, pero no tuvo tanta suerte con la patada que le lanzó el segundo desde un lateral y le alcanzó en el hueco de la rodilla. Dio un paso hacia el frente intentando recomponer su equilibrio, dejando su flanco libre ante uno de los golpes que quiso meterle el tercero, un chico castaño más bajito que el resto. No se lo quería poner fácil, así que lanzó un puñetazo al aire en un intento de que se separase, más que por alcanzarle de verdad.

Uno de ellos se aventuró por su espalda y logró sujetarle. Aprovechando la confianza con la que se había acercado otro que pensó que estaba inmovilizado, le regaló una fuerte patada en la entrepierna que le tiró al suelo sin aire. Sin perder el tiempo, Daniel echó la cabeza hacia atrás en un intento de romper la nariz al que le estaba sujetando, pero no llegó a acertar. Cuando un golpe le alcanzó de lleno en las costillas no quiso parar de pelear, aunque al quinto, empezó a desear protegerse.

Uno de los chicos le agarró del pelo obligándole a levantar la cabeza para que le mirase. Lo único que pudo hacer Daniel fue pensar que la barba le quedaba fatal a ese chico.

—¡Te vas a enterar capullo! —aquel muchacho gritó con tanta rabia que de sus labios escapaban pegotes de saliva al hablar.

Daniel quiso bromear diciendo que no había necesidad de escupir pero el golpe que sintió en la boca del estómago, le dejó sin aliento.

Le siguieron golpeando hasta que sin fuerzas, Daniel cayó al suelo derrotado. La andanada de patadas que llegó después no se hizo esperar.

—¡Basta ya! —chilló la mujer de la discoteca que hasta ese momento no había tenido el valor para salir del coche. Contra todo pronóstico, se echó encima del inerte muchacho cubriéndole con su propio cuerpo—. ¡Ya le habéis dado suficiente!

Los cuatro chicos la miraron como si estuviesen decidiendo qué hacer cuando el de la barba, que parecía ser el líder, con un gesto les indicó que lo dejasen estar. Se dieron la vuelta entre risas y se alejaron del aparcamiento celebrando la victoria.

—Mi heroína —consiguió articular Daniel con dificultad—. ¿No te prometí una noche inolvidable?

—Dios mío, estás fatal —respondió la mujer sin atreverse a tocarlo.

No era para menos, su aspecto era deplorable. La cara estaba hinchada y llena de cortes. Una de sus muñecas estaba en ' una posición antinatural, posiblemente dislocada o rota. Y se notaba el esfuerzo que estaba haciendo por respirar.

—Hay que llamar a una ambulancia —dijo nerviosa Eva mientras se levantaba—. Tienen que venir a buscarle.

—¡No! —exclamó la mujer—. No pueden verme con él, no puedo estar involucrada en algo así.

—Mírale, está muy mal.

—Llama tú a una ambulancia, pero yo no he estado aquí ¿lo entiendes? —La mujer repitió la pregunta hasta que Eva afirmó con la cabeza. Luego, con mucha ternura, acarició la frente de Daniel—. Lo siento, tengo que irme.

—No pasa nada —articuló el muchacho intentando aparentar indiferencia a pesar del dolor—. Estoy bien. Nada que unas tiritas no curen. Ahora vete. No te preocupes.

La chica le echó un último vistazo antes de levantarse. Cogió el bolso del coche y se alejó con paso rápido.

Aún no había terminado de desaparecer cuando Eva cogió su móvil y marcó todo lo rápido que pudo. Tuvo que esperar cinco tonos eternos antes de que la voz cansada de una enfermera la respondiese. Con su mano libre acarició la cabeza de Daniel intentando calmar parte de su dolor a pesar de que ya no se quejaba.

—Emergencias ¿Que le ocurre?

—Hemos sufrido un ataque, mi amigo está muy mal herido. Le han dado una paliza muy fuerte. —Al hablar, notó como sus manos se llenaron con un temblor que antes no tenía—. Por favor, necesita ayuda.

—Tranquilícese, una ambulancia llegará en breve. ¿Cuál es la dirección?

No lo sabía. Jamás se había tomado la molestia de averiguar cuál era la calle a la que cada fin de semana solía ir de fiesta.

—No lo sé, es el garaje donde aparco cuando vengo al *Holiday*.

—No cuelgue. Enseguida llegaran. Por favor, explíqueme que ha pasado.

Que le explicase lo que había pasado. Ni ella misma lo sabía. Dejó caer el móvil al suelo sin fuerzas mientras sujetaba la cabeza de Daniel que por un momento, le pareció que se había echado a dormir.

3

—¿Qué coño haces tú aquí?

Aquellas fueron las agradables palabras que sacaron a Eva del sopor en el que estaba sumida, dormitando en aquella incómoda silla de hospital. Por un momento titubeó mientras se disipaba su estupor y volvía a la realidad.

—Llamé a una ambulancia y estaba esperando para ver cómo te encontrabas.

Daniel la miró con odio desde la cama del hospital analizando el cuarto en el que estaba. Cuando intentó moverse, se le escapó un leve quejido que intentó disimular. El brazo derecho estaba escayolado hasta el codo, además de varias heridas repartidas por todo el cuerpo.

—Un espejo —pidió.

—Creo que no deberías...

—¡Dame un jodido espejo! —demandó.

Eva rebuscó en su bolso hasta encontrar un pequeño estuche de maquillaje con espejo incluido.

—Sigo pensando que...

—No deberías pensar —la cortó—, de hecho no deberías ni abrir la boca en este momento.

Con ojo crítico se examinó la cara que a pesar de tenerla hinchada y amoratonada, no veía en ella posibles cicatrices permanentes. Daniel lanzó un suspiro de alivio antes de devolverlo.

—Creo que deberías irte —le pidió sin levantar la voz.

Al mirarle, Eva no pudo reprimir el ramalazo de culpabilidad que la invadió. Estaba allí por su culpa. A pesar de todo lo que pensaba de él, a la hora de la verdad, se había quedado a ayudarla. Y en una proporción de cuatro a uno nada menos.

—No, me quedo a hacerte compañía. No te preocupes. —Aunque pensó que sería mejor si pudiese hacerle compañía en una silla un poco más cómoda.

Cuando se quiso dar cuenta, Daniel la estaba mirando con fuego en los ojos.

—No te lo estoy pidiendo. Vete ahora.

—Pero...

—¡Que te vayas!

La vio dudar, pero finalmente el sentido común pareció imponerse. Esperó hasta que Eva estuvo a punto de cruzar la puerta antes de volver a hablar.

—Y dile a tu tía que vaya preparando ese culito que tiene para cuando salga, que me lo pienso disfrutar.

Al girarse, la réplica que estaba a punto de salir de los labios de Eva murió. Aunque no fue por la mirada de furia que le estaba dirigiendo Daniel desde la cama. La verdad era que su aspecto era horrible y se sentía mal al respecto. Así que al cerrar la puerta, intentó no hacer ruido.

El fin de semana pasó más lento que de costumbre. Las ganas de salir a divertirse con Clara no llegaron a aparecer. Por el contrario, se sorprendió varias veces reteniendo el impulso de ir al hospital. Daniel era un chico odioso, pero había sido por su culpa que hubiese acabado allí. ¿Cuántos hombres no hubiesen preferido quedarse en el coche y hacer como que no pasaba nada ahí fuera? Y eso contando solo a los que la conocían y encima les caía bien.

Había que reconocer que el de Daniel había sido un acto valeroso y lleno de altruismo. Si eso era posible, ese hecho conseguía que una parte de ella le odiase aún más. ¿Se puede saber ahora cómo diablos iba a compensarle?

Al llegar el lunes, se levantó esperando con ansia que se hubiese recuperado lo bastante como para ir a clase.

El espejo le devolvió la sonrisa que tenía mientras se maquillaba. Se puso una blusa violeta, con unos retazos de rayas negras que hacían las veces de letras chinas, a juego con una falda negra que le llegaba un par de dedos por encima de la rodilla y unos zapatos con algo de tacón. Se arregló el pelo dejándoselo suelto y se miró al espejo.

—Con esta pinta te tienen que perdonar hasta de un asesinato —murmuró impresionada.

Sonriente y feliz, cogió la carpeta con lo justo y necesario para comenzar su semana. El día era hermoso, la vida corta y el *Ampera* tenía la mejor música que podía pedir mientras la acompañaba gritando a pleno pulmón.

Ni siquiera el no haber conseguido aparcar en su sitio preferido estropeó el día. Ya que antes de entrar por la puerta, había recibido varios silbidos de admiración. Si no conseguía que hoy Daniel la perdonase por su estúpido comportamiento, era que necesitaba unas gafas bien gruesas.

Cuando se sentó en su pupitre, buscó entre la gente a ver si le veía antes de que la clase empezase.

—¿Y ese aspecto? —le preguntó Clara al tomar asiento a su lado—. Pensé que los lunes tocaban vaqueros.

—Me apetecía venir guapa.

—¿Pero tanto? Cariño, estás impresionante.

Una tos seca la interrumpió.

—Si no os importa, id tomando asiento por favor —indicó el señor Findegman.

No tuvo que repetirlo para que la gente empezase a moverse. Todos sabían que tenía poca paciencia para las bromas y que sus notas, podían variar muchas veces por el comportamiento que mostrasen en su clase.

A medida que la monocorde voz del tutor recorría el aula, Eva rebuscaba entre sus compañeros con la esperanza de encontrar a Daniel por algún lado. Cuando comprendió que no estaba allí, empezó a ponerse nerviosa.

—¿Estás bien? —la preguntó Clara notando la incomodidad de su amiga.

—Sí, sí —se excusó—. Pensé que alguien me estaba llamando.

Aquella mentira pareció convencer a su amiga que siguió prestando atención a su profesor mientras Eva se internaba entre sus pensamientos. ¿Y si lo que había pasado era más grave de lo que pensaron los médicos en un primer momento? Se habían dado casos en que un mal golpe, había dejado a una persona en coma después de que todo pareciese estar bien.

Si eso era así, puede que Daniel hubiese dado la vida por ella sin querer. Incluso existía la posibilidad de que ahora mismo estuviese agonizando en el hospital y ni se hubiese enterado. ¿Por qué no dio su número para que la llamasen en caso de una emergencia?

Empezó a moverse incómoda en su pupitre atrayendo la mirada de varios de sus compañeros a los que dirigió una sonrisa cordial.

No, seguro que estaba exagerando. Había muchos motivos para no ir a clase. Puede que necesitase más reposo, que le apeteciese hacer novillos, que simplemente no le apeteciese verla o... que estuviese agonizando en una cama de hospital a punto de caer en coma.

Joder.

Pero ¿y si iba? Ya la había echado una vez. De hecho, estaba convencida de que Daniel no quería volver a verla. Era un gilipollas.

Aunque...

Sí, puede que fuese un gilipollas. Un cretino, un imbécil, un... ¿tío que la había salvado la vida? ¿Por qué narices salió del coche? Ahora le debía un favor y odiaba deberle un favor. Por mucho que quisiese, no conseguía quitárselo de la cabeza.

—En serio, ¿estás bien? —repitió Clara preocupada—. Te noto rara.

—Señoritas ¿no creen que estarían más a gusto hablando fuera de mis clases? —las interrumpió el profesor—. Ya saben que me gusta el silencio y que la puerta está abierta para quien se quiera ir. Odiaría tener que echarlas.

—No —se apresuró a responder Clara—, es que no le entendí bien y le pregunté a mi compañera si...

—Si no oye bien, lo mejor sería que se acercase más a mí y dejase a su amiga atender tranquila. ¿Le parece bien tomar asiento en la primera fila? Le garantizo que me escuchará a la perfección.

Eva miró de soslayo a su amiga a medida que

recogía. La clase continuó como si tal cosa y en cuanto el señor Findegman recogió las cosas para irse, Eva ya estaba preparada. Ni siquiera esperó para contarle a Clara sus quebraderos de cabeza. Ahora mismo puede que Daniel estuviese agonizando y no quería perder tiempo en tonterías.

Para colmo, no haber conseguido aparcar en su sitio significó que el sol había calentado el interior del auto hasta volverlo un horno. Seguro que todo eso eran presagios funestos de que algo iba mal.

—Estará bien—se repetía una y otra vez—. Lo que pasa es que tantas películas nos hacen ver fantasmas por todos los lados.

Como si alguien desde el cielo la estuviese puteando, apareció en su emisora de música buena y alegre, como por arte de magia, los *Rolling Stone* con su canción *Sister Morphine* y su ritmo deprimente.

Eva miró horrorizada la radio antes de apagarla y pisar un poco más a fondo su acelerador. A medida que se acercaba al hospital, no sabía decir si era la culpa o el miedo quien ganaba el control de su cuerpo.

Aparcó en un sitio de minusválidos sin preocuparse ni un momento por la multa que llegaría si un policía se pasaba por ahí. Recorrió a paso rápido toda la planta del tercer piso hasta la habitación de Daniel donde sus peores temores empezaron a coger forma.

—Disculpe —preguntó agarrando del brazo con fuerza a la primera enfermera con la que se cruzó—. ¿Y el chico que estaba en esta habitación?

La mujer, de unos cincuenta años que le dedicó una significativa mirada al brazo, tenía una voz fuerte y segura al hablar.

—¿Y tú eres?

Buena pregunta. ¿Qué quién era ella? La que había conseguido mandarle allí.

—Una amiga.

La enfermera la miró como si valorase lo que estaba diciendo. Finalmente, como si decidiese que no tenía tiempo que perder, respondió señalando al fondo.

—La habitación esa está vacía.

El pánico se adueñó de Eva como nunca en su vida.

—¿Le ha pasado algo? Él está... —fue incapaz de acabar la frase poniéndose en lo peor.

La mujer la miró extrañada.

—Supongo que vienes a buscar al chico que la ocupaba antes. Un tal Daniel.

—Sí, el mismo —concedió la chica sintiendo en su corazón una punzada de algo que no supo reconocer.

—No está muerto.

—¿Cómo?

Aquello no tenía sentido. ¿Cómo que no estaba muerto?

—Se puso muy pesado hasta que le cambiamos de habitación al edificio de al lado. Solo tienes que ir allí para encontrarle.

—Vale, muchas gracias.

Mientras se ponía a caminar hacia el otro edificio, Eva no dejaba de dar vueltas a su cabeza ¿para qué narices le hacía preocuparse por él si no tenía pensado morirse?

Aquel chico la volvía loca. Tenía ganas de matarle por preocuparla tanto.

—Buenas tardes, estoy buscando a un paciente que

han trasladado aquí. Responde al nombre de Daniel.

La enfermera, con cara mucho más simpática que su antecesora, señaló por donde había venido.

—Creo que le he visto paseando por ese pasillo, debería habérselo cruzado. De todas formas ahora vendrá, es hora de su medicación.

El alivio que Eva sintió al saber que Daniel estaba bien, la hizo sentirse en una nube. La enfermera ya estaba otra vez en sus cosas cuando le formuló otra pregunta

—¿Qué tal está?

La mujer la examinó de arriba abajo antes de contestar.

—Le han dado muy fuerte. De hecho, debería seguir unos días más en observación pero no hay manera de que le entre en la cabeza.

—¿Y eso? —preguntó interesada.

—Cada paciente es un mundo, simplemente no acaba de estar a gusto aquí y quiere irse. —Al hablar, empezó a reírse—. Según dice tiene demasiadas cosas que hacer como para perder el tiempo en una cama vacía.

—Gracias —añadió Eva intentando devolverle de manera forzosa la sonrisa.

El chiste había conseguido traerle un vívido recuerdo del salón donde Daniel y su tía no necesitaron una cama.

Por lo menos estaba vivo, eso era algo digno de agradecer. Si hubiese muerto de aquella paliza nunca hubiese podido perdonárselo. Al volver sobre sus pasos fijándose, no tardó en encontrarle.

Daniel estaba apoyado contra el cristal de la ventana mirando hacia el exterior, perdido en sus propios pensamientos. Por una vez, Eva se permitió verle sin una idea definida sobre su persona. Con aquella pose soñadora había que reconocer que tenía su atractivo. A pesar de la escayola y de las marcas visibles en su cuerpo, tenía cierto magnetismo que obligaba a la gente a mirarle. Más de una de las pacientes que deambulaban por el pasillo le lanzaba miradas furtivas que él parecía no percibir.

Algo más profundo que ella misma la reconcomió al darse cuenta. Seguro que si alguna de esas chicas descubría la clase de cabrón que era no le pondrían esos ojitos tiernos.

O si... últimamente contra más estúpido era un chico más ligaba. Menos mal que ella no era de esa clase de idiotas a las que les gustaban que las tratasen mal. Le odiaba, por muy guapo que fuese, siempre le caería mal. Aunque había que reconocer que provocar esas miraditas con una bata de hospital, no era algo sencillo precisamente.

Aunque seguía sin apartar la vista del mundo más allá de los cristales, Daniel la habló como si la hubiese percibido desde el principio.

—¿Vas a seguir mucho tiempo ahí quieta mirándome? —Su voz no tenía el toque prepotente con el que siempre se dirigía a ella. En su lugar sonaba ausente, cansado.

—¿Te encuentras mejor?

—¿Tú que crees? —Al girarse Eva comprobó que la hinchazón le daba a la cara un aspecto mucho peor de lo que le pareció en un principio.

—Lo siento, todo esto ha sido culpa mía.

Daniel se la quedó mirando unos segundos. De pronto, alzó la comisura de sus labios en una sonrisa demacrada.

—¿Le diste el recado a tu tía?

Quiso responderle. Decir algo. Ya se sentía lo bastante mal ella sola para que encima se pasase el día intentando ofenderla. Mordiéndose el labio, decidió hacer como que no había oído nada.

—Me han dicho que te quieres ir a casa. ¿Estarás bien? A lo mejor deberías quedarte unos días más por si acaso.

—¿Eres médica?

—No —respondió confundida.

—Ah, disculpa ¿estás estudiando medicina?

—No —contestó sin saber a dónde quería llegar.

—Entonces tu opinión no me vale de nada.

—Es solo que...

—Sí, lo sé —la cortó—. Te sientes mal. —Cambió su forma de hablar por una más chillona intentando imitar una voz de mujer—. Pobre de Dani, está en el hospital porque me sacó de un lío en el que me metí al intentar joderle.

—No fue culpa mía —se quejó ofendida—. Yo no busqué que pasase aquello.

—Tranquila, me lo busqué yo solito —añadió girándose hacia la ventana con aire ausente—. Aquella noche me apetecía dormir caliente y te usé para conseguir que esos tíos me diesen una paliza.

El tono irónico que utilizó dañó a Eva como si la hubiesen abofeteado.

—¡Yo no te pedí ayuda! —le gritó sin poder contenerse—. ¡Si tan mal te caigo no sé para qué coño saliste!

La risa del muchacho la pilló desprevenida.

—No me caes mal.

—¿No? —preguntó sorprendida. Estaba tan segura de lo contrario que hubiese apostado una fortuna.

—No. Me das igual. Me eres completamente indiferente.

Eva notó como sus mejillas se encendían llenas de ira.

—¿Por qué me ayudaste entonces?

—Porque lo necesitabas —sonó tan sincero e inocente que no podía ser mentira—. Ahora dime ¿a qué has venido?

Durante unos segundos, Eva no se atrevió a decir nada. Sin embargo, cuando Daniel le dirigió una elocuente mirada de advertencia el valor le regresó.

—El señor Findegman ha puesto un trabajo para entregarle la semana que viene, he pensado que si te aviso podrías traerte un portátil y...

—¡Joder! —el grito que dio la pilló tan de sorpresa, que no supo reaccionar—. ¿Encima vienes a agobiarme?

Al hablar, se fue acercando tanto a ella que sus caras solo estaban separadas por unos centímetros. Daniel la atravesó con esos ojos grises inmovilizándola y soltó toda la frustración que sentía a cámara lenta.

—Vete a tomar por culo.

Para su sorpresa, no fueron esas palabras lo que incomodó a Eva, sino tenerle a escasos centímetros de su cara.

De hecho, se puso tan nerviosa que se defendió como buenamente pudo. Dejó que su cuerpo reaccionase y le soltase un bofetón que sonó por todo el pasillo.

—Lo siento —murmuró mordiéndose el labio inferior arrepentida—. Es que me asustaste.

Daniel la estaba mirando con una mano en su mejilla y los ojos como platos. Aún no podía creerse lo que acababa de pasar.

—Vete. —El tono era demasiado normal, demasiado controlado. Demasiado peligroso—. Vete y por tu bien no vuelvas.

La forma en que la miraba era venenosa. Durante un segundo, Eva se planteó defenderse diciendo algo que pudiese llegar a arreglar aquel malentendido. Pero su instinto la avisaba de que si abría la boca una vez más, se iba a arrepentir.

Ni siquiera se despidió. A medida que se alejaba, estaba tan furiosa que en lugar de caminar, parecía que estaba intentando romper las baldosas.

Muy bien. Si lo que quería es que le dejase solo, estaba más que dispuesta a complacerle. De hecho, no tenía ninguna intención de volver a verle. Nunca, jamás, ni aunque fuese el último mono de la tierra podrían obligarla. Para ella, Daniel *soytanchuloquemelotengocreido* estaba muerto y enterrado. Había muerto en aquella paliza y por eso...

Por eso...

Por eso, no podía comportarse así con él. ¿Quién podía culparle por echarla después de cómo le habían dejado la cara?

Mierda.

Cuando se montó en el coche, agarró el volante con las dos manos y empezó a chillar lanzando todo tipo de improperios mientras lo zarandeaba.

Por si fuese poco, encima le había vuelto a pegar.

Vale, si, se asustó... pero es que... ¿Otro tortazo? Había que entenderle, menuda ofrenda de paz más rara le había hecho «*Toma, te traigo deberes*». Como si no tuviese de que ocuparse en el hospital.

Arrancó el coche y dejó que la velocidad y la distancia la fuesen calmando mientras analizaba lo que había pasado.

Era cierto que le había pegado. Aunque también había que tener en cuenta que fue él quien invadió su espacio personal acercándose demasiado. Aquel bofetón había sido culpa suya. ¿Qué esperaba? ¿Qué le besase como agradecimiento por salvarla?

Aquel pensamiento le asaltó con tanta fuerza que asustada, pisó el freno tan fuerte que casi provocó un accidente con el coche que circulaba detrás. Por si no se había enterado de su negligencia, el conductor decidió no soltar el claxon mientras la llamaba de todo menos bonita.

Eva ni siquiera lo estaba oyendo. Se quedó paralizada analizando aquella tontería que se le había ocurrido a su cerebro sin consultar. ¿Besar al amante de su tía? ¿Es que se había vuelto completamente loca? Desde luego, eso parecía. Aquel pensamiento era la primera y la última vez que debía irrumpir en su cerebro.

Aunque era guapo. Su pelo negro, sus ojos grises, su cuerpo fibroso... Aún podía verle abrochándose su camisa. El pitido de un auto la hizo volver a la realidad. Levantó la mano disculpándose con el conductor mientras iniciaba de nuevo el camino a casa.

Vale, aceptaba que Daniel podía considerarse como un chico atractivo, pero no era su tipo. A ella le gustaban menos prepotentes, menos chulitos y a ser posible, que no hubiesen tocado a su tía de ciertas maneras.

Pero ¿para qué le seguía dando vueltas? Lo que tenía que hacer era dejar de pensar en tonterías y no dedicarle ni un minuto más de su tiempo. Aunque claro, aún estaba el detalle ese de que la había salvado la vida. Puede que hablase como un capullo, pareciese un cretino y se comportase como un cabrón, pero también era un héroe los viernes a la noche. Y era curioso, pero en esa ocasión también le pilló sin camiseta. Tenía unos abdominales que...

Esta vez, cuando frenó en seco no tuvo tanta suerte como antes. Por el espejo retrovisor pudo ver al Ford amarillo que la había golpeado. Suspiró frustrada. Desde luego, todo era por culpa de Daniel.

Agobiada, empezó a golpear su cabeza contra el volante una y otra vez mientras imaginaba la bronca que le iba a caer.

—¿En qué andabas pensando? —le repitió su tío por décimo sexta vez—. ¿Te das cuenta de lo que podía haberte pasado?

—Si lo sé...

—¿Que lo sabes? ¿Qué pasa si en lugar de un coche te hubiese embestido un camión? ¿También les decimos a tus padres que no se preocupen? ¿Te das cuenta de la gravedad del asunto?

—Marcos, cariño —intentó calmarle su mujer—, la niña no lo hizo a propósito. Por eso se les llama accidentes.

Mientras su tío tomaba aire intentando calmarse y se apartaba, su tía la hizo una seña con la mano para que se alejase de allí lo más rápido posible. No se lo tuvo que repetir.

Ya en el cuarto respiró más tranquila. Solo había sido una pequeña abolladura, nada por lo que montar semejante escándalo. Aunque a su tío siempre le gustaba exagerar las cosas.

Cansada, se dejó caer sobre la cama mirando al techo. Lo cierto era que actualmente no estaba en su mejor momento. Las cosas no la habían acabado de pasar y ya estaba metida en otro lío.

Cogió la almohada y la apretó contra su cara fingiendo asfixiarse. Si se mataba, por lo menos dejaría de hacer el ridículo. Tenía que reconocer que cuando el destino jugaba en su contra, se empeñaba en ponérselo difícil.

Aun recordaba el incidente de Halloween, no debía tener dieciséis años todavía. Había quedado con sus amigos para pasar la noche fuera y ya ni siquiera recordaba la razón por la que la habían castigado sin salir aquellas fiestas. De lo único que se acordaba bien, era de que fue un castigo injusto. Así que, cuando pensó en escaparse, se le ocurrió la brillante idea de decirles a sus amigos que la esperasen debajo de su ventana.

Era un plan brillante. De todos era sabido el truco que usan los adolescentes para escapar. Pero cuando la ventana se cerró mientras se agarraba y la dejó enganchada de aquel maldito vestido colgando boca abajo, no sabía de ninguna película donde la protagonista acabase enseñando sus bragas a todos sus amigos al intentar fugarse.

Le costó mucho tiempo dejar de ver la sonrisita en la cara de los chicos cada vez que charlaba con uno de ellos. Si la hubiesen preguntado, estaba seguro que más de uno aún la imaginaba colgada boca abajo con unas braguitas rosas de Minie.

Al parecer, este también iba a ser uno de esos años en los que las desgracias se acumulaban.

Con el puño cerrado, empezó a pegarse en la almohada intentando que el mal recuerdo desapareciese. No funcionó. Su cerebro hoy estaba rebelde y decidía él lo que podía imaginar u olvidar. Con un suspiro se sentó frente al ordenador.

Ya que no tenía intención de echarse a dormir, por lo menos podía aprovechar el tiempo y adelantar materia. El ventilador del portátil empezó a sonar tan pronto tocó el botón de encendido. Nunca en su vida había hecho un trabajo por propia voluntad el primer día de mandárselo, aun así, era mejor que estar pensando en otras cosas.

Sin ganas, empezó a teclear. No tenía sueño y solo había escrito dos palabras. A pesar de todo, estaba aburrida y se daba cuenta de que necesitaría más información.

Puede que el señor Findegman conociese Wikipedia como la palma de su mano, pero ella era una chica del siglo XXI e internet corría por sus venas. Seguro que si se esforzaba, podía encontrar algunos datos en otros sitios que él no conociese. Con ese desafío en mente, se concentró intentando olvidar el día tan horrible que había tenido.

4

A Eva nunca la había costado pasarse horas enteras charlando con Clara sobre las últimas tendencias en moda. Diseños, colores, modistas y lo mejor... rebajas, le proporcionaban temas de conversación suficientes como para entretenerse una eternidad. Dos, si la charla permitía el acceso a ciertas marcas menos prestigiosas.

Sin embargo hoy, su elocuente discurso sobre los motivos por los cuales el negro nunca pasaría de moda quedó enmudecido cuando reconoció a Daniel por el pasillo.

—Hola —le saludó levantando la mano con una sonrisa radiante en la cara—. Me alegra ver que estás...

Ni siquiera la miró. Continuó caminando como si ella no existiese.

—...bien. —Terminó la frase girándose con la sonrisa congelada en la cara mientras le veía alejarse.

—¿Qué le pasa a ese capullo? —preguntó Clara indignada.

Eva suspiró antes de responder. No le había pasado desapercibido que por fin le habían quitado la escayola, así como los vestigios de las marcas que aún perduraban en su cara.

—No lo sé —añadió con un encogimiento de hombros sintiendo como se le clavaba en el pecho una oleada de culpabilidad—. Se habrá levantado con el pie izquierdo.

Al entrar en clase, intentó con todas sus fuerzas no dirigir la mirada a donde Daniel estaba sentado. No debería haber sido difícil en un lugar lleno de gente, sin embargo, parecía que su cuello tuviese un músculo que no llegaba a dominar y que una y otra vez se giraba sin su permiso. Frustrada, tomó asiento en la parte más profunda del aula, lo más lejos posible del profesor.

Aquel era normalmente el mejor lugar para dedicar la atención justa y necesaria para aprobar. Ese día descubrió que además, desde allí, tenía una panorámica increíble sobre el resto de sus compañeros. Aunque no le interesaban todos sus compañeros, tan solo estaba concentrada en uno.

Daniel escuchaba sin perder detalle todo lo que decía el tutor. Al contrario que el resto de los alumnos, no se distraía. Nunca hablaba fuera de turno, ni siquiera con la persona a su lado. Le llamó la atención que tomaba apuntes con bolígrafos de distintos colores y escribía algunos datos en unos pequeños posit que seguramente comprobaría más tarde. En varias ocasiones le vio levantar la mano y responder a las preguntas del señor Findegman. En su forma de hablar, no había ni rastro de aquella chulería de la que hacía gala cada vez que se dirigía a ella. En su lugar, encontró una seguridad innata y respuestas directas. Como si no quisiera malgastar una palabra más de lo necesario.

—¿Estás bien? —susurró Clara arrastrándola de nuevo a la realidad—. Sabes que el profesor es el que está ahí delante y ninguno de los que están allí sentados ¿No? En serio, estás de lo más rara.

Incómoda, Eva se removió en la silla intentando que no fueran tan evidentes sus pensamientos. Estaba segura de que su amiga no podía entenderlo. ¿Cómo no iba a estar ausente después de lo que había pasado?

—Estoy bien —concedió con su mejor voz de niña buena—. Es que esta noche dormí fatal. Tuve pesadillas con que Findegman volvía a suspenderme y ahora tengo todas las tripas revueltas.

Clara la miró con ojo crítico a punto de decir algo obvio. Pero fuera lo que fuese, no lo hizo.

—Está bien. No pasa nada —comentó con aire resignado—. Pero por lo menos estate atenta. Ahora van a dar las notas y si no oigo la mía me gustaría que tú me la dijeses.

—Sí, sí tranquila —respondió Eva de manera ausente.

Como si fuese tan fácil. Después de estar casi toda la noche sin poder dormir por culpa de los nervios, de lo único que tenía ganas era de irse a casa a descansar. Encima, la monotonía con la que el tutor dictaba las valoraciones era mejor que contar ovejas.

Apoyó el brazo en la mesa y dejó reposar su cabeza contra los nudillos mientras la arrullaban los suspiros de alivio o gemidos de dolor que se iban extendiendo por la clase. Se hubiese quedado dormida si el señor Findegman, en un acto inusual, no hubiese cambiado el tono con el que siempre hablaba.

—Quiero recalcar las miles de mentiras que tengo que aguantar todos los días a la hora de no entregar un trabajo. —El profesor lanzó a los alumnos una evidente mirada de advertencia—. Desde aquí, voy a hacer una mención especial a Daniel Flynn que desde el hospital se ha encargado de que una compañera me traiga su tarea.

El murmullo de felicitaciones alrededor del sorprendido Daniel, no evitó que el profesor siguiese hablando como si tal cosa.

—Así que desde ahora, no quiero volver a oír más excusas. El que no traiga su trabajo, será suspendido y punto.

Como si fuesen uno, todas las personas del aula se giraron a mirar a Daniel con odio en los ojos mientras éste intentaba fundirse con la silla.

—¿Y qué nota ha sacado? —preguntó Carla, celosa por su compañero de al lado.

—Un cuatro —respondió el señor Findegman.

—¿Un cuatro? —exclamó indignado Daniel sin creerse lo que oía—. ¿Cómo que un cuatro?

—Cálmese señor Flynn. Con sus notas en el resto de los exámenes ha aprobado con creces.

—¡Pero me ha bajado la media!

—Tampoco tanto —le respondió el profesor a quien se le empezó a notar un tono irritado en la voz—. Estoy seguro de que en el examen de este trimestre podrá subirla de nuevo.

El muchacho se sentó en su silla con los ojos como platos, incapaz de creerse lo que acababa de pasar. Como si de pronto se le hubiese ocurrido, se giró hacia Eva que sintió cómo un odio oscuro y enorme destilaba hacia ella.

—¿Se puede saber qué le pasa a ese? ¿Por qué te mira así? —preguntó Clara que notaba el malestar de su amiga.

—Es que... —titubeó Eva con un hilillo de voz —el trabajo se lo hice yo.

—¿Cómo? —exclamó Clara más alto de lo normal. Cuando varios compañeros se giraron hacia ellas les miró como si les fuese a matar—. ¿Qué es eso de que has hecho su trabajo?

—Él estaba en el hospital, me dio pena y...

La excusa que tenía preparada se cortó cuando el profesor la llamó por su nombre.

—Eva Lightstorm, un seis y medio. Un punto y medio por encima de su nota habitual. Estoy impresionado. Me alegro mucho por usted —bromeó el tutor.

Ahora era ella la que intentaba fundirse en la silla sintiendo que la mirada de odio que Daniel la estaba dirigiendo se multiplicaba por mil. Ni siquiera se relajó cuando acabó la clase y le vio recoger las cosas e irse.

Por un momento se planteó seguirle y disculparse. Aunque ¿qué iba a decir? ¿Siento haber sacado más nota que tú? No era buena idea.

—A lo mejor puedes mandarle una tarjeta —le susurró su amiga leyendo sus pensamientos—. ¿Habrá alguna que diga siento haberte jodido la media?

Ahora fue ella la que dedicó una mirada asesina a Clara. Ni que lo hubiese hecho a propósito.

—Lo hice lo mejor que pude.

—¡Eh! Que no es a mí a quien tienes que convencer —añadió levantando los brazos rindiéndose.

Por una vez, la ironía característica de Clara la sacó de quicio.

—¡Déjame en paz! —Aunque había querido susurrar, su voz salió un poco más alto de lo que pretendía atrayendo la mirada de todos a su alrededor.

Con la gente mirándola, Eva se cuadró de hombros y lanzando un bufido recogió sus cosas para irse.

—¿A dónde vas? —preguntó su amiga en cuanto la vio hacerlo.

—A casa. No tengo buen día.

—¿No íbamos a ir al cine?

—No tengo muchas ganas ¿Y si lo dejamos para otro día? —La mueca de decepción que puso Clara la hirió. Lanzó un suspiro antes de preguntar—. ¿Cuál querías ver?

—Una de acción. Balas, peleas y tío buenos por un tubo.

«Para peleas y tío buenos estoy yo» pensó Eva azorada. Pero no podía negarse. Aunque estaba segura de que su amistad no corría ningún peligro, tampoco era cuestión de volver a dejarla tirada.

—De acuerdo —aceptó—, pero vamos ya. No puedo llegar tarde a casa otra vez.

—Sí, claro —añadió a toda velocidad Clara con el ánimo transformado mientras metía todo en la mochila sin ningún orden.

Mientras se alejaban, Eva echó un último vistazo al sitio vacío de Daniel. Con suerte, la película la distraería lo suficiente como para dejar de pensar en tonterías.

Al final resultó que la idea del cine no había sido tan mala después de todo. Durante hora y media, todo lo concerniente a Daniel, su tía y la paliza, desapareció de su mente. Tan pronto la película terminó, agradeció a Clara la distracción, con la promesa de no tardar en repetir la experiencia y puso rumbo a su casa. Lo que ahora necesitaba, lo que su cuerpo le estaba pidiendo con urgencia, era cenar e irse a dormir.

Había sido un día largo, pero mañana todo volvería a ser como de costumbre. La dulce seguridad de la rutina.

El olor a comida la saludó en cuanto le abrieron la puerta de casa. Sarita la acompañó hasta el salón donde sus tíos disfrutaban del suculento salmón a la naranja que tenían para esa noche.

—Hola cariño ¿Ya has venido? —La sonrisa de Carmen era demasiado alegre. Rebosaba felicidad exagerada y eso la puso alerta—. ¿Qué tal la película?

Extrañada, Eva miró a su tío antes de responder.

—Bien, me ha gustado mucho. Pero ¿me he perdido algo? —preguntó confundida al ver el inusual despliegue de caricias románticas que se dedicaban.

Esa noche casi no dejaban hueco entre ellos mientras jugueteaban con sus manos como dos adolescentes enamorados.

—Según Carmen, hoy estoy irresistible —contestó Marcos sin poder evitar un toque de orgullo en la voz—. ¿Tú qué opinas?

La chica se quedó sin habla mientras analizaba la pregunta. Pocas veces había visto a aquel hombre de naturaleza dura y seria, tan coqueto y juguetón. Su habitual expresión de ejecutivo agresivo, se perdía en una sonrisa de oreja a oreja mientras mordisqueaba los dedos de su esposa.

Ese era el matrimonio que recordaba, el uno para el otro. Ahora y hasta que la muerte los separase de viejecitos. Muy viejecitos. En aquel rincón, no había espacio para ningún Daniel y casi tampoco para ella.

—Creo que esta noche mejor me voy a mi cuarto a estudiar —comentó dedicándoles una sonrisa pícara.

Ya estaba cruzando la puerta cuando la voz de su tía la detuvo.

—Cariño, por lo menos coge algo de la mesa y así cenas en tu cuarto.

—Claro.

—Pero súbete un plato de los malos, por si se rompe.

—Vale ¿Dónde están?

—En aquel armario —añadió señalando el que tenían a su izquierda.

Como si la dominase un hambre de lujuria insoportable, Carmen sujetó la cabeza de su marido y empezó a besarle con pasión.

Con una sonrisa Eva intentó no mirar. Abrió el armario y por suerte, consiguió reprimir un grito cuando se encontró a Daniel agazapado y desnudo.

Sorprendida miró a su tía que, sin dejar de besar a su marido, le hizo gestos con la mano para que se fuesen de allí.

—Yo, creo... —empezó a balbucear Eva sin saber bien lo que quería decir—... que no tengo mucha hambre. Mejor os dejo a solas.

—Vale cariño —respondió su tío que no pudo mirarla ante la efusividad de la que estaba siendo presa su mujer—. Hasta mañana.

—Hasta mañana —respondió nerviosa.

A punto de la histeria, empezó a hacer movimientos frenéticos con la mano a Daniel para que se moviese rápido. Casi le da un patatús cuando vio lo que le costaba hacerlo. Debía tener todo el cuerpo entumecido y cuando se estiró, sus huesos crujieron en un ruido que Eva encontró ensordecedor. Continuamente la muchacha echaba miradas de reojo a su tío que estaba siendo muy bien entretenido.

Aunque no pasaron más que unos pocos segundos, la espera hasta que Daniel consiguió salir del cubículo la parecieron horas.

Sin perder el tiempo Eva empezó a caminar y se detuvo en la puerta cuando fue consciente de que nadie la seguía. Al girarse, Daniel estaba mirando a su alrededor ante la mirada de pánico que le estaba dirigiendo Carmen.

Los gestos frustrados que el chico estaba haciendo a su tía dio a entender a Eva, que lo que buscaba eran sus pantalones. Finalmente pareció que el sentido común se impuso y abandonó su empresa. Con paso furioso, salió del salón completamente desnudo. Al pasar junto a Eva tenía la mandíbula apretada tan fuerte, que parecía que se le iba a romper. Tan pronto cerró la puerta del salón, Daniel se apoyó contra la pared respirando con los ojos cerrados haciendo un esfuerzo por calmarse.

A pesar de la situación, los nervios y las vueltas que le estaba dando el estómago, cuando se dio cuenta que no la iba a ver, Eva no pudo evitar hacerle un repaso visual completo al hombre que tenía enfrente.

Tenía que reconocer que estaba para comérselo a lengüetazos. Todos sus músculos se veían fuertes y cuidados. Pero lejos de parecer uno de esos cuerpos artificiales de gimnasio, los pectorales que lucía Daniel eran pura fibra. Como si el estar bueno fuese algo natural en él, incluso el movimiento de su respiración hacía que su pecho se viese sexy. Un modelo perfecto para que Miguel Ángel pintase otro ser celestial en su capilla.

Inconscientemente, sus ojos se desviaron a la entrepierna. Como si tuviese vida propia, aquella cosa empezó a agrandarse como si fuese consciente del escrutinio al que estaba siendo sometida. Y menuda cosa era la que tenía ahí. Aquello sí que era estar bien dotado y no de lo que presumía su último ligue. Aquel era un miembro de proporciones épicas que parecía señalar con insistencia la dureza de la que hacía gala, como si...

—¿Te está gustando lo que ves? —preguntó Daniel luciendo una sonrisa irónica en los labios—. Puedes tocar si te apetece.

Volviendo de golpe y porrazo a la realidad, Eva notó cómo toda su cara se encendía en un rojo fuerte.

—Perdona, no quería mirar, es que estás...

—¿Desnudo? —terminó la frase—. Creo que eso se podría arreglar si me dieses algo de ropa para ponerme.

—Sí, claro —respondió Eva sin saber bien qué hacer.

Viendo que no se decidía, Daniel añadió:

—O si no, siempre puedes explicarle a tu tío por qué tienes a un chico sin nada encima en mitad del pasillo.

La mención de Marcos la sacó del trance en el que estaba metida y se movió con premura en dirección a su cuarto. Lo mejor sería que esperase allí mientras ella iba a la habitación de su tío donde podría...

—Madre del amor hermoso y del grandísimo ¿pero esto qué es? —Al hablar, Sarita, se llevó la mano derecha a la boca enfocando la vista en aquel muchacho que estaba como Dios lo trajo al mundo.

Eva se detuvo en seco mordiéndose el labio inferior mientras su mente funcionaba a toda velocidad buscando la excusa perfecta.

—Un hombre —musitó Daniel de mala gana—. Y esto de aquí abajo es una polla. ¿Tanto tiempo hace que no ves una?

—Por favor, no le digas nada a los tíos —suplicó Eva empujando a Daniel por la espalda para que se moviese.

Al tocarle, una corriente eléctrica recorrió su organismo proporcionándola una sensación de placer que no esperaba. Sarita pareció como si fuese a decir algo pero siguió embobada mirando aquel aparato puntiagudo que la estaba apuntando a la cara.

—No diré nada señorita —contestó con complicidad al cabo de un par de segundos—; pero tenga cuidado con el arma de su novio, está bien cargada.

Por un momento Eva se planteó protestar alegando que no era su novio, pero tampoco tenía otra excusa mejor que dar. Al final prefirió dejarlo como estaba.

—No te preocupes tanto por ella, sabe cómo manejar este tipo de asuntos —respondió Daniel coqueto mientras pasaba el brazo por encima de los hombros de Eva.

Su contacto, en lugar de electrizante como el anterior, esta vez le resultó nauseabundo. ¿Quién se creía para decir eso de ella? Quiso apartarse, pero Daniel la agarró con tanta fuerza que se lo impidió.

—¿Qué haces? —susurró malhumorada mientras se alejaban.

—Ya que parece que tengo que posar para todas las chicas de esta casa, por lo menos lo hago a mi estilo.

¿Ese era su estilo? Dejarla como a una... Eva se dio la vuelta sonriendo a Sarita, que ni se dio cuenta tal y como estaba mirando las duras nalgas de Daniel.

Con un suspiro, Eva continuó caminando por el pasillo al ritmo que marcaba aquel maldito cabrón.

Tan pronto llegaron al cuarto y cerró la puerta, asaltó al muchacho con toda su furia.

—¿Qué narices haces otra vez aquí? ¿Y qué es lo que le ha pasado a tu ropa?

Daniel estaba examinando su cuarto con lentitud, como si encontrase fascinante la colección de peluches que tenía decorando las baldas. Cuando terminó, la miró con dureza.

—Pasé a saludar a Carmen, no contábamos con que llegaría su esposo y me tuve que esconder.

—¿Y tu ropa? —musitó de mala gana.

—No tengo ni idea.

—¿Y qué hacías con mi tía? —gruñó Eva que estaba segura de adivinar la respuesta.

—¿Quieres que te lo describa con detalles o con un croquis te vale?

La imagen visual que golpeó a Eva la hizo arrepentirse de haber abierto la boca. Allí estaba ella en su cuarto, con el amante de su tía completamente desnudo y sin saber qué hacer. De momento lo que no pudo reprimir fue echar otro vistazo a aquel cuerpo perfecto.

Aunque no fueron más que un par de segundos, cuando levantó la vista, la mirada de Daniel la advirtió de que no le había pasado desapercibido el escrutinio.

Ruborizada, apartó la vista centrándose en lo más importante, conseguir que se marchase. Y para ello necesitaba algo de ropa.

—Pruébate esto —dijo lanzándole uno de sus vaqueros.

Daniel los cogió al vuelo mirándolos con aíre

crítico.

—Estarás de broma —musitó con un toque de enfado en la voz.

—No me seas sibarita —protestó Eva—, es un auténtico jeans APO de trescientos cincuenta dólares la unidad.

Por la manera en la que el chico la estaba mirando podía valer tres centavos que le importaría lo mismo.

—Aquí no me entra ni una pierna.

Por un instante, Eva sintió como se volvía a ruborizar. Ni siquiera se le había pasado por la cabeza. Con la adrenalina del momento recorriendo su cuerpo y la visión de aquel cuerpo desnudo frente a ella, lo cierto es que no le estaba resultando nada fácil pensar.

—Espera aquí, traeré algo de la ropa de mi tío.

Ya estaba en la puerta cuando le oyó preguntar.

—¿Y tengo que estar desnudo hasta entonces?

Maldita sea. Todo eran quejas y peticiones estúpidas. Eva examinó el cuarto para ver si entre sus cosas tenía algo que le sirviese. Con ademán descuidado, le lanzó el camisón rosa que usaba para dormir.

—Pruébate esto —añadió mientras iba hacia la puerta.

—Ni de broma —se quejó Daniel al ver de qué se trataba.

—¿Prefieres estar desnudo?

No sabía cuál de las dos decisiones iba a tomar, tampoco es que le importase gran cosa. Aunque sería buena idea sacarle una foto con el camisón si decidía ponérselo al final. Seguro que eso le alegraba muchas noches cuando la viese.

El cuarto de sus tíos estaba tan inmaculado como siempre. Dos cuadros de un pintor del que nunca se acordaba del nombre y que lucían imponentes como dueños del lugar, destacaban sobre el resto del mobiliario. Una estatua de algún Dios africano de casi medio metro y un perchero que nunca tenía sombreros, eran lo segundo que más llamaba allí la atención. Aquel era un lugar frío que olía demasiado a desinfectante para que ella se sintiese cómoda.

No le gustaba aquel cuarto. Aunque no había ni una foto de sus tíos, sus gustos se notaban por toda la habitación. Desde las cortinas que tapaban la mínima luz del exterior y que habían sido traídas de algún lugar en Asia, hasta la más pequeña de las mesillas que había al lado de la cama en cuya construcción a mano se había tardado varios meses. Desde siempre la había incomodado aquel cuarto y ese día, que encima tenía que robar un traje, más.

Aún estaba rebuscando en el armario algo que no se notase que faltaba cuando el sonido de unas risas la avisó de que sus tíos se estaban acercando. El miedo la atenazó con fuerza.

«¿Y ahora qué digo?»

Tal vez hubiese podido dar con alguna excusa si su cuerpo no hubiese tomado la decisión por sí mismo sin contar con su cabeza y se hubiese movido solo hacia el interior del armario.

A pesar del miedo, fue lo bastante consciente como para dejar una rendija en la puerta y que la oscuridad no fuese completa. Cuando quiso darse cuenta, hacía ya unos segundos que estaba aguantando la respiración. Iba a intentar calmarse cuando la puerta del cuarto se abrió y Eva sintió que se le paraba el corazón.

—Cómo me gustas. —Oyó decir a su tío Marcos mientras veía por la rendija cómo empujaba a su mujer contra la pared para besarla—. Hacía mucho tiempo que no te notaba tan ardiente.

Al reírse, Carmen parecía una adolescente picarona.

—Pues entonces no veas la noche que te está esperando —le contestó melosa mientras intentaba quitarle la chaqueta.

«*Perfecto* —pensó Eva—, *ahora van a montárselo enfrente mío. Lo que me faltaba para un día inolvidable.*»

—Espera... —oyó decir a su tío excitado sin dejar de reír—. Deja que por lo menos cuelgue la chaqueta.

5

Carmen no se atrevería a apostar cual fue el chillido más agudo que escuchó esa noche. Si el de su marido al abrir la puerta del armario o el de su sobrina al ser descubierta.

—¿Qué coño haces tú aquí? —chilló Marcos con el corazón en un puño.

Decir la verdad no era una opción y la idea de que les estaba espiando tampoco era que fuese algo ocurrente que la dejase en buen lugar.

—Quería daros un susto —bromeó con una sonrisa tensa que esperaba apaciguase el ambiente—. Creo que me pasé un poco.

—¿Un poco? —La expresión furiosa en la cara de Marcos no se suavizó ni un ápice—. ¡Vete a tu cuarto y ya hablaremos sobre este tipo de bromitas!

No se lo tuvo que repetir. Eva salió tan deprisa que estuvo a punto de caerse cuando se tropezó con uno de los zapatos que había en el suelo frente a la cama. No se detuvo hasta que cerró la puerta de su cuarto lanzando un sonoro suspiro.

—¿Se puede saber qué ha pasado? ¿Qué eran todos esos gritos? —preguntó Daniel mirándola con curiosidad—. ¿Y mi ropa?

Antes de responder, Eva se concentró en mirar al suelo preguntándose qué clase de idiota se metería por propia voluntad en un lío como ese. Desde luego, no alguien inteligente que sabía con seguridad que la persona involucrada era su tía. Volvió a suspirar mientras echaba cuentas de las tonterías que se llegaba a hacer por la familia.

Al levantar la vista, se encontró con que Daniel estaba tumbado dentro de su cama como si tal cosa. Ella sufriendo como una idiota para salir del atolladero y él bien cómodo entre sus sábanas. Apretó el puño usando toda su fuerza de voluntad para controlarse y no dejarse llevar por la ira.

—¿Se puede saber qué haces ahí? Ésa es mi cama.

El tono había sido normal, pero la mirada de hielo que le estaba dirigiendo esperaba que le dejase frío en el sitio. Aunque si Daniel se había enterado, no dio muestras de ello.

—Gracias por la aclaración, no estaba seguro de dónde me habías metido. ¿Y mi ropa?

—No la he podido conseguir —respondió Eva refunfuñando mientras apretaba los dientes—. De hecho, creo que mañana van a matarme.

—¿Y cómo se supone que voy a irme?

«¿Acaso ese es mi problema? —se dijo con ironía—. *Así te lo piensas dos veces antes de bajarte los pantalones.»*

Resopló indignada mientras se llevaba la mano izquierda a la frente atrapando entre sus dedos el flequillo.

—Supongo que a lo mejor puedo recuperar la que dejaste en el salón —añadió con voz cansada—. Seguro que a mi tía no le dio tiempo a esconderla. ¿Dónde la tiraste?

—No me acuerdo, pero no lejos de la mesa.

Eva le miró con cierto rencor. ¿Qué tenía esa mesa para que les gustase tanto follar sobre ella? Estuvo a punto de preguntárselo, pero cambió de idea ante la posibilidad de que la respondiese.

—De acuerdo. No tardaré más de...

La frase se quedó a medias cuando la puerta de su habitación se abrió de par en par permitiendo entrar a su tío furioso.

—Que sepas que no me ha hecho ni puta gracia la bromita de... —A pesar del enfado que sentía, se quedó paralizado al ver a un chico en aquella habitación—. ¿Qué hace ese en tu cama?

Por un momento, Eva deseó que un meteorito cayese sobre la tierra y, atravesando el tejado, acabase con su sufrimiento ahora mismo. Tras los dos segundos más largos de su existencia en los que ninguna piedra venida del espacio exterior se apiadó de ella, empezó a tartamudear.

—Él es...

—¡No me importa quién mierda sea! —exclamó furioso Marco con la cara roja de la irritación—. ¡Ya está saliendo de aquí ahora mismo! ¡Ya! —demandó.

En todos sus años de vida, Eva nunca había tenido miedo a su tío. En ese momento, sin embargo, le parecía capaz de cualquier cosa. Ni siquiera supo cómo reaccionar. Todo su ser estaba concentrado en los rasgos de aquella cara que siempre la había mirado con tanto cariño y ahora estaba llena de odio.

Aún estaba pensando qué decir cuando un tono aflautado sonó a su espalda con un toque demasiado femenino.

—Disculpe señor —estaba diciendo Daniel suavizando tanto su voz que costaba escucharle—. Pensamos que no le importaría que nos pintásemos las uñas aquí. No se preocupe ya me marcho.

El camisón rosado que llevaba puesto aquel desconocido provocó que Marcos se quedase anonadado cuando le vio levantarse de la cama.

—Espera, ¿tú eres...? —Puso la mano de una manera tan antinatural que Eva tardó unos segundos en entender a lo que se refería—. Ya sabes, uno de esos... —Dejó la frase sin aclarar mientras sus mejillas se sonrojaban.

—¿De esos? —le preguntó Daniel como si por un momento no entendiese a que se refería. Luego, dándose un golpe en la frente, y sonriendo abiertamente, añadió—. ¿Se refiere a gay? Puede decirlo no me ofendo.

—Yo no sabía —se disculpó el hombre azorado pasando la vista de Eva a aquel chico—. Claro que podéis pintaros las uñas aquí es que pensaba...

Daniel asentía con la cabeza como si comprendiese al pobre hombre.

—Sí, lo sé, pero puede estar tranquilo. Su sobrina no me interesa en absoluto.

—Vale disculpad. Seguid a lo vuestro. Yo voy a... —señaló el pasillo confundido sin saber bien el motivo que le había traído al cuarto y deseando irse pronto de allí.

Cuando cerró la puerta, Daniel se tiró sobre la cama con los ojos cerrados.

—¿Le has dicho a mi tío que tú...? —le preguntó Eva sorprendida.

—Sí —contestó sin abrir los ojos antes de que terminase la frase.

—¿Pero tú no...?

—No.

—Y sin embargo tú has dicho que...

—Sí.

—¿Por qué?

Al abrir los ojos, la miró con ese iris gris que

destilaba inteligencia con una fuerza tan arrolladora que la turbó.

—Trae mi ropa —pronunció las sílabas por separado, de manera lenta, con aquel tono prepotente habitual en él.

Eva le miró como si fuese a reprochar algo. Pero deseando acabar cuanto antes con todo eso, al final decidió hacer lo que decía para que se fuese de casa cuanto antes.

Salió del cuarto de puntillas para que nadie de su familia la descubriese. No había dado ni dos pasos por el pasillo cuando la voz de su tía le detuvo.

—Me han dicho que tienes un amigo gay en tu cuarto —comentó como si la situación le hiciese gracia—. ¿Me dejarías verlo?

Eva la dirigió una mirada hostil.

—Agradece que no he dicho nada —respondió malhumorada—. A propósito ¿dónde está la ropa de Daniel?

—La quemé.

La chica la miró encogiéndose por dentro.

—¿Cómo que la quemaste?

—Fue lo primero que se me ocurrió. La ropa estaba allí, la chimenea estaba encendida y no quería dejar pruebas cuando llegó tu tío.

—¿Y si llega a haber abierto el armario?

—¿Acaso no le entretuve bien? —Lanzó una sonrisa despectiva llena de soberbia—. Era más probable que viese la ropa tirada en el suelo a que se levantase a abrir un armario por propia voluntad.

Aquello era una faena. Contaba con tener la ropa en un lugar accesible para poder entregársela a Daniel y que se fuese una vez de casa. Ahora, sin embargo, la única opción que se le ocurría era echarle de casa desnudo y no creía que le agradase demasiado ni que lo hiciese sin oponer resistencia dado el caso.

—¿Y ahora qué hacemos? No puede estar sin ropa, no puede quedarse en mi cama, ni siquiera quiero que se quede en esta casa. ¿Podrías cogerle algo del tío?

La mujer se quedó pensando unos segundos mientras negaba con la cabeza.

—Está complicado, dile que lo mejor sería esperar a que mi marido se duerma. O mejor —añadió con un toque de picardía—, ya se lo digo yo.

Antes de que Eva se lo pudiese impedir, ya se estaba dando la vuelta y entrando en su cuarto. Daniel ni se inmutó al verla pasar.

—Hola Carmen —la saludó mirándola a los ojos.

—Vaya. Si llego a saber lo mucho que te gustan los camisones te hubiese prestado uno de los míos.

De manera lenta y pausada, Daniel se levantó de la cama y se acercó a ella con un andar felino entre atractivo y peligroso. Con un movimiento rápido la agarró por el cuello y todo asomo de sonrisa desapareció del rostro de la mujer.

Eva iba a ponerse a gritar cuando el chico se inclinó y beso a Carmen con una fogosidad que nunca había visto en ningún hombre. Cuando se separó de ella, notó en su tía la misma mirada apasionada que había visto el día que los pilló follando.

—Quiero ropa, y no tardes. No quiero estar aquí más tiempo del necesario.

La mujer asintió embelesada mientras no dejaba de acariciarle por encima del camisón.

Se alejó hacia la puerta, moviendo las caderas con

descaro.

—¿Qué le das para que se comporte así? —quiso saber Eva tan pronto su tía desapareció por la puerta.

Antes de responder, Daniel la miró de una manera ardiente que la hizo estremecer y la lanzó una sonrisa envenenada.

—Una buena ración de rabo.

Aquella manera tan brusca de hablar, provocó que en la muchacha se le subiesen los colores. Agachó la cabeza avergonzada sin saber qué decir.

Nunca había visto a ninguna mujer comportarse como lo estaba haciendo Carmen. Vale que Daniel fuese un chico guapo, que tuviese buen cuerpo y que a pesar de su actitud narcisista tuviese ese toque que atraía a las mujeres, pero a pesar de todo era un imbécil y eso nadie se lo iba a quitar.

—¿Por qué siempre eres tan borde? —preguntó con una sensación de malestar recorriendo su cuerpo.

Cuando Daniel la miró, parecía que estaba mirando a un extraterrestre con tres patas y media docena de ojos.

—Supongo que estarás de broma —la respondió con un ademán frustrado.

—No. Eres tú el que ha venido a esta casa a follarse a una mujer casada y soy yo la que te está ayudando a pesar de que opino que mi tío merecería saberlo.

Sin poderlo evitar, Daniel abría y cerraba las manos en un tic intentando controlarse. Los músculos le temblaban ligeramente e incluso con ese camisón rosa exhalaba un fuerte magnetismo animal que la llamaba.

—¿También te pedí que me jodieses la media?

Eva abrió la boca sorprendida.

—¿Todo esto es porque te bajaron unos puntos de la nota? Por favor...

La mirada despectiva que le lanzó el muchacho no podía ser más hiriente.

—¿Unos puntos? ¿Sabes lo que me esfuerzo todos los días por esos putos puntos? ¿Lo que significa para mí ir siempre al mismo sitio con la esperanza de tener una vida normal para que venga una gilipollas y se ponga a jugar con mi vida?

Era tanta la hostilidad que estaba mostrando que antes de darse cuenta, Eva retrocedió un paso involuntariamente.

—Solo intenté ayudar —musitó intentando calmar el aire peligroso que se respiraba—. No creo que sea para tanto.

—¿Ayudar? Di la verdad, me odias y te mueres por joderme. Vale, lo has conseguido. Me has fastidiado tanto que he metido la pata y ahora estoy con un camisón rosado en tu puta habitación. ¿Te alegra saber que lo has conseguido? ¿El punto al que has llegado a joderme? Por el amor de Dios, si incluso te salvé de aquellos chicos. —La rabia con la que hablaba tenía una pizca de remordimiento, como si se arrepintiese de aquella actuación—. Da igual, me voy de aquí.

Por un segundo, Eva pensó que había oído mal.

—¿Cómo?

—Que me marcho. ¿Tienes un abrigo largo que dejarme o prefieres que haga el ridículo en camisón por la ciudad?

—No puedes irte, solo tienes que esperar un poco a que mi tía salga y te traiga algo de ropa que ponerte.

—No quiero estar en la misma habitación que tú ni un segundo más. Te odio, te odio como no he odiado a nadie en mi vida. Ojalá te mueras.

Aquel comentario estaba fuera de lugar. Era pasarse. Seguro que había sido la ira con la que hablaba la responsable de algo tan fuerte, pero estaba segura de que después de darse cuenta de lo que había soltado se iba a disculpar con ella.

Eva esperó unos interminables segundos a que se retractase, a que mostrase la más mínima muestra de arrepentimiento.

—¿Y el abrigo? —bramó Daniel furioso.

Completamente fuera de sí, Eva rebuscó en su armario hasta dar con uno bastante largo que no se ponía. Se lo lanzó furiosa a la cabeza pero por desgracia, él fue más rápido y lo cogió al vuelo.

—¡Aquí tienes! ¿Quieres también unos zapatos a juego? —añadió con sorna—. Seguro que te quedan bien.

Aquel cretino ni siquiera la miraba. Notó en el cuerpo un sudor frío recorriéndola mientras un ligero temblor se adueñaba de ella.

Cuando Daniel salió del cuarto decidió seguirle para ver lo que hacía. Ni por un instante pensó que tuviese las agallas de irse de casa con esas pintas. Ni siquiera cuando le vio dirigirse a la puerta de salida. Ni cuando cogió la manilla y abrió. Estaba convencida de que llamaría cuando cerró la puerta tras de sí dejándola con la boca abierta. No dejó de esperar eso los diez minutos que se quedó allí plantada, sin moverse.

Había pasado más de un mes desde aquel encontronazo con Daniel. Desde aquel día, aparte de verse en clase, no se lo había encontrado ni una sola vez más andando por casa. O se había vuelto más discreto en los encuentros con su tía o sencillamente había dejado de verla. Eva rezó para que fuese esto último lo que había ocurrido.

A su pesar, cuando esa mañana le pasó por al lado en el pasillo no pudo evitar quedársele mirando hasta que se perdió tras la esquina.

No sabía qué era lo que tenía Daniel que no podía sacárselo de la cabeza. Si bien seguía viéndolo como un capullo integral, reconocía —por lo menos para sí misma— que ella tampoco estaba siendo la chica del año.

Aunque siempre había tenido un toque torpe, su mala suerte con él había sido exagerada. Aún la reconcomía que por su culpa, hubiese acabado en el hospital de aquella manera aunque, cuando deseó que se muriese, optó por no mandarlo al infierno directamente y sentía que esa parte había sido pagada. El problema que le había ocasionado con la nota media... Qué demonios. Teniendo en cuenta que le había salvado el culo cuando le encontró dentro del armario, estaban en paz.

Recordar aquel momento en específico hizo que su mente volviese a evocar su cuerpo desnudo a la perfección. Un tenue rubor cubrió sus mejillas mientras, de manera inconsciente, dejaba escapar un ligero suspiro.

—¿Qué estás pensando? —le preguntó Clara sacándola de su ensimismamiento—. No me haces ni caso.

—En nada serio —respondió, dejando que el fuerte torso de Daniel se esfumase de sus fantasías—. Intentaba imaginar cual sería el mejor vestido para esta noche.

—¿Qué tal el vestido rojo de escote? Te quedaba bien.

Eva arrugó el entrecejo.

—Estarás de broma, ya me lo he puesto dos veces este mes.

—Sí, pero no para ir al *Holiday* —Clara acercó su cabeza como si le fuese a hacer una confesión—. Te queda de muerte.

Su risa, inocente y bonachona, jugueteó con los nervios de Eva hasta que ella misma rompió a reír.

—De acuerdo pequeña —agregó intentando imitar la voz de un hombre—. Me lo pondré, pero solo si prometes mantener tus manos quietas.

—No sé si podré contenerme —contestó riendo a medida que salían por la puerta.

Una vez fuera, Clara señaló con indignación hacia su izquierda a una pareja que estaba a la sombra de un árbol.

—Mira allí.

Cuando Eva miró hacía donde le había indicado su amiga, la sonrisa se le congeló en los labios. Al principio no le dio importancia. Una pareja más que se besa en plena calle. Pero un segundo vistazo reveló a Daniel con un nuevo ligue.

—No pasa nada —respondió agachando la cabeza intentando pasar desapercibida—. Ya se me ha pasado la fiebre. Lo que haga ese imbécil con su vida es entre él, su ego y mi tía.

Clara la miró sin creer ni una palabra de lo que

estaba diciendo. Sin cortarse ni un pelo, empezó a gritar en mitad de la calle.

—¡Iros a un hotel! —Al parecer se dieron cuenta de que se refería a ellos porque se alejaron sin volver la vista atrás—. ¿Pero qué narices les da ese tío? —Exclamó indignada—. ¿Es que tiene una polla de oro o qué?

La imaginación de Eva volvió a arrastrarla al vívido recuerdo de aquel pedazo miembro que escondía Daniel entre sus calzoncillos. De oro no era, pero por la forma en que las mujeres se comportaban cuando estaban cerca de él, estaba convencida de que sabía utilizar aquel armatoste.

Un movimiento de refilón la hizo centrarse en un coche aparcado unos pocos metros de donde segundos antes estaba la pareja. No podía estar segura, pero lo que aquel hombre parecía tener en las manos era una cámara de fotos profesional.

Cuando el individuo vio que los dos tortolitos se iban, arrancó el coche y desapareció. A Eva le llamó la atención, pero en aquel momento tampoco le dio mayor importancia. Se despidió de Clara prometiéndola quedar tan pronto le fuese posible y se fue a casa.

Al llegar a la mansión, aunque había visto a Daniel con aquella mujer hacía pocos minutos, Eva aguantó la respiración cuando tocó el timbre de la puerta.

Desde lo que había ocurrido en el salón aquel día, cada vez que llegaba a casa sentía que se le paraba el corazón. Era una tontería, por supuesto, seguro que habían sido muchas las veces que Daniel había visitado aquel lugar sin que hubiese llegado a descubrirle. Lo que pasó fue simplemente mala suerte. No tenía por qué volver a ocurrir. A pesar de todo, sentía que su pecho se le aceleraba mientras esperaba.

Al abrir la enorme puerta de roble macizo, con la sonrisa habitual, Sarita le dio la bienvenida anunciándola que aún no había llegado nadie. Perfecto, con suerte podría irse antes de que sus tíos volviesen. Le comentó que no quería comer nada y fue a su cuarto a cambiarse.

A lo mejor, incluso podía adelantar su cita con Clara. Después de la racha de mala suerte por la que habían pasado, necesitaba una noche loca para recuperarse.

Sacó del armario el vestido rojo y lo acomodó sobre su ropa para ver cómo le quedaba. Clara tenía razón. Era muy bonito y la hacía verse deseable. Pero hoy no quería verse deseable, quería estar imponente.

Buscó en su cajón de la ropa interior un conjunto de braga y sujetador negros. Los chicos siempre pensaban en tangas, pero pocas cosas le parecían que quedasen mejor que unas braguitas picantes y sexys. Dejó todo sobre el lavabo y se metió en la ducha.

La sensación de placer que la inundó cuando el agua caliente recorrió su piel, la hizo relajarse. Usó un champú con olor a frambuesa que la encantaba mientras esperaba antes de aclararse el acondicionador.

Tras ponerse loción con olor a frutas del bosque por todo su cuerpo, miró la imagen del espejo buscándose más allá de su habitual máscara. Sin maquillaje, relajada y antes de vestirse, la chica que tenía enfrente parecía otra. Sus rasgos eran finos, más delicados. Tenía cara de niña buena encerrada en un cuerpo perfecto de mujer.

Pocos eran los chicos que llegaban a ver más allá de esas curvas hasta encontrar debajo del maquillaje a alguien a quien le importaban los sueños, la vida y el amor. Todos arañaban la superficie quedándose en la fachada con la que salía cada viernes, sin acercarse siquiera a buscar más hondo de lo que su entrepierna les permitía.

«Ellos se lo pierden»

Cuando Clara la vio aparecer, por un segundo se quedó sin palabras. Eva llevaba un vestido negro ajustado que dejaba sus hombros y la espalda al descubierto. En la parte superior, la banda atada a su cuello estaba unida a un trozo de tela traslucido que terminaba en el inicio de sus pechos. Unos pequeños diamantes falsos unían esa tela con el resto del conjunto, resaltando sus hombros desnudos a medida que se deslizaba hacia abajo en un corte original. Por algún efecto desconocido, aquel negro parecía dejar entrever todas y cada una de las curvas de su cuerpo sin que llegase a enseñar nada realmente. Nada, salvo unas piernas interminables que calzaban unos zapatos de tacón de doce centímetros.

—Estás imponente —comentó su amiga impresionada.

Eva sonrió orgullosa. Por lo menos, en la primera parte de la noche las cosas le estaban saliendo como quería.

—Vamos —la animó cogiéndola de la mano—. Hoy tenemos que arrasar.

Y así mismo sintió que estaba pasando desde el momento que pisaron su pub. Los moscardones acudían a ellas como atraídos por algo más dulce que la miel.

Uno tras otro fueron rechazados por ambas sin que ninguna de las dos parase de bailar. Por un instante, todo volvió a la normalidad. Era ella la única dueña de la situación. Por lo menos así fue hasta que vio a aquel tipo con la cámara de fotos.

No era nadie llamativo, no tenía nada en especial que llamase la atención sobre él, tan solo era esa forma que tenía de no estar allí. Como si todo su ser estuviese concentrado en una tarea y toda la gente y el ruido allí reunido, fuesen algo externo.

Al examinarlo mejor, notó que tenía un toque agresivo, peligroso. Era el tipo de persona con el que nadie querría meterse en una pelea. Ignoraba la música como si ni siquiera la estuviese escuchando. Apenas sí se movía. Salvo quizás para tomar alguna que otra foto. Siempre en la misma dirección.

Un escalofrío recorrió la columna vertebral de Eva cuando siguió su vista hasta encontrar lo que estaba mirando: a Daniel.

6

Desde ese momento, Eva fue incapaz de apartar sus ojos de la escena. En la segunda planta del pub, Daniel hacía arrumacos a una mujer de unos sesenta años más o menos, cuya presencia transmitía una fuerza arrolladora. Se movía dando a entender que el mundo le pertenecía y que si estaba allí jugando con aquel muchacho, era porque podía hacerlo.

El fotógrafo no se perdía detalle de las escenas que estaban montando. A cada beso, cada caricia, cada risa que emitían, tenía la cámara preparada para inmortalizar el momento. En menos de diez minutos Eva le vio sacar más de veinte fotos.

—¿Qué te ocurre? —preguntó Clara al notarla tan agitada. Siguiendo su mirada, encontró a Daniel tonteando con la mujer y lanzó un profundo suspiro—. ¿Ya estamos otra vez? —la acusó indignada.

—No es lo que crees —la corrigió.

La cara de su amiga denotaba que esta noche no estaba dispuesta a aguantar ninguna tontería.

—Me da igual lo que yo crea. Déjalo ya —la reprochó—. Ese chico solo es un pringado que está fastidiándonos porque tú le dejas.

—No es eso —insistió. Con un ademán de cabeza, señaló al fotógrafo de manera disimulada—. He visto antes a ese hombre tomándole fotos en la universidad.

Aquello pareció despertar el interés de Clara que, al contrario que su amiga, examinó al individuo sin cortarse.

—¿Quién crees que es? ¿Un marido celoso o un detective? —Eva la miró como si no entendiese a que se refería. Clara elevó los ojos al cielo antes de responder—. Por favor. Con lo que le gustan las casadas, es normal que tarde o temprano alguien le descubra o decida investigarlo. Yo voto por la teoría del detective. Un marido que se precie ya le estaría partiendo la cara.

Aquello tenía lógica. Eva sacó su teléfono móvil lo más discretamente que pudo e intentó tomar una foto del desconocido. Estaba demasiado oscuro y tuvo que intentarlo varias veces hasta conseguir que su silueta fuese reconocible.

—Ahora vengo.

—¿A dónde vas? —la preguntó Clara sujetándola del brazo.

—Tengo que avisarle.

—¿Avisarle? ¿Por qué?

Hizo un encogimiento de hombros antes de deshacerse de su amiga. Ni ella misma lo sabía. Una y otra vez se repetía que tenía que hacerlo por lo que había ocurrido en el garaje. Aunque en estos momentos no se atrevería a asegurar si aquello era verdad o solo una excusa que se repetía.

Mientras lo vigilaba, el hombre de la cámara seguía sacando fotos sin parar. Por algún motivo, aunque tenía una postura relajada, a Eva le daba la impresión de que aquel hombre era peligroso. Muy peligroso.

Daniel la vio antes de que llegase hasta él. Incluso percibió cómo ponía los ojos en blancos antes de susurrar algo al oído de la mujer que tras mirarla, se dio la vuelta y comenzaron a alejarse.

—¡Espera! —Gritó Eva.

Fue inútil. Podía ser que con el ruido no la

hubiese oído o lo más probable, que simplemente no le hubiese dado la gana de hacerla caso, pero no se detuvo. Tuvo que acelerar el paso bastante para intentar alcanzarlos.

Les siguió, teniendo cuidado de no acercarse demasiado a la barandilla donde el fotógrafo podía llegar a verla. Encima de que estaba intentando salvar su maldito culo, solo le faltaba exponerse a quién sabe qué...

Con un rápido vistazo volvió a localizarles dirigiéndose a la puerta de la zona VIP. Tuvo que disculparse con varias personas a las que golpeó en su carrera por cogerles antes de que se marchasen pero, a pesar de las malas caras y los empujones, consiguió llegar un segundo antes de que tocasen la puerta.

—¿No te he dicho que no te acerques a mí? —le gritó Daniel cuando ella le sujetó del hombro para que se detuviese.

—¿Pero quién es ella? —preguntó la chica que le acompañaba.

Si de lejos había parecido poderosa y altiva, de cerca, la sensación se multiplicaba por mil. Era como si aquella señora tuviese un poder que no dudaría en usar para hacer daño a cualquiera que osase molestarla.

—No es nadie, tranquila —respondió el chico mientras se daba la vuelta intentando alejarse.

La mujer la echó otro vistazo despectivo de arriba abajo, evaluando si merecía la pena perder su tiempo en una mosca de tan poca envergadura. Al final, pareció valorar más su tiempo que seguir allí con ella y se dio la vuelta.

Eva les vio alejarse mientras apretaba los puños

con fuerza. La habían humillado. Otra vez. Ella estaba intentando hacer lo correcto y la habían ridiculizado delante de un montón de desconocidos que la miraban de manera disimulada.

Por el amor de Dios, que alguien le diese una cámara de fotos que ella misma se las enviaba a los maridos que lo necesitasen. ¿En qué momento se le había ocurrido ayudarle a ese idiota?

A pesar de todo, sus pies se negaban a dar media vuelta y dar aquel asunto por finalizado. Algo en su interior bramaba con que debía hacer lo correcto. No quería, no lo merecía, sin embargo... se mordió el labio inferior cerrando los ojos cuando cogió el pomo de la puerta para seguirles.

El fresco de la noche la erizó la piel. Tras un rápido vistazo comprobó que no iban mucho más adelante que ella y empezó a correr persiguiéndolos.

El eco de sus tacones les avisó y cuando se giraron a mirarla, pusieron una cara hostil que Eva decidió ignorar.

—Abajo hay un hombre que no paraba de sacaros fotos —musitó tímidamente notando que le faltaba el aliento.

—Y a mí que —respondió Daniel de mala gana—. ¿Te crees que me importa?

La amenaza en su voz hizo que Eva retrocediese un paso asustada.

—A mí sí —el tono fuerte con que la mujer habló les interrumpió—. ¿Quién nos sacaba fotos? Habla.

Nerviosa, Eva se puso a rebuscar entre las cosas de su bolso hasta encontrar el móvil. No paró de echar miradas de reojo a la mujer que empezó a dar muestras de impaciencia golpeando el suelo con la punta del pie. Cuando por fin acertó a encontrar la foto, notó que su mano le temblaba ligeramente.

Le dio el móvil a la mujer que lo examinó con detención. Aunque estaba oscurecida, la silueta de un hombre con una cámara era claramente visible.

—También le vi en la universidad —se atrevió a informarla—, os tomaba fotos desde un coche en doble fila. Cuando os alejasteis se fue.

Daniel miraba confuso a su amante que no dio muestras de sus pensamientos. Iba a comentar algo hasta que la mujer levantó la mano atajando cualquier cosa que fuese a decir.

—Sería mejor para los dos que olvidaseis que me habéis visto. Todo esto ha sido un tremendo error por mi parte. —Empezó a caminar nerviosa de un punto a otro pensando para sí misma mientras hablaba en voz alta—. ¿En qué estaba pensando? Liarme con un mocoso.

—Que te estoy oyendo —respondió Daniel molesto.

—¡Cállate! —la orden tuvo tanto poder, que al muchacho se le secó la garganta. Durante unos segundos, la mujer siguió caminando pensando antes de dirigirles la palabra—. No me habéis visto. Nunca he estado aquí —como si de pronto se diese cuenta de que nunca más le volvería a ver, se acercó a Daniel y tras pasar sus manos por el pecho suspiró—. No me llames, no me mires y si nos vemos por la calle no me saludes. Esto nunca ha ocurrido ¿Ha quedado claro?

Daniel asintió levemente.

—¿Estás bien? —preguntó Eva—. ¿Ese hombre es peligroso?

—Gracias por avisarnos. Toda esta... —Hizo una

pausa buscando las palabras adecuadas—... aventura ha sido una mala idea. Toma. —De su bolso sacó una cartera y le tendió un montón de billetes de cien dólares—. Por las molestias.

—¡No! —rechazó Eva—. No lo hice por dinero, solo quería ayudar.

La mujer la miró otra vez revaluándola. Como si en esta ocasión hubiese pasado la prueba, le dirigió una sonrisa de aprobación.

—No olvidaré lo que has hecho. Te debo una bien grande. —Buscó en su bolso y sacó un sobre en el que introdujo los billetes que tenía en la mano y se lo ofreció a Daniel—. Toma, el plus es por las molestias de esta noche. Te lo has ganado.

El chico examinó a la mujer antes de dirigir una mirada iracunda a Eva.

—Catty, por favor, no me hagas esto.

La mujer inclinó la cabeza con una sonrisa perversa en la cara.

—¿No lo quieres?

—Por favor... —La mujer le miró con dureza.

Apretando con fuerza el puño izquierdo hasta que sus nudillos se quedaron blancos, Daniel extendió la mano derecha y cogió el sobre.

—Ha sido un verdadero placer Daniel —comentó Catty echando un último repaso al cuerpo del joven universitario—. Ya te llamaré.

Mientras aquella mujer se alejaba, a pesar del ruido y la gente, el eco de sus zapatos resonaba en la calle como si la perteneciese. Cuando Eva desvió su vista, se fijó en la fuerza con la que Daniel seguía apretando aquel sobre lleno de dinero.

—¿Estás bien? —preguntó con sinceridad.

Cuando Daniel la miró, el odio que destilaban todos los poros de su cuerpo intoxicaba el aire.

—Sí, cobro por mis servicios. —Al hablar, tenía por cara una máscara de frialdad—. Ya puedes reírte de mí.

En Eva no había ni una pizca de reproche ni juicio. Ella no lo había hecho por hacerle daño, sino para prevenirle. Iba a alejarse sin decir nada, pero la curiosidad la mordía con ganas.

—Lo que haces, ¿Lo haces por dinero? —Era una pregunta sin malicia, sacada desde su inocencia para entender lo que estaba pasando.

La música del local llegaba hasta donde estaban cada vez que alguien entraba o salía por la puerta. Sin embargo, parecía provenir de mucho más lejos, como si en ese momento Daniel y ella estuviesen en otro planeta a años luz de allí.

Por un momento Eva pensó que no iba a responderla, pero cuando lo hizo, su voz sonó cansada.

—No todos nacemos ricos.

Se dio la vuelta para alejarse cuando la pregunta de Eva le detuvo.

—Entonces mi tía...

La sonrisa del chico al girarse, no tuvo ni pizca de alegría.

—Todo esto es por Carmen ¿verdad?

—No —respondió bajando la vista hasta el suelo—. Quiero entender lo que está pasando, todo lo que ha ocurrido.

—¿Entender lo que está pasando? —Su forma de hablar se volvió agresiva, como si la retase a decir cualquier cosa que le dañase—. Algunas mujeres me pagan por follarlas. Sé darlas más placer que ninguno de esos estúpidos maridos que tienen y me aprovecho de ello.

Inconscientemente, mientras hablaba, se había ido acercando a Eva que se sintió intimidada ante la energía que estaba desplegando contra ella. Como si de pronto temiese que no iba a ser capaz de controlarse, Daniel retrocedió un paso dejándola algo de espacio.

—No quería hacerte daño. —Eva no pudo evitar que sus palabras sonasen con aquel toque infantil que tenía cuando se sentía presionada.

Al igual que la había evaluado la mujer, ahora era Daniel quien la miraba de arriba abajo con prepotencia.

—Tú nunca quieres nada. Simplemente cada vez que estás cerca las cosas malas ocurren sin un motivo. ¿Eres gafe o algo así? ¿Es a eso a lo que te refieres?

La burla escondida en sus palabras la ofendió. Sin decir nada, se alejó mientras se prometía a sí misma no volver a acercarse a Daniel Flynn jamás.

El fin de semana pasó más rápido de lo que le gustó a Eva. La luz del sol interrumpió un buen sueño y tras pensar durante cinco minutos remoloneando en la cama, decidió que dos días no eran suficientes para descansar. Así que sin darle más vueltas, se giró dispuesta a pasarse toda la mañana del lunes vagueando como Dios manda.

Debían de ser las diez de la mañana cuando por fin se levantó. Al mirarse en el espejo, esté le devolvió una sonrisa radiante. Hacía tiempo que no se tomaba tiempo para ella misma y hoy, por fin, iba a hacerlo.

Encendió la minicadena dejando a Katy Perry llenando las paredes con su canción *Last Friday Nigth* de fondo. Mientras, la ropa de Dolce & Gabbana, Prada, Escada, Brunello Cucinelli y muchos más, compartían cama a medida que los iba desechando uno tras otro. Estaba buscando el vestido perfecto para un día increíble y seguro que entre todos sus conjuntos no tardaría en encontrarlo.

De una de las perchas, sacó un vestido que según recordaba había comprado en Chanel y eso que ni siquiera le gustaba. Era blanco, con líneas negras irregulares por toda su superficie y, aunque le hacía unas bonitas piernas, la parte superior era demasiado recta para su agrado. Sin embargo... era perfecto.

Sacó el preciado maletín plateado que guardaba debajo de su cama donde escondía su set de pedicura y descalza, fue hasta el salón donde encendió el televisor. Dejó el sonido de fondo deleitándose del placer que la proporcionaba el cuidarse.

Tuvo que cambiar tres veces de pintauñas hasta decidirse por el rojo burdeos. Mientras tanto, la televisión la demostraba lo que había decaído la programación con un nuevo plagio donde por centésima vez cambiaban a una cenicienta cualquiera transformándola en una princesa con unos cuantos modelitos nuevos.

«*No puedo creer que ahora tenga este aspecto*» Estaba diciendo la chica tras estallar en lágrimas frente al espejo.

—Claro que no —musitó Eva sin mirar siquiera la pantalla dando un repaso a las uñas de sus pies—, porque seguramente solo podías permitirte la ropa que llevabas. Es genial ponerse ropa que nunca en la vida podrás comprar ¿verdad?

Un poco molesta, intentó coger el mando a distancia sin estropear lo que había hecho hasta ahora en sus manos.

Para un día que se había decidido a quedarse en casa y no había un solo programa interesante que ver en la tele. Aburrida, y aunque no lo hacía habitualmente, optó por dejar las noticias para ver cómo le estaba yendo al país.

Los problemas y las miserias acontecidas por el mundo eran ignorados, mientras repasaba las uñas de sus manos con cuidado para darle una segunda capa con otro color. Espectacular era poco para lo que iba a estar hoy.

«Aún no se tienen sospechosos sobre el asesinato de Catty Menéndez. Aunque todo apunta a un robo mal ejecutado, no se descartan otros motivos por los cuales la esposa del multimillonario dueño de las fábricas de cereales Menéndez, ha pagado con su vida a sus cincuenta y tres años.»

Eva ni siquiera escuchaba, un muerto más en América no era algo tan importante en nuestros días como para interrumpir lo que estaba haciendo. El mirar la foto de la pantalla fue un acto reflejo que hizo de refilón sin prestar atención.

Al principio arrugó su nariz sin recordar cómo es que conocía a esa mujer. Pero a medida que su memoria rebobinaba en el tiempo, fue abriendo la boca de par en par. Aquella era la misma señora con la que estaba Daniel en el pub. Sin preocuparse de que se le estropeasen las uñas tras el mimo al que las había sometido, subió el volumen del televisor para enterarse bien de la noticia.

Según contaban, alguien la había asaltado en su propia casa mientras su marido tenía una importante reunión de trabajo a muchos kilómetros de allí. En la entrevista aquel hombre no tenía el aspecto de alguien abatido por la tristeza, sino que resaltó la misma pose dura y estoica que había percibido en la mujer que acompañaba a Daniel la noche del viernes.

Las canas de su pelo le daban un aspecto apuesto e intelectual. Tenía porte y aplomo y se notaba que estaba acostumbrado a las cámaras. Tenía un aura de fuerza y poder que solo podía compararse al de su esposa cuando la conoció. A medida que la entrevista finalizaba, daba la impresión de que estaba hablando del asesinato de Catty de la misma forma que lo haría para hablar del tiempo. No podría apostar, pero cuando le preguntaron por cómo se sentía, Eva hubiese jurado que no le estaba afectando tanto como aseguraba.

Recordó la expresión de Catty cuando la comentó que les estaban fotografiando. Estoica, pero con un deje de miedo que notó a pesar de su postura. ¿Podía ser que la hubiese matado aquel hombre?

El tono de voz con el que hablaba a la reportera era el mismo que usaba su tío. Fuerte, seguro, acostumbrado a que se cumplan sus órdenes con rapidez. Seguramente había sido producto de su fantasía pero en un momento de la entrevista, cuando dirigió su mirada a la cámara, Eva se sobresaltó sintiendo que la estaba mirando directamente.

—En que lio te has metido Daniel —musitó para sí misma.

¿Ahora que se suponía que tenía que hacer? Fue corriendo a buscar el móvil a su cuarto y buscó entre sus fotos. El hombre de la cámara seguía allí. Quizás demasiado oscuro para reconocer sus facciones, pero seguro que la policía podía arreglar eso. Ellos tenían todos esos programas informáticos donde de una mala foto sacan con nitidez el número de matrícula de un coche en la peor de las películas. Seguro que por muy oscura que la tomase, la foto les venía como agua en el desierto.

Marcó el 091 y antes de que sonase colgó. A lo mejor, si les decía que Daniel había estado con esa mujer el viernes, le cogían como sospechoso. Con la suerte que estaba teniendo con él no podía decir que esa posibilidad era algo imposible. Solo le faltaba eso para que la odiase de por vida si aún no lo hacía ya.

Aunque... ¿Y si él era el asesino? Aquel pensamiento no duró más de un segundo en su cabeza. Puede que Daniel fuese un gilipollas, pero no tenía pintas de asesino.

Por una vez, tenía que pensar con claridad antes de actuar. Este asunto era demasiado serio para hacer las cosas a la ligera. Metió el móvil en el bolso y fue a su cuarto a vestirse a todo correr. A los quince minutos, ya estaba en la carretera dirección a la universidad a toda velocidad.

Tuvo que reprimirse mucho para conseguir que su pie aflojase el pedal del acelerador. Si ahora la paraba un control, estaría demasiado nerviosa para responder cualquier tipo de pregunta. Seguro que incluso notaban en la cara que les estaba ocultando algo y la llevaban a comisaría esposada. Si eso pasaba, sus tíos la iban a matar. Eso si la noticia no llegaba a sus padres. Inconscientemente, mientras su mente jugueteaba con posibilidades inverosímiles, había vuelto a apretar el acelerador y tuvo que forzarse de nuevo a levantar el pie hasta conseguir una velocidad normal.

Una vez en el parking, aparcó en el primer hueco que encontró y salió corriendo antes de que las clases terminasen y Daniel tuviese la oportunidad de escapar. Se estaba acercando a la entrada cuando se detuvo al ver a tres hombres charlando tranquilamente sin quitar los ojos de la puerta. No hubiese pasado nada si no fuera porque reconoció a uno de ellos como el hombre de la cámara.

El tiempo se detuvo mientras analizaba todo con rapidez. Aquello no era una coincidencia, si estaban allí era por Daniel y ya que era seguro que él no era un asesino la única opción viable era que querían matarle.

Respiró intentando calmarse, preguntándose si no sería mejor salir de allí lo más rápido posible. Una cosa era que la hubiese ayudado en un garaje a librarse de una banda de delincuentes urbanos y otra muy distinta meterse con asesinos profesionales. Tampoco era que Daniel hubiese hecho nada por ganarse su respeto o su amistad después de lo mucho que ella se había esforzado.

Sí, lo más seguro era darse media vuelta e irse de allí sin llamar la atención. Hacer como que nada de aquel turbio asunto tenía algo que ver con ella y olvidarlo para siempre. Al día siguiente saldría el sol y cuando en las noticias diesen la muerte de Daniel podría fingir sorpresa. ¿Quién podía culparla por no atreverse a pasar delante de unos desconocidos a avisar a otro ser humano del peligro que corría?

«Maldita sea la moral y la madre que la parió» pensó rencorosa.

Con paso inseguro, empezó a avanzar caminando como si su mayor dilema moral fuera que no sabía dónde ofrecerían esta semana el mayor descuento. Se arrepintió de ir tan arreglada. Lo que menos necesitaba ahora, era llamar la atención y que se fijasen en ella.

Ni siquiera se atrevió a girarse cuando uno de los hombres que estaban esperando a Daniel la lanzó un comentario picante. Normalmente le habría dicho cuatro cosas al listo de turno pero ahora mismo, daba las gracias porque sus piernas siguiesen sosteniéndola a pesar de cómo las sentía temblar.

Hasta que no cruzó la entrada y les perdió de vista, no se permitió relajarse. Cuando se apoyó en la pared, sintió que su corazón iba a estallar.

Aún faltaba media hora antes de que las clases terminasen y cuando entró, el señor Findegman la miró como si quisiera matarla. Le ignoró buscando el sitio vacío más cercano a Daniel en la abarrotada aula.

Desde su lugar de costumbre, Clara le hacía gestos intentando llamar su atención. Con un suspiro, decidió ir hasta allí.

—¿Qué es lo que te pasa? —inquirió su amiga tan pronto tomó asiento a su lado.

Por un momento Eva planteó confesarla lo que estaba pasando, pero era su amiga y no quería que corriese ningún riesgo innecesario.

—Nada —la mintió—. Me he dormido.

Buscó a Daniel con la mirada, que en ningún momento dio señales de que le importase que hubiese llegado. Allí estaba ella, arriesgándose para avisarle y él no tenía la decencia de reconocer su presencia. Si por ella fuese le mandaría...

—¿En serio no me cuentas nada? —Estaba preguntando su amiga sacándola de aquel nirvana en el que se había sumido—. Ni siquiera me has llamado. Después de cómo desapareciste el otro día, pensé que por lo menos te habías llevado a tu amorcito a la cama.

¿Amorcito? Aquella palabra le sonó tan mal que le dirigió una mueca ofendida.

—Tenía mala noche.

—No hace falta que lo jures. Últimamente tienes demasiadas malas noches y siempre son por culpa de quien yo me sé. —El rencor en sus palabras era patente—. ¿Quieres que luego salgamos juntas de compras?

Aquella era una pregunta tan normal, tan rutinaria, que casi estuvo a punto de decir que sí. Sin embargo, su vida había cambiado ahora que sabía que había tres asesinos en la puerta de la universidad esperando a que Daniel saliese para matarlo.

—No puedo.

—¿Por qué no?

Aquella era la pregunta lógica, sin embargo no podía decir la verdad. Era demasiado peligroso.

—He quedado con Daniel. Vamos a salir a tomar algo por ahí y conocernos mejor. —La expresión anonadada de su amiga la incomodó muchísimo—. ¿Qué?

—¿En serio vas a quedar con él?

«*No, voy a salvarle la vida*»

—Sí, creo que los dos nos hemos juzgado sin llegar a darnos una oportunidad y va siendo hora de actuar con madurez.

Clara la miró como si no se creyese lo que estaba diciendo, aunque no ahondó en el tema dejándola su espacio. En el fondo, era una gran amiga .La mejor que nunca hubiese podido desear. Se sintió culpable por mentirla, por ahogar esa vocecita en su cabeza que decía que tenía que contárselo que por mucho que se excusase repitiendo que era para mantenerla a salvo, en todas las películas era cuando más en peligro ponías a la gente que te importa. Cuando la mantenías en la ignorancia.

El tiempo que restaba hasta que pudieron salir se le hizo eterno, pero tan pronto tuvo la oportunidad salió corriendo tras Daniel.

—Tengo que hablar contigo —le dijo sin hacer caso a la forma que tuvo de mirarla—. Es cosa de vida o muerte.

—Déjame en paz. —Al intentar alejarse notó la fuerza con que Eva lo estaba agarrando—. Por tu bien será mejor que me sueltes.

—No lo entiendes, la mujer que te acompañaba el viernes está muerta. —Hablaba con un susurro intentando que nadie se percatase de sus palabras—. Ahí fuera está el hombre de la cámara con dos compinches más y estoy segura de qué vienen a por ti.

Durante unos segundos, notó cómo Daniel analizaba lo que le estaba diciendo.

—¿Estás completamente segura de lo que estás diciendo? —Cuando la chica asintió, sin darse cuenta, Daniel se llevó el pulgar a los labios en un pequeño tic—. Espero que esto no sea una estúpida broma —añadió inseguro.

—¿Qué clase de persona podría hacer una broma así? —comentó Eva, con un toque de enfado en su voz—. Tenemos que salir de aquí rápido antes de que les dé por entrar.

—De acuerdo —aceptó—. Podemos salir por detrás.

Cuando la cogió de la mano, Eva notó una corriente de energía por todo su cuerpo y de un manotazo se retiró.

—¿Se puede saber qué diablos es lo que te pasa ahora? —preguntó Daniel entre nervioso y asustado.

—Me has dado corriente. —Por lo menos aquello no era una mentira del todo—. Salgamos de aquí.

Daniel la miró con desaprobación antes de empezar a alejarse sin correr. Iba a salir por la puerta cuando Eva le agarró del brazo.

—Es uno de ellos —le indicó señalando a uno de los hombres que había visto antes con el dedo.

Como si fuese consciente de que le habían descubierto, el hombre empezó a moverse en su dirección.

—¡Corre! —gritó Daniel cogiéndola de la mano y arrastrándola de nuevo al interior.

7

Los pies de Eva ya le estaban haciendo caso mucho antes de que su cerebro entendiese la orden. Sin embargo, no había dado ni dos pasos cuando Daniel la empujó contra la pared justo al lado de la puerta. El golpe que se dio en la espalda la hizo exhalar todo el aire que retenían sus pulmones con un quejido.

En su vida la habían besado en multitud de ocasiones. Había habido besos buenos, malos y mediocres. Había besos que quiso dar y otros que necesitaba dar. Besos que recordaría toda su vida y otros que preferiría olvidar para siempre. Pero cuando sintió cómo Daniel posaba los labios sobre los suyos, una corriente eléctrica recorrió todo su cuerpo haciéndola ver que nunca antes la habían besado como había que hacerlo. Inconscientemente, Eva se olvidó del peligro inmediato que les urgía y rodeó con sus brazos la cabeza de aquel chico para impedir que se alejase.

Ni siquiera notó al hombre que pasó a todo correr a su lado, internándose en la universidad sin siquiera parar a mirarles. Todo en lo que podía pensar era el calor de esa boca que calmaba una sed que no sabía que existiese. Mientras su lengua la exploraba, su alma clamó por la injusticia cuando sintió que Daniel se alejaba de ella.

—Salgamos ahora —la pidió con urgencia.

Para ella no fue tan fácil esta vez hacerle caso. La realidad había pasado a un segundo plano mientras su cuerpo intentaba volver a ser lo que era. Ni siquiera pudo disfrutar todo lo que le hubiese gustado esa experiencia porque antes de darse cuenta, Daniel ya se estaba perdiendo entre la gente. Eva se apresuró a seguirle saliendo como una exhalación preguntándose qué había sido aquel extraño cúmulo de emociones que había sentido.

Como si una parte de su cerebro aun estuviese lo bastante lúcida como para pensar, la avisó que no la había besado porque lo desease, sino porque en aquel momento había sido la mejor opción para salir del paso.

Había que reconocer que la jugarreta había sido buena, aunque no apostaría cuanto tiempo iba a durar el engaño.

—¿A dónde vas? —gritó Eva nerviosa al ver que al salir, en lugar de ir lo más lejos posible se dirigían a la biblioteca donde serían presa fácil—. Allí no hay salida.

—Confía en mí —le pidió.

Aunque el sentido común chillaba para ir en otra dirección, algo en su forma de hablar le dio la seguridad necesaria para seguirle. Cuando atravesaron las grandes puertas de cristal, Daniel se posicionó en una esquina desde la que tenía buena visibilidad del exterior.

—Así que, esta no es tu primera vez ¿estás acostumbrado a escaparte? —inquirió Eva medio en broma intentando recuperar el aliento.

Sin hacerla caso, Daniel siguió examinando lo que había fuera hasta que unos segundos después, vio cómo dos hombres salían corriendo de la universidad rebuscando entre la gente.

—Siempre hay que estar preparado —añadió como si fuese lo más normal del mundo. Mientras examinaba el campus, observó cómo la pareja se reunía con un tercer hombre—. Lo mejor a la hora de esconderte, es hacerlo donde no te vayan a buscar. Así que como dan por hecho que íbamos a huir, lo mejor será quedarnos aquí.

Cuando acabó de hablar, se llevó el pulgar a los labios mordisqueándolo nervioso mientras pensaba en un buen plan de acción. Si lo que le había dicho Eva era cierto, y ahora no tenía motivos para dudar de su palabra, lo más seguro era que quisieran matarle. Lanzó un suspiro frustrado. Cuando pensaba que por fin las cosas empezaban a irle bien, cogía el destino y le lanzaba toda su mierda de golpe.

—¿Qué piensas? —preguntó Eva que notaba la ausencia de Daniel.

—Aunque quisiéramos, no hay manera de salir sin que nos vean. Lo mejor es que nos quedemos aquí hasta que decidan irse y podamos pasar tranquilamente. —Aquella era la opción más lógica, pero al mirar a Eva la notó temblando insegura—. ¿Estás bien? —preguntó preocupado.

Lo primero que se le pasó por la mente fue mentir y decir que sí. Pero era incapaz. Sus ojos empezaron a empañarse mientras luchaba por no llorar.

—Tengo miedo —confesó—. No quiero morir.

Daniel esquivó su mirada.

—A ti no te buscan, si quieres puedes irte.

Se giró para vigilar a los tres hombres como si pudiese haber una posibilidad de que decidiesen explorar la biblioteca. No quería mirar. A lo mejor así, le resultaría más fácil a Eva alejarse del problema en el que estaba metida. No tenía nada que reprocharla, bastante había hecho por él avisándole de la emboscada.

Suspiró apenado cuando dejó de sentirla mientras evaluaba la situación. Ahora estaba solo. Por lo menos así, no debería ocuparse más que de sí mismo.

Se sobresaltó cuando notó que Eva se había aproximado a él para mirar el exterior.

—¿Crees que nos encontraran?

No podía responder nada porque no lo sabía. Sin embargo, su fuero interno agradeció su compañía más de lo que estaba dispuesto a admitir. Cuando la notó apoyándose sobre su hombro mirando a través de los cristales, Daniel percibió cómo le embriagaba su aroma. Era un olor dulzón y caramelizado, un perfume sutil que emborrachaba sus sentidos. Le traía a la memoria la fragancia que recordaba cuando era pequeño y entraba en las tiendas de gominolas. Al mirarla, se perdió en la profundidad de aquellos ojos verdes deseando poder calmar todos sus miedos.

—Saldremos de esta —prometió—. Aunque no será ahora.

Antes de que pudiese preguntarle a qué se refería, la agarró de la mano llevándosela de allí. Era demasiado arriesgado seguir mirándoles como pasmarotes. Ese tipo de hombres tenían un sexto sentido que les avisa de cuándo alguien los vigila y en el peor de los casos, si alguno de ellos miraba hacia donde estaban, les pillaría encerrados en un callejón sin salida.

En sus frecuentes visitas a la biblioteca Daniel la había llegado a conocer muy bien. Si se veía obligado, sabía por dónde era posible intentar escabullirse o un par de escondites que tenía reservados en caso de peligro inminente. De momento, lo primero era calmar a Eva y analizar con ella la situación.

La cafetería de la universidad era un sitio concurrido. El murmullo de voces que llenaban las paredes, no salía por ninguna de las puertas que conectaban las distintas alas del edificio. Les costó menos de lo que pensaban encontrar una mesa lo bastante lejos de los demás, como para que no escuchasen su conversación. Daniel sacó de las máquinas expendedora dos cafés y un sándwich. Puso la comida y uno de los vasos frente a Eva y se quedó con el otro calentándose las manos.

Por mucho que le costase admitirlo, aquella situación le estaba superando y aun no sabía qué hacer para afrontarla. Una voz con un ligero toque infantil le sacó de las tinieblas en las que estaba empezando a sumergirse.

—¿Mereció la pena? —le estaba preguntando Eva mirándolo directamente.

—¿Cómo?

—Estar con esa mujer, el lio en el que te has metido. ¿Mereció la pena?

Daniel no pudo evitar poner los ojos en blanco mientras torcía los labios en una mueca frustrada.

—¿Ya estamos con tus tonterías de nuevo?

—No son tonterías —protestó Eva enfadada—. Solo quiero saber si follarte a mujeres casadas merece estos riesgos.

Al mirarle, no vio ni rastro de arrepentimiento.

—No sabes lo que estás diciendo. Además ¿quién te ha dado vela en este entierro? Si no estás de acuerdo con lo que hago no sé qué narices pintas aquí.

—¡Te estoy ayudando! —chilló más alto de lo

necesario, con lo que atrajo varias miradas enfadadas que le hicieron bajar el tono—. Si no llega a ser por mí te hubiesen cogido.

—¿Y me has ayudado para poder echarme en cara esa falsa moral que tienes? —La miró atravesándola con esos ojos grises—. Noticias para la señorita Lightstorm, si estoy con una mujer es porque le gusto y no hay más que hablar.

Eva se ruborizó con el recuerdo aún fresco de sus labios.

—A mí no me gustas —afirmó con dureza.

—¿Y a quién le importa? ¿Se puede saber a qué viene esto? —Enfadado, se tomó de un trago el café y tuvo que escupir todo a un lado cuando se abrasó la boca—. Me cago en todo. Maldita sea —protestó.

—Tranquilo —le pidió Eva al ver que cada vez había más miradas centrándose en ellos—. No pasa nada.

—¿Que no pasa nada? —apretó el vaso de plástico vacío y al lanzarlo lo metió en la papelera—. Fuera hay unos hombres que quieren matarme y encima tengo que preocuparme de tus estúpidas preguntas. ¿Por qué no me dejas vivir tranquilo?

Le iba a preguntar cómo era que siempre acababa ella teniendo la culpa de todo pero se puso a pensar. En parte tenía razón, por algún motivo, la sola presencia de Daniel la sacaba de quicio. La sola idea de tenerle enfrente le hacía revelarse y tener ganas de caerle encima con todo lo que tenía pero no podía evitar ayudarle. No dejaba de repetirse que se lo debía después de haberla salvado de aquellos vándalos en el parking, aunque si era así, después de lo de hoy estaban en paz. Él le había ayudado y ahora ella le devolvía el favor.

Si aquella teoría era acertada, no necesitaría volver a meterse en su vida nunca más después de ese día. Era un cabrón del que no quería saber nada, aunque había que reconocer que besaba demasiado bien para olvidarlo.

—¿Se habrán ido ya? —preguntó intentando cambiar de tema.

—No lo sé. Yo esperaría un par de horas solo para estar seguro, aunque si quieres tú puedes salir y mirar.

—¿Y si el hombre que te esperaba fuera se quedó con mi cara?

Aquella era una posibilidad que se le había pasado por alto. Aquel tipo no la habría visto más de un segundo a lo sumo, aunque no hacía falta que se hubiese quedado con su cara. El vestido que llevaba y sus increíbles piernas la hacían un blanco muy fácil de reconocer. Daniel se llevó el dedo pulgar a la boca mordisqueándolo distraídamente.

—Tienes razón. Lo mejor es que esperemos aquí un par de horas. No creo que entren a buscarnos.

—¿Y si entran?

—No entraran.

— Has dicho que no crees pero ¿y si entran? Sería muy fácil que uno vigilase la única puerta del edificio mientras los otros dos nos dan caza.

—¡Ya veremos! —exclamó enfadado.

Con un suspiro, sacó de su bolsillo el móvil y empezó a juguetear con los números marcando el 091.

—¿Qué se supone que estás haciendo? —le preguntó a Eva.

—Voy a llamar a la policía. Ellos pueden sacarnos de este lío. Solo tenemos que explicarles... —Se asustó cuando Daniel le quitó el móvil de la mano con una rapidez inaudita—. Pero ¿de qué vas? —le preguntó.

Daniel apagó el móvil sin mirarla y se lo metió en el bolsillo del pantalón.

—No vas a meter a la policía en esto —la informó.

—Pero ellos pueden...

—¡No! —Aquel era un no tan rotundo que no admitía discusión posible. Al mirarle Eva no sabía qué pensar—. Te recomiendo que esperes aquí. Cuando todo esto pase vete a tu casa y olvida que me conociste.

Que no llamase a la policía... ¿Acaso prefería enfrentarse a unos asesinos que a las fuerzas de la ley? ¿Y si lo que pasaba era que se estaba escondiendo porque él era el asesino? ¿O si tal vez...?

Tenía demasiadas preguntas sin respuestas, demasiada falta de confianza en Daniel como para creer algo bueno o malo de él. Esa mañana había estado segura de su inocencia pero ahora, algo le advertía de que debía tener cuidado con lo que hacía.

—¿A dónde vas? ¿Qué vas a hacer? —le preguntó nerviosa cuando vio que el muchacho empezaba a moverse.

Daniel esquivó su mirada incómodo.

—Voy a mirar si aún están por aquí. Si cuando regrese no te encuentro, lo entenderé. No te preocupes por mí.

Cogió el otro vaso de café que quedaba vacío en la mesa y lo lanzó a la papelera. Falló por unos centímetros. Aquel no podía ser un buen presagio. Por un momento se planteó quedarse esperando un poco, pero no podía permanecer al lado de Eva ni un minuto más. Antes de que el valor le abandonase, comenzó a alejarse con paso rápido.

Por el camino de vuelta a la puerta principal tuvo por fin tiempo para que su cerebro pudiese dar varias vueltas a la situación. ¿Acaso había cometido algún fallo? Si era así ¿por qué Catty estaba muerta? Ella solo había sido una mujer entre muchas. No tenía ninguna lógica. Aunque no, esa no era una buena línea de acción. Era imposible que se hubiese equivocado en nada. Había sido muy cuidadoso. Sin embargo, si no llegaba a ser por la ayuda de Eva...

Se detuvo al pensar en eso. Su mundo siempre había sido algo suyo, algo duro e ingrato pero suyo a fin de cuentas y ahora, le debía la vida a una maldita pija mojigata que le odiaba y juzgaba constantemente. Casi era mejor salir por la puerta con las manos levantadas y rendirse, que llevar eso en su conciencia.

Si al llegar a la puerta veía la oportunidad, saldría y se iría de allí corriendo. Podía fundirse con la gente hasta llegar a un lugar seguro y perderse para siempre. Si conseguía llegar hasta su piso tendría todo lo que necesitaba para escapar de allí intacto. Después, solo sería cuestión de encontrar a su contacto para que le diese los papeles de una nueva identidad.

Echaría de menos el nombre de Daniel, le gustaba. Además, estaba seguro de que hubiese podido llegar a acabar la carrera con buena nota. Casi era hasta gracioso. Fuera había unos individuos que querían matarle y él estaba lloriqueando porque no iba a conseguir su título. ¿A eso se había reducido su vida? ¿A sobrevivir y dar las gracias por huir un día más?

Esta vez estaba convencido de que lo había conseguido, de que por fin había logrado escapar para siempre. Había creído que era libre para intentar ser una persona normal, para levantarse sin esa sensación de peligro que siempre le acompañaba, desayunar algo ligero e ir a la universidad como el chico de veintiséis años que era. Estaba seguro de que podría conseguir que las cosas fuesen por su cauce una vez más.

Se había confiado. Había creído que el pasado era incapaz de alcanzar su futuro y por su culpa, habían matado a esa mujer. De nuevo las cosas se estaban torciendo a toda velocidad y el tiempo jugaba en su contra. Las medidas que tomase en las siguientes horas decidirían si iba a vivir o a morir. Y lo peor de todo era que aunque lo sabía, aún no estaba preparado para decidir.

Todo había sido tan rápido...

—¿Les ves? —preguntó una voz a su espalda haciéndole pegar un brinco.

—¿No te dije que no te movieses? —chilló a Eva a la que no había oído acercarse.

—Tardabas mucho. No quería estar sola.

Daniel afirmó con la cabeza como si lo entendiese, aunque se le escapó un resoplido malhumorado. Vale, ella le había salvado e iba a abandonarla como si fuese un perro, pero aun así le molestaba que no le hiciese caso.

—No te separes de mí —la pidió—. En cuanto te diga, saldremos.

—¿Y si están fuera?

«*Si están fuera, solo es cuestión de tiempo que averigüen dónde vivo y si se quedan con mi dinero, mis opciones se reducirán hasta lo imposible*» pensó.

—Me arriesgaré. Me buscan a mí, si quieres aún tienes una oportunidad de quedarte a salvo aquí. Tan pronto salga por la puerta llama a la policía y...

—¿Por qué no les llamamos ahora? —preguntó con un deje de miedo en la voz—. Ellos podrían ayudarnos.

Aquel era el momento clave. Podía mentirla y guardar su secreto o decir la verdad y que el miedo la hiciese irse corriendo. No era una decisión fácil. Sin embargo, ella se había arriesgado por él y por su culpa, no podía llamar a la policía.

—La policía me está buscando. —La miró a los ojos dejando que la información se grabase en su cerebro—. Si me encuentran, soy hombre muerto.

—¿Qué has hecho? —le preguntó asombrada.

A Daniel le pareció divertido el hecho de que tenía más expresión de sorpresa que de miedo.

—Cometí un error.

—¿Cuál?

—Uno —respondió desechando más preguntas con un movimiento de su mano—. No quiero que me sigas. Cuando salga por esta puerta no volverás a verme. Coge tú móvil, llama a la policía si quieres y sigue con tu vida. Una vez me haya ido no creo que te molesten más.

«No crees, pero ¿estás seguro?» Aquel pensamiento le hizo abrir los ojos analizando todo lo que había sucedido.

Le buscaban a él, ella ni siquiera era su amiga. Pero aquel hombre había visto cómo le ayudaba. Si daba la casualidad de que se hubiese fijado en su cara, solo era cuestión de tiempo que la encontrasen. Si habían matado a Catty solo por estar con ella ¿qué harían a Eva después de lo que había hecho por él? Aunque claro, si se quedaba con ella, las consecuencias podían ser peor.

El recuerdo de una niña de no más de quince años, le golpeó con fuerza en sus recuerdos. Aún podía oír sus débiles susurros a medida que gritaba histérica entre sus brazos.

—¿Estás bien? —le preguntó preocupada Eva al ver cómo se había puesto blanco de repente.

Daniel se movió incómodo en el sitio. Hacía demasiado que el pasado no le golpeaba con tanta fuerza. De hecho, hacía algún tiempo que no recordaba haber tenido ninguna pesadilla. Puede que tan solo esperasen el momento para golpearle con fuerza. Puede que estuviesen esperando precisamente al día de hoy para asaltarle cuando menos pudiese defenderse de ellas.

Al mirar a su amiga se sobresaltó. Por un instante, le pareció ver el fantasma de aquella chica en el cuerpo de Eva. Se frotó los ojos antes de mirar hacia el exterior donde no había ni rastro de los hombres que le buscaban.

—No les veo. Creo que sería el mejor momento de irnos.

Antes de que Eva pudiese responderle, ya estaba en la calle examinando los lugares donde antes no tenía visibilidad. Ignoró a toda la gente que le rodeaba mientras se ponía a caminar a la salida del campus con la cabeza baja intentando no llamar la atención.

Tan solo se quedó paralizado cuando a lo lejos, vio como un hombre con barba rebuscaba entre la multitud. No estaba seguro de si sería uno de los tres que le estaban buscando, pero no iba a arriesgarse. Sin dudar, cambió de rumbo.

—Tengo el coche en el parking —le informó Eva con las mejillas sonrojadas del esfuerzo al continuar su paso—. Creo que es la mejor forma de salir de aquí.

La idea era buena, aunque cuanto más le ayudase más expuesta estaría. Pero claro, tampoco es que tuviese muchas alternativas.

—Te sigo —la informó.

Tan pronto se acercaron, Eva reconoció al hombre de la cámara moviéndose entre la gente. El aspecto descuidado de su ropa resaltaba ante lo selecto del campus. Con un andar entre peligroso y agresivo, se movía entre los autos buscando a su presa.

—Voy yo sola a por el coche —susurró a Daniel que la miró como si de pronto se hubiese vuelto loca—. No tardo nada. —Cuando la sujetó agarrándola del brazo, miró al muchacho con curiosidad.

—No lo permitiré. Es muy peligroso, si te cogen...

Dejó la frase en el aire unos segundos esperando que a la chica le entrase la razón. Aún podía salir de allí sin exponerla, solo tenía que arriesgarse y...

—Lo haré —afirmó Eva con seguridad—. No me conoce, fui yo quien le vio a él y el de la puerta no tiene pinta de andar cerca. Para éste solo seré una rubia más.

—Es peligroso —repitió inseguro.

—Estaré bien. Solo asegúrate de montarte cuando pase por tu lado. —Daniel afirmó con la cabeza sin estar convencido del todo—. Deséame suerte.

Ya se estaba levantando cuando la voz de Daniel la detuvo.

—Gracias. —Al mirarle le vio por primera vez titubear—. No tienes que hacer esto por mí. ¿Lo sabes?

Eva aguardó unos segundos mientras pensaba qué decirle. Al mirarle, no le pareció el mismo cretino petulante de siempre. Solo era un chico normal y corriente que andaba entre asustado y tremendamente guapo. Cuando habló, lo hizo con una increíble sinceridad.

—Tú tampoco tuviste que salir del coche, pero lo hiciste.

Le miró como si fuese capaz de rebatir aquella sencilla explicación. Con una sonrisa, se puso bien su bolso y caminó como si el único problema en su vida fuese que los zapatos de tacón no pegasen con su esmalte de uñas.

Le costó actuar con normalidad cuando los ojos de aquel hombre se centraron en ella. Los ojos marrones con los que la examinaba parecían ser capaces de ver sus más recónditos secretos. Por un instante, Eva sintió que iba a averiguar la verdad solo atravesándola con esa mirada y a punto estuvo de salir corriendo, pero cuando el miedo iba a dominarla por completo, el hombre apartó la vista. Suspiró de alivio mientras seguía caminando como si tal cosa.

Cuando abrió la puerta y se metió dentro, por el espejo retrovisor pudo espiar disimuladamente cómo el hombre estaba buscando alguna otra pista. A veces era una suerte que siempre infravalorasen a las rubias.

Por primera vez, el ronroneo del motor cuando arrancó le pareció un estrépito ensordecedor. Sin poderlo evitar, no dejaba de echar miraditas de reojo en dirección al hombre de la cámara para que le diese tiempo a reaccionar en el caso de que hiciese algún movimiento sospechoso. En su pecho, sentía el corazón a mil por hora. Ahora, lo único que tenía que hacer era sacar su coche de allí y estarían a salvo.

Colocó los espejos de tal forma que aunque diese

marcha atrás, no perdiese el contacto visual con aquel hombre. Bajó las ventanillas para que entrase todo el aire que estaba necesitando mientras sujetaba el volante con las dos manos incapaz de relajarse. Echó un vistazo al rincón entre los dos coches donde se había escondido Daniel que la miró asintiendo con la cabeza y pisó el acelerador.

Cuando el coche, en lugar de retroceder avanzó, soltó un chillido histérico al notar cómo se subía encima de la acera. Tardó solo dos segundos en reaccionar. Aun así, le dio tiempo a asustar a varias personas que pasaban cerca, atropellar a una papelera indefensa y lo que fue peor, atraer por completo la atención del hombre de la cámara.

Se estaba acercando a ella a mirar qué había ocurrido cuando un movimiento por el rabillo del ojo atrajo su atención. A toda velocidad, Daniel entró en el coche por la ventana mientras el hombre de la cámara comenzaba a correr hacia ellos.

—¡Acelera! —gritó.

No se lo tuvo que repetir.

8

—¿Es así como sueles conducir? —le gruñó Daniel de mala forma intentando acomodarse en su asiento—. Casi estaría más seguro dejando que me cogiesen.

Eva ni siquiera se molestó en responderle. Toda su concentración estaba puesta en la acera, donde la gente chillaba intentando apartarse de su camino. Tuvo que dar un fuerte volantazo a la izquierda para esquivar a un par de estúpidos peatones que no supieron apartarse del medio. La maniobra logró que perdiese el control del vehículo y el lateral chocó contra una farola.

—¿Qué coño haces? —gritó Daniel al ver como el hombre empezaba a correr de nuevo hacia ellos—. ¡Arranca! ¡Salgamos de aquí!

La muchacha giró la cabeza desembotando sus sentidos. El golpe la había dejado algo atontada pero el tono de urgencia y la adrenalina impidieron que la dominase el pánico.

—¡Arranca, arranca, arranca! —le estaba chillando Daniel histérico.

—Disculpa si el hecho de que quieran matarnos me produce algo de presión —protestó mientras pisaba de nuevo el acelerador.

Tuvo que girar con violencia para esquivar a un hombre que venía corriendo hacia ellos y la maniobra hizo que de un salto volviese a la carretera. El choque contra el suelo provocó un fuerte golpe en los bajos del coche que le dolió a Eva en su fuero interno.

«Como salgamos de esta me vas a comprar un coche nuevo» prometió.

Giró para no estrellarse con una pared y Daniel, preso de un pánico absoluto, tiró del freno de mano. En ese momento a Eva le pareció que derrapar no era tan divertido como lo hacían parecer en las películas. Sujetó con fuerza el volante cerrando los ojos esperando el golpe que iban a darse.

Cuando encontró el valor para volver a mirar, le separan unos centímetros del chasis de un Mercedes.

—¡Quieres conducir con los ojos abiertos! —gritó Daniel fuera de sí—. ¡La gracia de escapar es no acabar matándonos nosotros mismos!

—¿Quieres hacerlo tú? —le amenazó con una gélida mirada que se desvió hasta el hombre de la cámara que corría hacia ellos a toda velocidad—. Hazme un favor ¡cállate y no me estreses más!

Al acelerar con fuerza, esta vez consiguió mantener el control del vehículo mientras zigzagueaba por el aparcamiento yendo hacia la salida y esquivaba a los coches y peatones por milímetros. Apretaba con tanta fuerza el cuero del volante que le dolían los nudillos y el hecho de no haber chocado ya, se debía más a la suerte que a su pericia conduciendo.

Al pulsar el botón de la radio, Jared Leto cantaba con su grupo la canción *This is war*, mientras el chirriar de las ruedas la avisaba de que había tomado una curva con demasiada velocidad.

—¿Música? ¿Es en serio? —le preguntó Daniel frunciendo el ceño mientras se sujetaba con fuerza de la puerta.

—Chitón y no te muevas.

—No tengo ninguna intención —respondió con sorna.

Dos peatones se pusieron a insultarla a voz en

grito cuando pasó a su lado a toda velocidad, mientras Eva los miraba por el espejo retrovisor feliz de no haberles atropellado. Cuando por fin salió del aparcamiento, respiró aliviada.

Siguió circulando en línea recta sin bajar la velocidad diez minutos más antes de permitirse relajarse.

—Creo que estamos a salvo —informó a Daniel.

El chico la miró con el rostro descompuesto.

—¿Segura? —Eva afirmó con la cabeza—. Entonces ¿te importaría bajar un poco la velocidad antes de que vomite?

—Sí, claro. —Apenas soltó el pedal del acelerador cuando por el espejo retrovisor apareció un sedán negro circulando a toda velocidad—. O tal vez puede que haya hablado demasiado rápido —rectificó—. ¡Agárrate!

Aceleró mientras su copiloto demostraba la poca seguridad que le transmitía con un chillido nacido en sus entrañas. Lo que él no sabía, es que encima su querido *Ampera*, había pasado por las manos de Sergio Pérez, un ex que le había preparado el coche para que diese un doscientos por cien. Puede que ella fallase en las curvas pero, en una línea recta, su *Ampera* no tenía parangón. La ventaja que fue sacando a sus perseguidores fue haciéndose notable desde el primer minuto.

—¿A dónde vamos? —preguntó a Daniel que aún sujetaba con fuerza al cinturón de seguridad como si le fuese la vida en ello—. ¡Reacciona! ¿A dónde vamos?

Con los ojos llenos de pánico le salió una voz chillona al hablar con ella.

—¿Pero dónde narices aprendiste a conducir? ¿En

los autos de choque?

—De nada por salvarte la vida dos veces. ¿A dónde quieres que te lleve?

Tenía razón. Por si fuese poco deberle una, encima, ahora le debía dos. Daniel rumió para sus adentros una maldición.

—A la ciudad. Tengo que coger unas cosas de mi piso.

—¿Dónde es?

—Conduce, te voy guiando.

A Eva no le pasó inadvertida la evasiva respuesta ¿es que pensaba que no tenía orientación o ni siquiera quería compartir con ella su dirección? Estuvo tentada de parar el coche y decirle que se bajase, pero algo en su interior le pidió tener paciencia.

Paciencia... ni que no hubiese tenido suficiente. No había más que ver cómo había quedado su querido Ampera. Toda aquella locura de asesinos, muertes y persecuciones la estaban volviendo loca. Bufó malhumorada apretando los dientes dejando que la música disolviese parte del mal humor que sentía.

El trayecto hasta entrar en la ciudad fue bastante tranquilo. Aunque no podía dejar de echar miradas furtivas por el espejo retrovisor por si les veía acercarse de nuevo. Estaba segura de haberlos perdido, pero tras el último susto no acababa de fiarse. Aparte de unas leves indicaciones, Daniel no abrió la boca en todo el trayecto. Se había abstraído totalmente en sus pensamientos y estaba demostrando ser un compañero de viaje pésimo. Eva tenía que morderse la lengua para no hacerle las mil preguntas que andaban correteando sin parar por su mente.

La zona a la que Daniel la estaba guiando pasó de

ser lujosa a mediocre y de mediocre a mísera. Cuando pensó que no podría aguantar allí ni un minuto más, empeoró de verdad. Jamás en su vida se había adentrado tanto en esas calles de la ciudad y estaba convencida de que si no llegaba a ser porque iba acompañada se hubiese dado media vuelta al instante.

A pesar de todo, se dejó guiar mientras Daniel miraba por la ventanilla del coche con aire ausente. Finalmente, cuando la pidió que parase, escogió una calle demasiado oscura para su gusto. Aún no había anochecido, pero ni el sol se atrevía a adentrarse en aquel lugar.

—¿Vives aquí? —preguntó Eva examinando todo con desaprobación.

Al bajarse del coche, pisó un charco que no parecía agua mientras una multitud de apestosos olores inundaba su nariz. Eva retorció su cara con asco preguntándose cómo alguien podría vivir en aquel sitio.

—Es que me están pintando la mansión de los lunes justo ahora —añadió Daniel con sorna—. Ahora vengo, espera aquí —solo dio un par de pasos cuando sintió a la chica en su espalda—. ¿A dónde te crees que vas? —la increpó.

—¿En serio crees que me voy a quedar aquí sola?

Daniel echó un vistazo a su alrededor. Estaba tan habituado al lugar que ni por un momento se planteó lo que significaba para una chica de bien ver aquel callejón desvencijado con su basura por el suelo y las paredes decoradas con grafitis.

No, desde luego no era el lugar idóneo para una chica. Sonrió. Ya puestos, ni siquiera era el lugar adecuado para Eva. Estaba seguro de que se iba a arrepentir de lo que tenía que decir incluso antes de abrir la boca.

—De acuerdo. Puedes subir a mi casa.

Antes de que pudiese cambiar de opinión, Eva sacó el bolso del coche y cerró la puerta mientras le seguía con paso inseguro. El ruido que hacían sus tacones en la calle, estaba fuera de lugar. Era un sonido que no tenía nada que ver en este mundo. A su entender, el abandono y la inmundicia se habían apropiado de ese rincón de la ciudad hasta dejar la zona inhabitable para casi cualquier ser humano. No pudo reprimir un chillido al ver cómo una rata jugueteaba con una zapatilla abandonada.

Siempre había creído que los sitios así existían en las películas cutres para que el típico macizo de turno, llevase a la atractiva... *"pero inteligente"* chica a que pudiese ver de primera mano lo triste y mísera que era su existencia sin ella. Allí la protagonista descubría el cuchitril al que llamaba hogar, que resultaba ser algo menos acogedor que un basurero lleno de perros rabiosos. Pero cuando el amor existe, incluso el peor de los sitios parece un pequeño paraíso.

Pues bien, ella no debía de estar nada enamorada porque a excepción de las ganas de vomitar que le produjo el olor, solo sintió desazón ante la idea de que encima tenían que subir seis pisos a pie para llegar a su apartamento.

¿En qué clase de siglo se había construido aquel edificio que ni siquiera contaba con un ascensor? Tampoco era que costase tanto poner uno. Si los vecinos querían, podían verlo como una inversión...

Los zapatos de tacón se le hicieron insoportables a partir del tercer piso, pero por nada del mundo caminaría por ese suelo con olor a orina y otros excrementos en los que prefería no pensar. Al llegar al quinto, ya no le pareció tan horrible la idea y se descalzó.

—¿En serio vives aquí? ¿Tienes que hacer esto cada día? —preguntó sin respiración y con un notable dolor en las piernas—. Espero que por lo menos, por dentro esté mejor que por fuera. Para serte sincera de momento me está pareciendo una mierda.

Daniel no se molestó en responder. Siguió subiendo hasta alcanzar el último piso. La puerta de madera que les cerraba el paso parecía tan delicada que bastaría una patada para que se cayese al suelo sin oponer resistencia. A pesar de todo usó una llave para abrirla.

Nada más entrar, Daniel dejó las llaves en la mesita a la derecha de la puerta mientras se quitaba su cazadora. Se dirigió a un armario en la esquina de la entrada de dónde sacó unas maletas preparadas.

Eva le miró sorprendida. Daniel no sabía que le buscaban aquellos hombres, ni siquiera habría podido tener una idea de que ella iba a ayudarle. Entonces ¿cómo era que estaba preparado para fugarse hoy mismo?

—¿Tenías intención de irte a alguna parte? —El tono le salió un poco más hostil de lo que tenía intención.

Como si no comprendiese a qué venía el enfado, Daniel la miró con curiosidad. Cuando se dio cuenta de que se refería a sus maletas se encogió de hombros.

—Me gusta estar preparado para todo —contestó, como si esa respuesta resolviese sus dudas en lugar de abrir nuevas incógnitas. Le dio la espalda mientras sacaba también una pequeña mochila del armario y la preparó junto a sus maletas—. Voy a darme una ducha rápida y salimos —informó.

—¿Una ducha? ¿Ahora? —protestó Eva impaciente por irse de ahí—. Por si no lo recuerdas nos están siguiendo. Tenemos que salir de aquí lo antes posible.

De hecho, estaba convencida de que en los próximos segundos era probable que alguien entrase tirando esa endeble puerta de una patada con pistolas en las manos para matarles. Por muy escondida que pareciese esa calle, solo era una calle.

—No te preocupes. No es tan fácil atinar con este sitio, además, ni siquiera está a mi nombre.

—Pero...

—Estaré un tiempo en la carretera —añadió con cierta nostalgia—. A saber cuándo será mi próxima ducha caliente.

No quería decirla que necesitaba cierto tiempo para sacar de su escondite los ciento veinte mil dólares que había conseguido ahorrar. Aunque era cierto que los buscaban, posiblemente tuviesen esos minutos que necesitaba.

—No tardo —prometió alejándose.

—Seguro que no —murmuró Eva examinando el lugar.

Ella también quería salir de allí corriendo en cuanto tuviese la oportunidad. El suelo del lugar estaba levantado y tenía cazuelas por todos lados recogiendo el agua de las goteras del techo. Las paredes estaban pintadas con varios colores allí donde el papel que las decoraba había sido arrancado por la humedad. Ni siquiera quería saber si el olor que le llegaba era del piso, del portal o de la calle. En el fondo se conformaba con que se duchase lo más rápido posible para irse de este deprimente lugar y no volver.

¿Cómo era posible que se pudiese permitir ir a su escuela viviendo en un sitio así? Era imposible que alguien diese tanta prioridad a sus estudios como para habitar en un lugar como ese. Cuando la cisterna del baño se hizo oír, se escandalizó ¿es que acaso las paredes eran de papel? Tan pronto escuchó el sonido de la ducha, se concentró en los minutos que le quedaban antes de poder irse.

Buscó un sitio para sentarse en lo que le pareció el salón. El mobiliario que había allí era casi inexistente. La televisión ni siquiera estaba enchufada. Los libros eran viejos y estaban desperdigados en las baldas torcidas que había en la pared. La planta que tenía en la esquina ni siquiera era real. Era de plástico.

Cogió una foto donde se reconocía a un Daniel mucho más joven con una mujer mayor que sonreía feliz. ¿Sería su madre o un ligue más importante que el resto? Siendo él no podía asegurar nada.

Malhumorada, dejó la foto en su sitio. Le apetecía sentarse, pero no en aquel sofá destartalado. A lo mejor, si ponía un periódico debajo...

Al principio no le había prestado atención, pero ahora el ruido rítmico que su subconsciente escuchaba estaba aumentando en intensidad. Rezó para que no fuese la rata de antes que en un alarde de valor, hubiese decidido seguirles hasta ahí arriba. Cuando se concentró, salió de nuevo al pasillo y reconoció el sonido de unos pasos que se acercaban desde la escalera. Seguramente, sería uno de los vecinos de Daniel maldiciendo por no tener ascensor.

Era eso, estaba convencida. A pesar de todo, era incapaz de apartar la vista aguardando a que parasen. Cada vez los pasos sonaban más cerca. Cuando se detuvieron, Eva hubiese jurado que estaban al otro lado de la puerta. Y no de una puerta de hierro macizo con una cerradura de protección, no. Estaba frente a una puerta que tiraría un niño pequeño si le daba con una pelota. Aguantó la respiración esperando. El único sonido que le llegaba era el martilleo constante de su corazón en sus oídos. Estaba a punto de creer que lo había soñado cuando alguien movió el pomo intentando entrar.

Eva reprimió el grito que había estado a punto de escaparse de sus labios cuando se dio cuenta del peligro. Con el pánico recorriendo su organismo, intentó moverse en silencio hacia la habitación de Daniel. Al entrar, le vio desnudo terminando de secarse.

—¿Qué demoni... —Eva se lanzó hacia él tapándole la boca con su mano antes de que los que estaban fuera le oyesen.

—Alguien está intentando entrar —susurró aterrorizada.

Como si confirmase lo que le había dicho, el sonido de la puerta abriéndose les llegó con claridad. Ambos se quedaron mirando la puerta a la espera de que entrase alguien, pero el que fuese que había fuera, parecía estar revisando el salón.

Daniel cogió a Eva de la mano y la llevó hacia el único armario de la habitación. Al abrirlo, descubrió que estaba casi vacío. Antes de que pudiese quejarse la empujó y se metió tras ella sin dudar.

—¿Pudiste ver quién es? —le preguntó susurrando

mientras intentaba ver a través de una pequeña rejilla que había dejado. Esperó unos segundos a que le contestase, pero no obtuvo respuesta—. ¿Y bien? ¿Qué te pasa? —preguntó impaciente.

—Es que... —respondió visiblemente turbada—. Te estoy notando todo.

Podía entender que tuviese miedo, que sus cuerdas vocales se hubiesen paralizado, que estuviese a punto de perder el control y chillar por la claustrofobia de un sitio así, pero no eso. Por un momento Daniel no supo a qué se refería, hasta que la idea apareció en su mente y lo comprendió.

—¿En serio estás pensando en eso ahora?

—Es que... —titubeó como si le costase hablar con él—. Se está haciendo más grande.

Y era cierto. Desde el momento en que le dijo que notaba todo su cuerpo, sobre todo lo que tenía entre sus piernas, el dichoso bicho parecía estar creciendo y moviéndose a pasos agigantados. Si no llega a ser porque Daniel estaba completamente quieto, pensaría que se la estaba restregando.

—No lo hago a propósito.

—¿Seguro que no? —comentó Eva con ironía.

Un segundo después se arrepintió cuando unos pasos sonaron corriendo en la habitación. Aguantó la respiración mientras rezaba a Dios porque no les descubriesen. Encima, por si fuese poco, le costaba concentrarse notando cómo aquella maldita cosa palpitaba tan cerca.

Daniel estaba intentando mirar hacia fuera a través de la rendija, así que no vería si ella bajaba la cabeza un poco. Lo justo para ver...

Dejó de importarle que la pillase cuando la puerta

se abrió de golpe. Fuera de sí, empezó a chillar.

—O te callas o te pego un tiro —amenazó el hombre que les estaba apuntando con la pistola. Tras dedicar una sonrisa burlona añadió—. Y tú, por Dios, ponte unos pantalones.

9

—Usted es Frank Menéndez —afirmó Eva reconociéndole de la entrevista en televisión—. El marido de Catty.

El hombre arrugó la nariz. En su mirada pudo sentir que el desprecio hacia ella era mucho mayor ahora que le había reconocido. Con ademán descuidado, se subió los guantes como si quisiera asegurarse de que estaban bien puestos mientras valoraba ese pequeño inconveniente.

—No tengo nada contra ti —añadió en un tono demasiado condescendiente—. Solo estás en un mal sitio en el peor de los momentos. Si no vuelves a abrir la boca, a lo mejor sales de esta con vida ¿Te ha quedado claro?

—Sí —respondió Eva.

La mueca que puso Frank en su cara era de triunfo.

—¿No te dije que para salir con vida no tenías que abrir la boca? —Acercó su pistola hasta su cabeza y le retiró un mechón de la cara—. Siempre me pareció que las rubias no sois demasiado inteligentes.

—Déjala en paz —le ordenó Daniel con tono arisco.

Como si hasta ese momento no se hubiese dado cuenta de su presencia, el hombre desvió su atención hacia él.

—Así que el mocoso, aparte de para follarse a mi mujer, tiene pelotas para hablar. —El desprecio apenas si disimulaba la ira que sentía—. ¿Sabes lo difícil que es dar contigo? Por si fuese poco, encima tienes varios pisos con distintos alias. ¿Es así como despistas a la mayoría de los maridos? —Notó como el muchacho apretaba la mandíbula sin dejarse amilanar por su sarcasmo—. Aunque viendo como vives, no puedo culparte de aspirar a más tirándote a la puta de mi esposa. Dime ¿es en esta cama donde se la metías?

Apuntó el arma a la cara a Daniel que ni siquiera pestañeó. El odio con el que le seguía manteniendo la mirada a aquel hombre, desafiaba la lógica y la razón.

—La chica no tiene nada que ver. Deja que se vaya y haré lo que me pidas —pidió con voz segura.

Eva le miró como si no pudiese creerse aquel gesto. Se veía que aquel hombre le quería matar y tan solo se estaba preocupando por ella. Quiso pedir clemencia, decir algo que apaciguase los ánimos a ese asesino, pero estaba segura de que si abría la boca solo empeoraría la situación.

El señor Menéndez le miró como si de verdad se estuviese planteando durante un segundo aquella propuesta. Mirándola de soslayo, empezó a pasear por el cuarto examinando todo al detalle.

—¿En serio has sido capaz de traer a mi mujer a un sitio así? —Hablaba para sí mismo sin esperar respuesta. Con la pistola, cogió una toalla del suelo y la levantó antes de dejarla caer de nuevo—. Y pensar que a mí me discutía cuando no podía alquilar la suite presidencial en algún hotel. Vivir para ver ¿no crees?

—Eso dicen —respondió Daniel.

—De todas formas, no me extraña que me haya costado tanto encontrarte. Yo también escondería mi existencia si este fuera mi pisito de soltero. —Mientras hablaba, empezó a abrir un cajón tras otro—. Y que conste que te doy un aplauso por tu esfuerzo.

Realmente conseguir lo que hiciste tiene su mérito. ¿Puedo preguntarte cómo lo hiciste?

Daniel sacó una sonrisa sádica antes de responder.

—Le ofrecí lo que un hombre le haría si tuviese lo que hay que tener. No como el marido ese con el que se casó.

Frank dejó de rebuscar para quedársele mirando. Se acercó blandiendo el arma de manera peligrosa mientras Eva aguantaba la respiración. Cuando levantó la pistola y la bajó con fuerza sobre la cara de Daniel, le hizo perder el equilibrio.

—No te pases con los huevos chaval —le amenazó tras dirigir la punta del arma a la cara de Eva—. Si sigues por ese camino, serán dos las mujeres que pierdas esta semana.

—Deja que se vaya —le pidió Daniel desde el suelo—. Ella casi no me conoce. No tiene nada que ver con esto.

Al mirarle, Eva comprobó que sangraba de una ceja. Quiso recompensar aquella preocupación alegando que no saldría de allí sin él, pero era incapaz. A la menor oportunidad que le diesen, saldría de allí corriendo sin mirar atrás.

—Vamos a jugar a un juego —comentó Frank como si tal cosa—. Si ganas podréis iros. Si pierdes...

Dejó la frase en el aire para que se imaginasen lo que iba a pasar. Eva no necesitó más para que su mente se empezase a llenar con imágenes horribles.

—Supongo que no será al póker —Daniel sonrió con sorna mientras se ponía en pie.

—No. —La sonrisa en el rostro de aquel hombre era una burla constante—. Será una apuesta en la que me demuestres lo macho que eres. —Antes de que Daniel pudiese reaccionar, Menéndez le puso la pistola en la mano para después ponerse de rodillas frente a él—. Es fácil, ahora solo tienes que disparar. —Aguardó un segundo en los que el muchacho no hizo nada—. ¡Vamos, dispara! —le ordenó.

Daniel no salía de su estupefacción. Apretó el arma contra la frente de aquel loco mientras se concentraba en apretar el gatillo, pero a la vez incapaz de hacerlo.

—No quiero hacerle daño. —La risa sádica que llegó como respuesta, le hizo pensar que Catti se había casado con un loco.

—Pero yo quiero que me pegues un tiro muchacho. Vamos. ¡Atrévete! —A cada palabra fue subiendo el tono de voz—. Si no lo haces te mataré a ti y a la puta de tu novia como hice con mi mujer; así que ¡dispara!

Eva pensó que no se atrevería, que sería incapaz de hacerlo, hasta que oyó el click del arma. Daniel miraba la pistola sin creerse que estuviese descargada.

—¡Que demon...!

De un puñetazo en los testículos, Frank Menéndez le tiró al suelo. Preso de un dolor insoportable, Daniel se encogió sobre sí mismo aullando de dolor.

—¿Qué clase de imbécil te crees que soy? —le preguntó con sorna—. ¿Te follas a mi mujer y encima quieres pegarme un tiro? Estás mal de la cabeza chaval —Con violencia, le dio una patada en el pecho.

—Tú dijiste... —La frase murió en los labios de Daniel cuando Frank le apretó el cuello con su bota.

Paralizada, Eva veía aquella escena surrealista

como si solo fuese una espectadora invisible. Abrió la boca para hablar y cuando lo hizo, no reconoció su propia voz.

—¡Déjele! —demandó.

El valor le falló cuando Frank se giró a mirarla con una mueca burlona, sorprendido de que se hubiese atrevido a inmiscuirse. No le resultó difícil averiguar lo que estaría pensando en ese instante. Una rubia con el pelo a la altura de los hombros. Un vestido blanco de Chanel, zapatos con tacón suficiente como para tocar la luna sin necesidad de ponerse de puntillas, las uñas perfectamente pintadas. Miedo desde luego no iba a dar.

Cuando avanzó hacia ella, Eva no pudo evitar retroceder un paso.

—¿Quieres que tu noviete salga con vida de esta habitación? —Cuando alargó la mano para acariciar su mejilla, notó cómo la chica hacía un esfuerzo sobrehumano para no retirarse.

—Sí —consiguió articular con el terror recorriendo su cuerpo.

Intentó mirarle a los ojos mientras imágenes de lo que podía llegar a pedirla la bombardeaban el cerebro. No importaba. Daniel se había arriesgado por salvarla, pidiese lo que pidiese lo haría.

—¡No la toques! —soltó Daniel desde el suelo, con odio en los ojos—. Cumplí el trato y te disparé. Esto es entre tú y yo, deja que se vaya.

Al mirarle, Eva no pudo evitar sentirse impresionada. Ella que siempre le había considerado un cretino y allí estaba él, demostrándole que era más hombre que la mayoría de los tíos con los que había salido.

—Haré lo que quiera —contestó a Frank con un toque infantil en su voz que no pudo reprimir—. Tan solo le pido que no nos haga daño.

Mientras hablaba, Daniel hizo amago de intentar levantarse.

—Ésta si está cargada —informó Frank sacando otra pistola de su espalda—, así que más vale que no te hagas el héroe. —Sonrió ante la indecisión que vio reflejada en la cara del muchacho. Luego, dirigiéndose a Eva, añadió —. Quiero que hagas algo por mí.

—Lo que quiera.

—Vas a coger a tu noviete y os vais a ir de la ciudad. Os quiero lejos de aquí. Nada de esconderos o lo lamentareis. Tengo maneras de enterarme de si cumplís vuestra parte del trato o no.

—Sí, lo sé —comentó Eva incapaz de mirarle a la cara—. Hemos visto a tus hombres siguiéndonos.

—¿Mis hombres? —Por un momento Frank la miró confundido, aunque fue algo tan breve que pareció haberlo soñado—. Es imposible que una niñata como tú los haya visto. Pagué un montón de dinero por esos especialistas. Aunque bueno, por lo menos ahora sabéis que siempre tengo un as en la manga. Tenéis hasta mañana u os mataré. ¿Os ha quedado claro?

—Sí —respondió Eva.

Una sonrisa lasciva cubrió la cara de Frank que la examinó de arriba abajo con descaro antes de dirigirse a Daniel que no quería ni moverse.

—No sé qué demonios hacías con mi mujer pudiendo disfrutar de este bomboncito en la cama.

—Solo somos amigos —dijo Eva como si aquello importase.

Frank la miró con la cara perpleja.

—Entonces lo entiendo. Tenía que quitarse el calentón al verte. —Se divirtió ante la incomodidad que demostró la chica—. Tenéis hasta mañana a la mañana. No lo olvidéis.

Se alejó, sin darles la espalda. Ya estaba por cruzar la puerta, cuando encima de la cama, al lado de la ropa, un sobre blanco llamó su atención.

—¿Qué tenemos aquí? —preguntó acercándose de nuevo.

—¡No lo toques! —exclamó Daniel fuera de sí.

Se iba a lanzar como un energúmeno a por el señor Menéndez cuando éste, como si hubiese leído sus intenciones, levantó la pistola y apuntó a la chica.

—Atrévete —le desafió.

—Ese sobre es mío —añadió Daniel suplicando por primera vez—. Por favor no me lo quite.

Movido por la curiosidad, el señor Menéndez abrió el sobre y lanzó un silbido de admiración.

—¿Todo esto es tuyo? —preguntó impresionado sacando un grueso fajo de billetes—. Creo que me lo voy a quedar por las molestias. ¿Te importa?

Daniel no le respondió, tan solo se dejó caer al suelo derrotado. Apuntándoles, Frank retrocedió hasta que un portazo en la entrada les informó de que había abandonado la casa.

—¿Estás bien? —preguntó Eva preocupada.

Daniel no se movía. Parecía tan lejano a todo como si se hubiese rendido. Despacio, miró por la ventana y suspiró.

—Ayer dormí aquí. Tenemos que irnos pronto —la informó.

¿Qué había dormido allí? ¿Qué importaba eso?

Lo más peligroso era que aquel hombre podía volver a por ellos.

Tan pronto estuvieron listos, Daniel cogió la foto que había visto en el salón y la metió en su mochila. Eva no le preguntó nada. Solo le ayudó con sus cosas y bajaron las escaleras lo más rápido posible.

Al salir a la calle, la chica no pudo contener una maldición.

—¿Qué coño le ha pasado a mi coche? —El chasis que había allí, se sujetaba sobre unos ladrillos sin ninguna de sus partes intactas—. Esto no puede estar pasándome a mí —murmuró malhumorada—. Es imposible.

—Vamos —la ordenó Daniel agarrándola la mano y tirando hacia la calle—. Tenemos que salir pronto de aquí.

El tono de urgencia con el que hablaba, era más apremiante que cuando habían tenido una pistola apuntándoles a la cabeza.

—¡No! ¡Me niego! —exclamó furiosa. Todo el miedo que había sentido se estaba transformando en una ira que la consumía—. ¡Era mi Ampera! ¡Malditos malnacidos, ojalá os pudráis en el infierno!

Ni siquiera sabía a quién chillaba. Solo sentía que si no descargaba parte de la adrenalina que tenía en el cuerpo, haría alguna tontería. Aunque se quedó callada cuando un sedán negro apareció a lo lejos rumbo hacia ellos. Reconocía perfectamente aquel coche.

—Vamos —la increpó Daniel—. Tenemos que irnos

—Nos dio un día —se quejó.

—¿Y te fías?

La verdad era que sí, le había creído. A veces la habían acusado de ser muy inocente, pero para ella tenía lógica que si decías algo era porque tenías toda la intención del mundo de cumplir esa parte del trato.

A pesar del dilema moral que se abría ante sus ojos, cuando Daniel la cogió de la mano se dejó arrastrar sin oponer resistencia. Por lo menos hasta que vio su intención de esconderse entre unos contenedores.

—¿Tú sabes lo que ha costado este vestido? —se quejó.

No tenían tiempo para tonterías. Aunque protestó, Daniel la alzó en el aire y la obligó a seguirle hasta estar bien escondido.

—Ni se te ocurra hacer ningún ruido —la amenazó.

Con dolor en el corazón, Eva vio cómo su impresionante vestido tenía ya varias manchas sospechosas. Aunque pudo reprimir las lágrimas que estaban a punto de derramarse, el odio con el que estaba vigilando salía a través de sus ojos como si fuesen dagas afiladas.

—Primero mi coche y ahora mi ropa —murmuró refunfuñando—. ¿Qué más puede pasarme hoy?

Daniel la miró como si no se creyese lo que estaba oyendo.

—Por lo menos sigues viva —alegó.

—Pero a qué precio... —Se quedó callada cuando el sedán aparcó a pocos metros de donde estaban ellos escondidos.

Los mismos hombres que les habían seguido en la universidad salieron a la par del coche, entrando a todo correr al edificio.

—Hay que irse —murmuró Daniel arrastrándola

fuera de su escondite —Tenemos poco tiempo antes de que bajen.

A Eva ni siquiera le importaba el tiempo que tuviesen. Con los dientes apretados y refunfuñando para sí misma fue hasta el coche y abrió la puerta. Esos idiotas incluso habían dejado las llaves en el contacto. Una sonrisa maliciosa cubrió su cara.

—¿A qué estás esperando? Vámonos —le indicó a Daniel metiéndose en el interior del vehículo.

El chico dudó un segundo antes de seguirla.

—Estás loca —comentó con una gran sonrisa.

—Lo sé.

Al arrancar, Eva esperaba que la tropa de matones saliese corriendo a por ellos. Pero aunque esperó unos segundos, nadie acudió. Un poco decepcionada, salió de allí sin volver la vista atrás.

—¿A dónde vamos? —le preguntó Daniel nervioso.

—Puede que el señor Menéndez haya hecho los deberes contigo, pero estoy convencido de que no tiene ni idea de quién soy yo. Así que supongo que mi casa es aún segura.

Mientras conducía, se hizo un silencio en el coche que ambos agradecieron.

Un día normal se había torcido en cuestión de horas hasta el extremo de no saber si al día siguiente seguirían vivos. Eva sentía un miedo atroz, pero por otra parte, también una sensación de excitación y de triunfo.

Por el amor de Dios, se suponía que las personas a las que habían enviado eran profesionales y ellos les habían engañado no una vez, sino dos. Encima, aunque hubiese perdido su coche, les había podido robar el suyo. Era una pequeña victoria que les concedía el universo para congraciarse.

Puso la radio y dejó que la música empezase a sonar con fuerza. Bajó la ventanilla del coche y circulando a ciento veinte kilómetros por hora, el viento la acarició con una sonrisa en la cara.

10

—¿En serio no le importa que me quede aquí a dormir? —preguntó Daniel con aquella voz aflautada que tanto odiaba—. Le prometo que será solo esta noche. Mañana, en cuanto acaben de pintar mi nuevo apartamento, no les molestaré más.

—Por supuesto que no —comentó Marcos con indulgencia—, pero nada de armar jaleo a la noche. Algunos tenemos que madrugar.

Eva puso los ojos en blanco ante la sonrisa juguetona que se le había puesto a su tía en la cara. Meter a Daniel en aquella casa era como juntar el hambre con las ganas de comer.

—Ni se te ocurra acercarte a Carmen —le amenazó tan pronto se alejaron lo suficiente—. Te estoy ayudando, así que no me fastidies.

—¿En serio crees que tengo ganas ahora de jugar?

Si por ella fuese, diría que quería jugar siempre. A pesar de todo, la manera en que aquellos ojos grises la miraban pidiendo comprensión la enterneció.

—Dudo mucho que el señor Menéndez nos encuentre aquí —comentó intentando cambiar el tema de conversación—. Así que podemos descansar tranquilos esta noche.

Y era justo lo que necesitaba. Poder estar tranquila una noche entera para poder poner sus ideas en orden. Todo había sucedido tan rápido que ni siquiera había tenido tiempo de asimilarlo.

Cuando abrió la puerta de su cuarto, el olor a vainilla y caramelo le llegó arrastrando todas las malas sensaciones que tenía.

—Así que esto es lo que quieres de mí —añadió Daniel con tono solemne—. Iluso de mí que pensé que podría dormir solo.

A medida que la idea de lo que estaba sugiriendo entraba en la mente de Eva, sus mejillas empezaron a sonrojarse.

—¡No, no! —añadió moviendo sus manos frenéticamente—. Te equivocas, es solo que aún es muy temprano y mi tío podría sospechar algo si nos vamos a la cama sin hablar.

—¿Segura? —preguntó con una sonrisa mordaz.

—¿Te estás burlando de mí? —preguntó incrédula.

Daniel se mordió el labio con picardía intentando no estallar en carcajadas.

—¿Y qué si lo estoy haciendo?

—¡Serás...!

Incluso empujándole con las dos manos, apenas si le movió unos centímetros. Cuando Daniel empezó a reír, fue un sonido tan extraño en él que la descolocó por completo.

—No me dirás que te has enfadado —la preguntó intrigado al ver cómo le estaba mirando—. Era una broma.

—No, no es eso. Es solo...

—Solo ¿qué? —preguntó impaciente.

—Se me hace raro verte reír.

El esplendor de su sonrisa bajó en intensidad al oírla. Mientras miraba al suelo, intentó hacer memoria de cuándo fue la última vez que se había reído de verdad. No era capaz de recordarlo.

—No suelo tener muchos motivos para hacerlo.

—Tienes una vida curiosa. Lo reconozco —confesó Eva con una mirada traviesa—. Pero eres una buena persona.

—¿Y cómo estás tan segura?

—Te bajaste del coche —Eva se sentó en la cama visiblemente cómoda—. Pocos lo habrían hecho.

—¿A eso se reduce todo? —Añadiendo una ligera ronquera, Daniel imitó la voz que se oían en los anuncios de televisión—. ¿Cómo transformarse de un capullo integral a un hombre de provecho en dos movimientos? Primero, abra la puerta de su coche y acto seguido salve a una dama en apuros. Cien por cien de éxito garantizado.

—¡No seas tonto!

Lo que tenía más a mano era un cojín, que fue lo que le lanzó apuntando a la cara. Cuando ambos empezaron a reír, se sintió más a gusto de lo que se había sentido en mucho tiempo.

—Estamos en paz. Me has ayudado mucho hoy.

Eva volvió a ruborizarse.

—Tengo que confesarte que ni siquiera sé de donde saqué el valor. Me temblaba todo antes de entrar siquiera.

—¿Sabes cuál es la diferencia entre una persona normal y un héroe? —Esperó hasta que la vio negar con la cabeza—. Una persona normal hace lo que tiene que hacer cuando tiene que hacerlo. Un héroe hace lo que tiene que hacer incluso sabiendo lo que puede llegar a perder si continúa.

Aquello la dejó sin palabras. A pesar de todo, aún a riesgo de estropear el momento, hizo la pregunta que tenía en mente.

—¿Qué está pasando?

Todo asomo de sonrisa o bromas se borraron de la cara de Daniel como si nunca hubiesen existido.

Aquella mueca hostil a la que estaba acostumbrada, tomó lugar en su sitio mientras le notaba ponerse tenso.

Aquella pregunta no era tan fácil de responder como ella se pensaba. Cuanto más supiese, a más peligros la iba a exponer. Daniel cogió el cojín del suelo mientras sopesaba lo que tenía que decir. No quería mentirla, pero tampoco podía ser sincero.

Sus recuerdos empezaron a fluir y movió la cabeza para sacudirlos antes de que se apropiasen de sus pensamientos por completo, pero ya era tarde. En ellos, un Daniel mucho más joven e ingenuo escuchaba con atención las lecciones que le mantendrían con vida, en un futuro no tan lejano como pensaba entonces.

El mentor, como todos le llamaban, era el encargado de cuidarle y enseñarle. Fue él el que le dio la primera doctrina a seguir si no quería desaparecer de este mundo.

«Nunca te fíes de nadie.»

Había pagado el precio de ignorar aquellos consejos. No cometería dos veces la misma estupidez.

—Creo que el señor Menéndez descubrió la aventura que tenía con su esposa y no le sentó muy bien.

—Pero... ¿Matarla? ¿Por qué simplemente no se divorció?

Con indulgencia, el chico sonrió ante la ingenuidad de su amiga. Se sentó en el suelo poniendo el cojín sobre su regazo.

—¿Sabes lo costoso que puede llegar a ser un divorcio? Y eso por no hablar de lo que pueden hacerle a un hombre los celos. Aunque también es posible que quisiera evitar que se supiesen los flirteos extramatrimoniales que tenía Catty.

—O sea, a fin de cuentas la mató por dinero, por celos o para que nadie supiese que le había puesto los cuernos.

—En el mundillo en que vive, que tu mujer te engañe puede hundir tu empresa. Aunque no creo que este sea el caso.

—¿Qué crees entonces?

Al hablar, la miró a los ojos para que entendiese la profundidad de lo que estaba diciendo.

—La mató por despecho. Porque es un tío duro al que nadie puede engañar sin pagar las consecuencias.

Eva asentía con la cabeza mientras encajaba las piezas del puzzle.

—¿Y por qué nos dejó ir?

De eso no estaba seguro, aunque no había dejado de pensar en ello desde que salieron de su piso.

—Creo que deberíamos dormir.

—Pero aún tengo más preguntas —protestó.

—Y yo no tengo todas las respuestas —añadió levantándose—. No puedo leer la mente del señor Menéndez. De momento tendremos que conformarnos con haber salido de está vivos. Quién sabe, a lo mejor solo es un loco obsesionado conmigo —comentó a modo de broma.

—Sí, después de todo, tú solo te acostabas con su mujer. —Se arrepintió desde el momento en que salió por su boca.

El reproche que vio en la cara de Daniel la dolió. No había sido su intención ofenderle, solo quería seguir con la broma.

—Buenas noches —se despidió el chico

dirigiéndose a la puerta.

Ya estaba a punto de cruzar cuando oyó una pregunta más a su espalda.

—Dime por lo menos para qué era el dinero.

No la respondió. Salió del cuarto en silencio y cerró la puerta tras él. Ya en el pasillo, lanzó un suspiro cansado y permitió a sus parpados cerrarse un segundo luchando por no llorar. Cuando los abrió, la expresión de su cara tenía aquella máscara de frialdad que usaba tan a menudo.

Se obligó a sonreír mientras notaba todos los músculos de su cuerpo entumecidos y doloridos por la tensión acumulada a lo largo del día. Con paso lento y cansado, caminó hasta su cuarto. Había sido un día horrible. Peor de lo que Eva creía. Pero aun así no podía rendirse, no podía caer, porque sabía lo que eso iba a significar.

Se quedó mirando uno de los cuadros con los que estaba decorado el pasillo. Podía sacar algo de dinero si lo vendía a un prestamista, estaba seguro de que no llegaría a un cuarto de su valor en el mercado, pero si quería tener alguna esperanza de salir de ese lio necesitaba el dinero con urgencia.

¿Así iba a agradecer a Eva el que le hubiese ayudado? ¿Robándola en su propia casa? No, no era robar. La estaba haciendo un favor desapareciendo de su vida para siempre.

Ni siquiera sabía si tenían alarmas. En el caso de que así fuese, puede que con solo tocarlos se activasen. ¿Qué diría entonces? ¿Qué mentira podía añadir a la lista? Odiaba toda aquella situación.

«*Intenta no delinquir nunca, cuanto más llames la atención más fácil será dar contigo.*»

Era fácil decirlo sentado en una mesa donde no necesitabas nada. Pero ahora estaba ante un caso de fuerza mayor. Le estaba bien empleado por dejar todo escondido en un mismo sitio.

Aunque en un primer momento le había parecido mejor hacerlo así que tentar a la suerte recorriendo todos sus escondites para recaudarlo, había llegado a la conclusión de que no volvería a cometer ese error. Y solo le había costado ciento veinte mil dólares averiguar ese valioso consejo. En el fondo tampoco era algo tan grave. Se había arriesgado y la cosa había salido mal.

Para empezar ¿por qué había confiado en la suerte sabiendo que siempre jugaba en su contra? Tenía que haber sido previsor. Tenía que... dejar de pensar en tonterías. El dinero había desaparecido y estaba vivo. Eso era lo único que importaba ahora.

¿Pero cuál sería su siguiente paso? Desde luego cambiar de identidad no le saldría barato precisamente. Lo mejor sería además dejar esta ciudad. Podía volver a intentarlo en California, siempre había querido probar fortuna ahí. De hecho, si cogía un par de esos cuadros desaparecer sería cuestión de...

—Veo que también te gusta el arte —comentó una voz femenina a su espalda—. Eres todo un cúmulo de sorpresas.

—¿No deberías estar con tu marido? —preguntó Daniel sin girarse.

—Le he dado una pastilla para dormir, creo que no nos molestará en toda la noche. —Se puso a la espalda de su amante y le abrazó acariciando su pecho con las manos—. No te imaginas el placer que me has dado cuando te he visto entrar hoy por la puerta.

Mientras susurraba al oído del chico, notó como éste se iba poniendo tenso con el contacto.

—¿Estás bien? —preguntó sorprendida.

—Lo siento, tengo mal día. Perdí mucho dinero en una mala inversión. —La risa divertida de Carmen acentuó su mal humor—. ¿Te parece divertido?

La mujer ronroneó con placer.

—Me parece que podemos llegar a un acuerdo para minimizar tus perdidas.

—¿Sí? ¿Y qué tengo que hacer? —Una vez más se forzó en subir su sonrisa mientras se daba la vuelta mirándola con lujuria.

—Ser un mal chico. —Gimió de placer cuando notó cómo la lengua de Daniel invadía su boca—. Muy muy malo —susurró con gran placer.

Para cuando Daniel se despertó el sol hacía rato que había salido. Murmuró una maldición mientras buscaba toda su ropa desperdigada por el cuarto vistiéndose a todo correr. Con suerte, podría encontrar a Carmen para que le diese el dinero antes de que Eva se despertase.

Ya estaba casi listo cuando se fijó en la puerta del baño. Era demasiado sugerente como para ignorar el placer que le proporcionaría una ducha de agua caliente.

Una vez dentro, se frotó con fuerza para intentar limpiar toda aquella suciedad que sentía. Todo el olor a sexo con el que estaba aromatizada su piel. Cuando acabó, intentó evitar mirarse en el espejo directamente mientras se secaba. Resopló cansado. Apenas si había podido dormir esa noche pero por lo menos, no se iba de allí siendo un ladrón.

Revisó una vez más las maletas y lo dejó todo preparado. De la mochila, sacó la foto que había cogido en el apartamento. Se sentó en la cama mirándola notando cómo la tristeza, que siempre mantenía a raya, se iba apoderando de él. La sacó del marco y acarició la cara de la mujer con todo el amor del que fue capaz.

Buscó entre la mochila una cartera desgastada por el uso y la abrió. La puso dentro, junto a otra foto en la que un niño de no más de quince años sonreía orgulloso al lado de una muchacha de su misma edad que sacaba la lengua.

El recuerdo de los gritos le golpeó sin piedad. Sus manos empezaron a temblar con fuerza y sintió ganas de vomitar. ¿Cómo había sido capaz de hacerlo? ¿Qué clase de persona era? Cerró la cartera respirando con dificultad y se llevó la mano al pecho. Todo era culpa suya.

Tenía que salir de allí. Tan pronto tuviese el dinero, saldría de allí corriendo y ya nadie podría encontrarle. Había sido un estúpido pensando que podría tener una vida normal, que se merecía una vida normal. Ahora pagaba las consecuencias de su tontería. El tiempo jugaba en su contra una vez más. Tenía que seguir corriendo y volver a esconderse antes de que fuese demasiado tarde. Si no lo era ya.

Acabó de arreglarse y practicó en el espejo la mueca que tenía que tener para que no se notase nada. Debía ser el chico de siempre un poco más.

En el salón, se encontró a tía y sobrina desayunando juntas. No estaba preparado para eso. Se quedó paralizado en la entrada sin saber qué hacer.

—Eres un perezoso, ya son casi las diez —bromeó Carmen animándole a entrar—. ¿Tan cansado estabas?

La doble intención del comentario no pasó desapercibido a Eva que le dirigió una dura mirada.

—Fue un día fuerte —añadió sentándose en la mesa al lado de Carmen.

Le incomodaba la manera en que Eva le estaba mirando, pero aun así prefirió no decir nada. Solo tenía que encontrar el momento de cobrar para irse de allí. A pesar de todo, el reproche que notaba clavándose desde los ojos de su amiga le daba ganas de empezar a gritarla.

En lugar de eso, agarró una manzana de la fuente de fruta y la mordisqueó con apetito. La tensión se podía cortar con un cuchillo. Era tanta, que entre aquellas paredes el único sonido que se oía por encima de los cubiertos era el del televisor dando las noticias.

Daniel estaba buscando la mejor manera de sacar el tema del dinero cuando una mano entre sus piernas le hizo dar un brinco sobresaltado.

—¿Se puede saber qué te pasa? —le preguntó Eva de mala gana.

—Nada —la respondió intentando aparentar normalidad—. Me dio un ligero tirón.

La situación, por una vez, le estaba incomodando demasiado como para aparentar que la disfrutaba. Tener a Eva tan cerca le hacía sentirse más sucio que de costumbre. No sabía cómo hacer para detener los avances que estaba haciendo su tía por debajo de la mesa. Estaba a punto de soltar algo en voz alta cuando sonó el teléfono.

—Disculpadme —añadió Carmen levantándose de la silla—, es importante.

Cuando salió del salón, por fin pudo respirar tranquilo.

—¿Pero se puede saber tú de qué vas? —le reprochó Eva—. Prometiste no hacer nada estando en mi casa ¿Acaso crees que no os oí anoche?

—Yo no tuve nada que ver.

—¿Entonces qué fue? ¿Ella entró en tu cuarto y te forzó? —comentó ofendida—. Confié en ti.

—¡No tengo por qué darte explicaciones! —Al hablar dio un golpe con el puño cerrado encima de la mesa que hizo vibrar todo.

—Sales en la tele.

—¿Qué? —preguntó confundido.

—Que sales en la tele —comentó subiendo el volumen.

Al girarse, Daniel, reconoció su foto frente al edificio donde vivía. La presentadora hablaba con un policía de uniforme un poco demasiado entrado en años para estar patrullando las calles.

—El sospechoso se hacía llamar Daniel Flynn, pero solo es un alias. Actualmente hemos mandado las huellas al laboratorio y en breve sabremos su verdadera identidad.

«Lo dudo —pensó Daniel—, *mis huellas no están registradas.*»

De todas formas, tener a la policía a su espalda no facilitaba mucho las cosas. Cambio de planes. Nada de California, se iría a otro continente. Tenía entendido que en España se vivía de maravilla en esta época del año.

—La llamada anónima nos ha traído al edificio —

proseguía el agente disfrutando de la atención de la periodista—. Ha contribuido a que no estuviese preparado para nuestra visita y nos ha permitido encontrar el arma del crimen con sus huellas. —El toque de orgullo en su voz era evidente.

—¿De qué arma está hablando? —preguntó Eva a su espalda.

Daniel la ignoró mientras se mordisqueaba el pulgar pensando a todo correr. La cosa se estaba complicando demasiado.

—Te estoy hablando —le recriminó Eva—. ¿De qué arma están hablando?

Al mirarla, la cara de la muchacha estaba pálida mientras exigía la explicación.

—¿Acaso no lo ves? —le preguntó—. Por eso me pidió que le disparase, por eso nos dejó escapar. —Por la expresión de su cara Eva aun no entendía a qué se refería—. Piénsalo, mata a su mujer y tiene el chivo expiatorio perfecto.

—¡Dios mío!

—Tengo que salir de aquí —añadió a la par que se levantaba—. Debo desaparecer antes de que el cerco se cierre del todo.

—Pero ¿Cómo?

—Sé hacerlo, no es la primera vez que cambio de identidad.

Eva le miró esperando que se explicase mejor, que contase a qué se refería, pero no lo hizo. Cuando Daniel salió del salón tuvo que seguirle a todo correr hasta donde estaba Carmen al teléfono.

—Quiero lo que me prometiste —le pidió directamente—, lo necesito ya.

—Estoy ocupada —añadió tapando el auricular con

una sonrisa traviesa—. Luego jugamos un rato.

Como si él tuviese tiempo que perder. Cuando agarró el teléfono y colgó estaba furioso de verdad.

—¡Ahora! —la ordenó.

—¿Quién te crees que eres? —exclamó su tía entre sorprendida y enfadada—. Ni se te ocurra volver a hacer esto.

—¡Ahora!

Durante un instante, dio la impresión de que Carmen iba a negarse. Le miró desafiándole antes de posar sus ojos en su sobrina. Con mala cara les dejó allí.

—¿Qué te prometió? —preguntó curiosa Eva mientras la veía alejarse.

Creía saber la respuesta, lo que no estaba segura era de lo que iba a sentir cuando la oyese de sus labios.

—Dinero.

El mundo se paralizó durante un instante. ¿A eso se reducía todo? Dinero, dinero y más dinero. Respiró con profundidad. Daniel la estaba mirando a la espera de que dijese algo, de que le reprochase cualquier cosa, de que le insultase. Y sus ojos le advertían de que cuando lo hiciese, atacaría.

—¿Por qué?

Era una pregunta sin malicia. Hecha desde la ignorancia. Sin recriminación ni juicio de ningún tipo. Estaba segura de que no la iba a responder, de que todo terminaría cuando su tía trajese el dinero que le había prometido. Pero tenía que hacerla. Tenía que saber.

Durante un minuto Daniel miró a su alrededor. Todo aquel glamour, toda aquella riqueza acumulada, le molestaba. Le dañaba.

—¿Sabes lo caro que es desaparecer? —En su tono no había chulería ni descaro. No había ni pizca de la típica antipatía con la que se dirigía a ella. En su forma de hablar solo había una profunda tristeza.

El ataque de empatía que le sobrevino a Eva la sorprendió. Nunca hubiese pensado en eso. Hasta entonces, el dinero solo servía para la compra de nuevos conjuntos o cualquier fruslería que se le antojase. Pensar que la vida de alguien dependiese de algo tan superfluo era inconcebible.

Pero Daniel tenía un piso en el que las ratas se sentían incómodas ante la inmundicia que las rodeaba. La ropa de su armario era tan escasa que si se hubiese fijado seguramente le hubiese visto repetir vestuario. ¿Y su coche? Lo había visto un par de veces pero nunca en el aparcamiento de clase. De hecho, siempre le había visto alejarse caminando.

—Yo tengo dinero —habló con voz tímida, insegura—. Podría ayudarte si me dejas.

Le miró de reojo esperando que su oferta no le hiciese sentir mal.

—¿Ah sí? ¿Y qué quieres a cambio? —Daniel mostró una sonrisa lobuna dedicada para encandilarla—. ¿Quieres que haga que tus problemas desaparezcan por una noche? Podría hacerlo, soy muy bueno en lo mío.

Se acercó a ella con un andar entre agresivo y feroz. Cuando pasó su mano por la mejilla para colocar un mechón de pelo detrás de su oreja, el contacto provocó un rastro de fuego en su piel.

—No quiero nada, solo ayudarte. —Era la verdad, pero su cuerpo parecía opinar lo contrario.

Sin comprenderlo, todo su ser bramaba porque la

tomase allí mismo contra la pared. Porque la besase como había hecho ayer. Por acariciarlo como no lo había hecho nunca. El deseo que la poseía era tan fuerte que necesitaba sentir sus manos agarrando su cuerpo mientras le arrancaba la ropa salvajemente.

Nunca, en sus veinticuatro años de vida, había tenido un deseo sexual tan fuerte hacia nadie.

—Pídelo —susurró Daniel con voz melosa en su oído—. Pídelo y seré tuyo todo el día y toda la noche si quieres. Pídelo y te haré el amor hasta que tus fuerzas te abandonen.

Todo su ser, urgía a Eva para que aceptase aquella propuesta. Las palabras le quemaban en los oídos mientras su fuero interno ardía de placer. La mente empezó a soñar despierta con el contacto de la lengua de Daniel contra el lóbulo de su oreja.

—Puedo hacerte cosas con las que ni siquiera has soñado en tus fantasías —proseguía susurrando para su tortura y placer—. Que este día viva para siempre entre tus recuerdos como la mejor experiencia de tu vida.

A Eva le costaba tanto trabajo respirar, que se lo quería quitar todo. Nunca la ropa le había dado tanto calor como ese día. Si se la quitaba podía pedirle que la tomase, que calmase esas ansias que estaba creando.

Ni siquiera sabía cómo estaba logrando permanecer de pie tanto tiempo con las ganas que tenía de estar tumbada en el suelo sobre él.

Alargó la mano con lentitud y tocó aquel duro torso. Su piel se erizó de placer mientras todas las terminaciones nerviosas de su cuerpo mandaban distintas señales a su organismo. Le deseaba. Le deseaba con todas sus fuerzas.

Las excusas y las palabras morían antes de nacer

de sus labios. ¿Por qué iba a estar mal eso que le hacía sentir tan bien? No haría daño a nadie, solo quería gemir extasiada al sentir a semejante semental entre sus piernas.

Formar una sola sílaba era una odisea. No sabía que la estaba sucediendo, lo que sí sabía era que moriría si no le tenía dentro de ella en ese mismo momento.

—Daniel...

11

—¡Aquí tienes tu puto dinero! —interrumpió su tía lanzando un montón de billetes a la cara del muchacho.

Por un instante, Eva no supo lo que pasaba. Miró a su alrededor como si la hubiesen sacado de un extraño trance al que hubiese sido sometida sin su consentimiento. Todo parecía estar igual que antes, pero evidentemente, algo había cambiado. Su cuerpo ya no la presionaba tanto y se sintió horrorizada ante lo que había estado a punto de hacer.

Cuando miró a Daniel, no había ni rastro del magnetismo del que había hecho gala hacía un momento y sus deseos hacia él, habían desaparecido casi por completo.

—¿Qué ha pasado? —preguntó confundida.

No la respondió. En su lugar, lanzó un bufido malhumorado mientras le dedicaba una mirada hostil a su tía cuya mueca de desprecio era insultante.

Daniel, apretando los puños con la mandíbula tensa, intentaba con todas sus fuerzas que el mal humor no ganase la batalla y le obligase a hacer algo de lo que más tarde se iba a arrepentir.

Al agacharse para recoger el dinero, una risotada triunfante le llegó de aquella que había sido su amante.

—Es así como debería haberte tratado desde el primer día. —El rencor daba a sus palabras altivez y furia a partes iguales—. Como una puta cualquiera a la que hay que dejar dinero en la mesita después de follar. Nos hubiésemos ahorrado muchos disgustos.

—¡Tía! —exclamó escandalizada Eva—. Déjalo ya.

Eras tú la que se aprovechaba de la situación.

Al girarse hacia ella, Carmen tenía el rostro descompuesto por la ira.

—¡No olvides que estás en mi casa! ¡Aquí tú eres la invitada y yo estoy más que harta de tus estúpidos comentarios! —Aquella manera de gritar la hacía parecer una mujer diferente a la que Eva había conocido durante toda su vida; pero como si no la importase añadió dirigiéndose a Daniel—. ¡Y tú, en cuanto acabes de recoger el dinero sal de esta casa y no regreses nunca! ¿Te ha quedado claro?

El muchacho no respondió. Siguió recogiendo uno a uno los billetes indiferente a todo cuanto oía a su alrededor.

Frustrada, Carmen pisó el billete que estaba a punto de coger impidiéndole que lo levantase. Estaba lista para reaccionar ante el primer insulto o la típica frase chulita que solía salir de la boca de aquel engreído. Para lo que no estaba preparada, era la expresión de agresividad que encontró en el rostro de Daniel.

Tratar con él nunca le había dado miedo. Ahora sin embargo, retrocedió un paso asustada ante la posibilidad de que la atacase.

—En cuanto acabes vete de mi casa —repitió insegura.

—Ya te oí la primera vez. —El tono gélido con el que Daniel habló, sonó especialmente peligroso.

Sin saber cómo obrar, Carmen miró desconcertada a su sobrina que se negó a mirarla a la cara. Confundida, murmuró algo ininteligible y se alejó de allí en silencio.

—¿Qué haremos ahora? —preguntó preocupada

Eva en cuanto se quedaron a solas.

—¿Haremos? —Daniel levantó la cabeza. Parte de la hostilidad que sentía se veía reflejada en sus movimientos—. No hay un haremos. Tú vas a quedarte aquí y yo voy a resolver mis problemas.

Por algún motivo, ese comentario la sentó bastante mal. Después de todo lo que habían pasado, no podía creerse que fuese capaz de dejarla tirada como si tal cosa.

—Pero estamos juntos en esto. Puedo ayudarte.

—¿Y quién te ha dicho que quiero tu ayuda? —La brutalidad con que se dirigió a ella no tuvo ninguna piedad—. La niña rica que intenta salvar al desgraciado en apuros. ¿En serio crees que te necesito?

—Entiendo que...

—¡No me interesa lo que entiendas o dejes de entender! —explotó con rabia—. Sé manejar mis problemas yo solo. Lo hacía muy bien antes de conocerte.

—Escucha...

—¡Que me dejes en paz! —chilló Daniel enfadado dando un manotazo a la mano que Eva había puesto en su hombro—. A ver si te queda claro. No somos amigos, no somos compañeros y estamos en paz por lo que pude llegar a haber hecho en ese puto garaje. Cuando cruce esa puerta será para desaparecer para siempre. Y lo haré yo solo.

Aquella confesión provocó en Eva un dolor lacerante en el pecho.

—¡Está bien! ¡Vete! —gritó a la par que sentía como una profunda decepción se iba apoderando de ella—. Eres un gilipollas, un cabrón y un imbécil. Ni siquiera sé por qué te he ayudado.

Daniel se negaba a mirarla. Contaba los billetes como si le fuese la vida en ello. Aunque en el fondo luchaba en su fuero interno por no dejarse llevar por la compasión. No tenía tiempo para calmar el dolor que la estaba causando. Aunque ella nunca lo supiese, esto era lo mejor para ambos.

—¿Has acabado? —la preguntó con autosuficiencia.

—¡No! —chilló la chica fuera de sí—. También eres estúpido, inmaduro, anormal y gilipollas.

—Gilipollas ya lo has dicho —comentó con sorna.

—¡Y quiero que me devuelvas mi camisón!

Aquello consiguió que Daniel torciese el gesto en su cara con una mueca extraña.

—¿De qué me estás hablando?

—Mi camisón rosa. Te lo llevaste y no me lo has devuelto.

Su mente recordó levemente el incidente en el que se vio obligado a ir por la calle con un camisón rosa. Una pequeña sonrisa apareció en su cara. Parecía que aquello le había sucedido a un desconocido hacía un millón de años.

—Lo tiré —respondió con un encogimiento de hombros.

Ahora era Eva la que le miraba con la boca abierta.

—¿Qué tiraste un camisón de *La Perla* a la basura?

—Pensé que ya no lo querrías —se defendió—. Además, seguro que tienes veinte más en el armario.

—Pero era mío.

—Lo siento —se disculpó con un encogimiento de hombros. Dos segundos después empezó a reír—. ¿En serio me estás echando la bronca por tirarte un camisón? Puedo pagártelo si quieres.

—No es cuestión de dinero, esas cosas no se tiran. Sobre todo si no son tuyas.

A pesar del enfado que sentía hacía unos segundos, Daniel era incapaz de ocultar su sonrisa.

—Está bien, me has convencido. La próxima vez que me ponga un camisón tuyo, te prometo que no lo tiraré.

—Más te vale —respondió Eva con tristeza. Suspiró antes de intentar ahondar en el tema una vez más—. ¿Estarás bien?

No sabía qué contestar. Hacía tiempo que había perdido la cuenta de las veces que se había tenido que mudar y era todo un profesional en ese campo. Sin embargo, en esa ocasión, sentía que debía quedarse. Que por primera vez tenía la oportunidad de pertenecer a un sitio de verdad. Estaba estudiando, tenía lugares a los que acudir de noche y había empezado a creer que estaba teniendo una vida.

Al mirarla a los ojos, Daniel sintió algo cálido en su interior que le incomodó.

—Sí, no te preocupes —mintió—. Sé cuidarme solo. Tengo varios amigos que me ayudarán a desaparecer y pronto estaré instalado en mi nueva casa.

No estaba seguro si aquel tono alegre que usaba había engañado a Eva, pero si no fue así, la muchacha prefirió disimular.

Sumida en sus pensamientos y en silencio, le acompañó al cuarto para ayudarle con las maletas. Mientras lo hacía, lanzaba tímidas miradas de reojo a Daniel que fingía no darse cuenta.

Quería pedirle que se quedase. Tal vez, si se

escondía un par de días en su casa, podrían enfocar sus problemas de otra forma. Además, así tendría la oportunidad de conocerle sin juzgarle con la dureza con que lo había hecho hasta ahora. Quería hacerlo, pero su boca se negaba a dejar escapar las palabras.

Se quedó mirando un viejo jarrón que adornaba la entrada. Puede que su boca fuese más lista que ella y por eso permaneciese cerrada. Después de todo sabía que tomar aquella decisión era mala idea. Probablemente la policía acabase por encontrarle, además ¿qué pensaba obtener? ¿Más tiempo? ¿Para qué? ¿Para qué tuviese que estar siempre encerrado en su cuarto con miedo a que le descubriesen?

Hombre... la idea de tenerle en su cuarto no parecía tan mala, aunque seguro que si se lo proponía a él no le haría la misma gracia.

A cada minuto que pasaba buscaba nuevas excusas para que se quedase, para que no la dejase sola. A pesar de todo, el tiempo pasó mirándole y se ofreció a ayudarle cargando una maleta hasta la puerta.

—Así que esto es una despedida —preguntó negándose a tocar el picaporte. Tras un incómodo silencio añadió—. ¿Me llamarás? ¿Me escribirás para decirme que estás bien?

—Creo que no —musitó Daniel incapaz de mirarla a la cara—. Cuanto menos sepas de mí mejor. Además, podrían usar la señal del teléfono o las cartas para encontrarme.

—Entonces, ¿esto es un adiós para siempre?

Le costó mucho esfuerzo, pero se obligó a levantar la vista antes de responderla.

—Es lo mejor. Estarás bien. Este lío es algo en lo que no te tenías que haber visto involucrada.

Mientras hablaba, un par de lágrimas empezaron a correr por el rostro de Eva incapaz ya de contenerse. Cuando Daniel se acercó a ella y le pasó la mano por la mejilla, el calor que sintió donde la había tocado la abrasó.

No era justo, aquel no era el final adecuado para una historia. Siempre había creído en la justicia y ahora resultaba que iba a ser un inocente el que tuviese que salir corriendo. No era justo.

Deseaba que se lo pidiese. Si lo hacía, le ayudaría a probar su inocencia. Incluso podría pedir a su tío que le consiguiese el mejor abogado que el dinero pudiese pagar. Si hacía falta, incluso estaba dispuesta a llamar a su padre para pedirle un favor. Aquel no era más que el principio de una lucha que no iban a perder, solo tenían que tener fe. Todo iba a salir bien, podía contar con ella para lo que quisiera. Tan solo tenían que...

—Te dejo ya —comentó Daniel cogiendo sus pertenencias—. Al final resulta que no eres como esperaba. Muchas gracias por todo y espero que te vaya bien en esta vida, te lo mereces.

No podía hablar. Eva quería decir tantas cosas a la vez que las palabras se arremolinaban en su cerebro impidiéndola formar ninguna frase coherente.

Tenía que quedarse, podían luchar y salir victoriosos. Tenían que enfrentarse al señor Menéndez para que pudiese salir de ese agujero. Al ver cómo agarraba el pomo de la puerta, el pánico llenó su corazón.

—Daniel —consiguió articular.

Cuando se giró a mirarla, la muchacha juntó todo el valor del que disponía para dar un paso al frente y besarle.

Si aquello era una despedida, no quería arrepentirse de no haberlo intentado. Pasó sus brazos alrededor del cuello y dejó que su olor la embriagase. Que se quedase grabado en su subconsciente para no olvidarle nunca. Fue toda una sorpresa que él le correspondiese con el mismo ardor y pasión.

Sintió en sus manos un placer indescriptible al acariciarle. El contacto con su lengua avivó el hambre que sentía y sus sentidos descubrían extasiados lo que era emborracharse de lujuria. Ni siquiera fue consciente del sonido que hicieron las maletas al caer cuando él las soltó para agarrarla con fuerza.

La izó del suelo como si no pesase nada. Al apoyarla contra la pared, tiraron algo al suelo sin que a ninguno de los dos le importase. El mundo exterior había quedado relegado al olvido mientras intentaban fundirse en un solo ser.

Un gemido de placer escapó de los labios de Eva cuando notó las manos de Daniel sujetándola del culo. Enroscó sus piernas alrededor de su cintura y metió sus manos por dentro de la camiseta abrazando aquel fornido torso. Entre sus piernas, se movía impaciente un extraño bulto que luchaba por escapar de su encierro.

Daniel acarició sus pechos por encima de la camiseta rozando con el pulgar el delicado pezón mientras mordisqueaba su cuello. La columna de fuego que recorrió el cuerpo de Eva, le llenó de sensaciones vertiginosas que se arremolinaba en el centro de su ser. Los suspiros escapaban entre besos arrastrándola más allá del sentido común.

En los ojos del chico descubrió la misma hambre

que ella deseaba saciar. Introdujo con delicadeza su mano en el interior de su pantalón, acariciándole sin dejar de besarle en ningún momento.

—Te deseo —musitó excitada en su oído.

Algo cambió en ese instante.

Como si le hubiese ofendido, Daniel retrocedió un paso dejando espacio entre medio de los dos para que el momento se enfriase.

—Esto no está bien, tengo que irme.

Esas palabras fueron como si la echasen un jarro de agua helada por la espalda. Un jarro no, todo un cubo de agua ártica recién extraída del polo norte.

—Puedes irte más tarde —concedió esperanzada.

—No, tengo que hacerlo ahora.

Toda la excitación que sentía se transformó en ira en un solo segundo.

—¿Estarás de broma? —preguntó enfadada —No me dirás en serio que te tienes que ir así.

Como respuesta, Daniel agarró sus maletas y abrió la puerta. Ya estaba saliendo cuando se fijó en unas personas que bajaban de un sedán negro y que al verle, empezaron a correr hacia la casa.

—¿Qué pasa? —preguntó Eva cuando le vio entrar de nuevo —¿No me dirás que te lo has pensado mejor? Creo que has dejado pasar tu mejor oportunidad.

—Me han encontrado —la informó con el semblante pálido —Están ahí fuera.

—Eso es imposible, no saben dónde vivo.

No tenía tiempo para discutir. Aquella puerta era mejor que la de su apartamento, pero seguro que tampoco resistiría mucho si la querían derribar.

—¿Hay alguna otra salida?

Eva sintió que el miedo y la adrenalina empezaban a recorrer su organismo. Un golpe en la puerta la hizo reaccionar.

—Sígueme.

Ni siquiera miró si la obedecía. Ya estaba corriendo mientras fuera vociferaban golpeando la puerta y llamando al timbre. Sin parar, atravesaron las habitaciones del personal de servicio ante la mirada sorprendida de los allí reunidos.

A su espalda, Daniel la seguía no demasiado lejos. Había tirado sus maletas y solo llevaba su mochila encima dejándose guiar.

—Este es el garaje personal de mi tío —dijo señalando una puerta gris oscura—, podemos salir por ahí.

—Tú te quedas —enfatizó Daniel—. Esto es problema mío.

—Me necesitas.

—Aquí estarás a salvo. Es a mí a quién buscan.

—Por el amor de Dios. Nos han visto juntos, les robamos el coche juntos, te has venido hasta mi casa. ¿En serio crees que van a dejarme tranquila?

Daniel lanzó una maldición.

—Está bien. Vamos.

Por fortuna, Marcos tenía la manía de dejar esa puerta siempre abierta y pudieron entrar con rapidez. Eva dio el interruptor de la luz y se fue corriendo a un escritorio mientras rebuscaba entre los cajones la llave que abriría el cajón donde su tío guardaba las otras llaves.

A pesar del peligro que corrían, Daniel se detuvo un segundo para admirar la extensa colección de coches que estaba allí dispuesta. Rolls Royce, Ferraris,

Lamborghinis, Jaguar, Porsche, Alfa Romeo, Bentley... todos ellos tenían su lugar bajo aquel techo. Impresionado, incluso llegó a ver un Bugatti Atlantic y un Impala.

—Así que a tu tío le gustan los coches —comentó acariciando un Porsche rojo que parecía nuevo.

Eva estaba rebuscando en una caja leyendo etiquetas con los nervios a cien. No contribuyó a tranquilizarla que Daniel se acercase a ella.

—No sé cuál coger —musitó temblando.

—Si me permites —añadió Daniel agarrando una llave negra sin leer la etiqueta—, creo que esta sería una elección adecuada.

Se movía entre los coches como si conociese el lugar. Confusa, Eva le siguió sin saber bien a dónde se dirigían. Al detenerse, lo hizo frente a un Lamborghini de color negro y unas preciosas llantas de aleación OEM pintadas en el mismo color que la carrocería. Pulsó el botón de la llave y la puerta se abrió.

Daniel lanzó su mochila dentro, permitiendo que una oleada de placer le recorriese el cuerpo al sentarse.

—¿Sabías que el Aventador LP700—4 es capaz de alcanzar los cien kilómetros en menos de tres segundos? —El tacto al agarrar el volante era impresionante—. Debería estar prohibido tener a este pequeño encerrado en un garaje. Los construyeron para correr libres como el viento.

—Pues como no nos demos prisa saliendo de aquí seremos nosotros los que querremos estar libres —añadió Eva sentándose a su lado—. ¿Sabes conducirlo?

El rútruneo del motor le llegó como respuesta, mientras Daniel pisaba el acelerador con la cara risueña.

—¿Cómo se abre la puerta de salida? —preguntó.

—Tiene un sensor. Basta con acercarte.

Daniel dejó la palanca de cambios en manual y probó a acercarse poco a poco. Con eso bastó para que, efectivamente, la puerta se abriese.

Tan pronto vio su oportunidad, pisó a fondo el acelerador dejando que los setecientos caballos que escondía el coche debajo del capó hiciesen su trabajo.

Una nube de polvo y chirriar de ruedas les siguió al salir al camino principal. En él, un hombre apoyado en el sedán se les quedó mirando con curiosidad y alarma.

Al pasar a su lado Daniel frenó y bajó la ventanilla.

—Sois demasiado lentos —le picó—. Otra vez que me vuelvo a escapar. Deberíais devolver el dinero al señor Menéndez. No estáis a la altura.

Anonadado, el hombre no acertaba a salir de su confusión.

—Espere señor Flynn, solo queremos hablar con usted.

Girando su cabeza y asegurándose de que Eva estaba lista, miró a la puerta de la casa donde los otros individuos estaban saliendo en tropel.

Respiró más tranquilo al saber que Carmen estaría a salvo.

—Se equivoca de persona, ya debería saber que el señor Flynn no existe.

—¡Detenlo! ¡Qué no escape! —gritó alguien a lo lejos.

—Dígales a sus amigos que no he tenido tiempo de quedarme a charlar. —Con un movimiento de sus dos

164

dedos contra la frente, se despidió pisando el acelerador.

El cúmulo de piedras que lanzó, llenó el sedán y al pobre desgraciado de polvo unos segundos antes de que sus compañeros se acercasen.

—¿Hacía falta provocarles? —preguntó Eva—. ¿Es que acaso no tenemos ya suficientes problemas?

—Mientras estemos tan cerca que enfoquen su enfado en nosotros, se olvidarán de ir a por la gente que nos importa.

La muchacha sintió cómo se quedaba pálida. Ni por un instante se había preocupado de lo que podría pasar a su familia de haberse quedado en la casa aquellos matones.

Dos segundos después, llegó a la conclusión de que aquellos hombres no habrían podido armar ningún revuelo porque en la salida de la hacienda, justo en la puerta, estaba entrando un coche patrulla con las sirenas puestas.

—¿Qué haces? ¿Estás loco? ¡Acelera! —gritó histérica cuando Daniel redujo la velocidad más de la mitad.

Para su sorpresa los policías pasaron a su lado como una exhalación sin detenerse. No habían tenido tiempo de celebrarlo cuando oyeron cómo el coche, tirando de freno de mano, cambió su rumbo para perseguirles.

—¡Agárrate! —la ordenó pisando el acelerador a fondo.

Aquel Lamborghini era una máquina increíble a la que casi no costó alejarse cada vez más de la patrulla. Tan pronto consideró que los había perdido de vista, Daniel salió de la carretera principal internándose por medio del campo.

Aquel coche no estaba preparado para ese tipo de terreno. El sonido que hicieron los bajos al salir de la calzada no auguraba nada bueno.

Los botes que pegaban, provocó que golpeasen con la cabeza en el techo en varias ocasiones.

—¿Se puede saber qué haces? Estás destrozando el coche —comentó Eva intentando sujetarse como buenamente podía—. Ya los habíamos perdido.

—¿Y te crees que no habrán avisado para que vengan a buscarnos?

La muchacha se mordió el labio mientras imaginaba lo que diría su tío cuando se enterase de lo que había pasado.

—¿A dónde vamos? —preguntó insegura.

—Tenía la esperanza de qué tú supieses que hay por aquí.

—¿Tú no lo sabes? Pero si eres el que va conduciendo.

—Yo solo sé que teníamos que salir de la carretera principal a la menor oportunidad que tuviésemos. Así que lo hice —Puso una mueca de dolor cuando al meter una rueda en un hoyo sonó con fuerza—. Necesito encontrar una carretera secundaria para seguirla y desde allí podría...

—¡Cuidado! —chilló Eva.

Para cuando Daniel vio la piedra ya era tarde. El Avenger la golpeó de lleno desestabilizándose y medio segundo después, perdió el control del vehículo por completo.

Sin poderlo evitar, el coche comenzó a dar vueltas de campana.

12

Aquella fue la primera vez en su vida que Eva estaba segura de que iba a morir. Ni siquiera sabía cuántas vueltas llevaban cuando el mundo dejó de girar a su alrededor. Una vez el coche se quedó quieto, rezó dando las gracias por la suerte que habían tenido mientras comprobaba que no tenía ningún hueso roto.

—Por todos los cielos, pensé que no lo contábamos. ¿Estás bien? —preguntó intentando zafarse a manotazos de los airbag—. Recuérdame que nunca más te deje cerca de un coche.

Estaba en una lucha interna con aquellas bolsas de aire intentando evitar concentrarse en lo que le dolía el cuerpo y por eso no se dio cuenta. Tras unos segundos, percibió que algo no iba bien.

Con el brazo en una postura antinatural, Daniel estaba postrado a su lado completamente inmóvil.

—¡Háblame! —ordenó preocupada—. Dime que estás bien —al tratar de moverse, un ramalazo de dolor inundó sus sentidos.

Le costó no chillar.

Aunque intentó abrir la puerta, por mucho que moviese la manilla ésta continuaba cerrada. Salir por la ventana era su única opción.

—Mierda —musitó al sentir cómo un cristal se clavaba en su mano y le hacía una pequeña herida.

A pesar de todo, se negaba a quedarse allí quieta sin hacer nada. Intentó quitar los restos de cristales de los que fue capaz, antes de sacar el cuerpo por el hueco y dejarse caer al suelo agotada.

El sol del exterior la golpeó con fuerza obligándola a cerrar sus párpados. A su alrededor, todo parecía lejano y desolado y una sensación de vértigo y mareo se adueñó de ella. Le costó contener las ganas de vomitar.

Dudaba mucho que nadie fuese a pasar por allí para ayudarles. Si querían salir, dependía de ellos mismos el lograrlo. Cojeando, fue hasta la puerta del conductor y al abrirla, el cuerpo de su amigo cayó al suelo.

—Por el amor de Dios Daniel ¿estás bien? —preguntó intentando impedir que las lágrimas, producto de su desesperación, se apoderasen de ella—. Háblame, dime algo.

Por mucho que le agitase no se movía. Entre el miedo que sentía y el dolor, le costaba pensar con claridad.

Por lo menos el movimiento de su pecho indicaba que respiraba y no había señales evidentes de ninguna hemorragia. Eso tenía que ser bueno a la fuerza. Aunque para asegurarse, le gustaría tener el diagnóstico de un médico en un hospital. Aunque claro ¿cómo podían ir a un hospital con medio mundo buscándoles?

Estaba demasiado mareada para pensar. Se pasó la manga de la blusa por la frente retirándose el sudor y miró el cielo. O salían de allí pronto o aquel maldito sol acabaría con ellos.

Con esfuerzo, volvió hasta su puerta y miró por encima buscando su bolso. Estaba tirado en la parte de atrás con parte de su contenido desperdigado, Al meter su cuerpo a través de la ventana, gritó al sentir un dolor punzante en el costado.

Aun así, se negó a darse por vencida. Estiró el brazo hasta conseguir asir la correa del bolso, atrayéndolo hasta que estuvo en su poder y se dejó caer fuera del coche. Le dolía hasta respirar.

Al volver donde Daniel, se quedó mirando su puerta abierta con mala cara.

—¿Por qué no entré por aquí? —se preguntó frustrada.

Sacó el móvil del bolso y miró la batería. Apenas una raya. Tendría que ser suficiente. De memoria, marcó un número que conocía a la perfección. Al segundo tono la conocida voz de Clara sonó con alegría.

—¿Qué tal guapa?

Oír aquel tono familiar y alegre consiguió que el férreo control de Eva se derrumbase y comenzase a llorar.

—Te necesito —consiguió articular entre sollozos ahogados—. Por favor, necesito ayuda.

—¿Qué pasa? ¿Qué ha ocurrido? —preguntó su amiga cambiando completamente aquella alegría inicial.

¿Qué podía contarla? ¿Qué podía decir? Ni ella misma sabía lo que había pasado como para encima explicárselo a otra persona.

—Estoy metida en un lio. Tienes que venir a buscarme tú sola —le pidió—. No digas a nadie dónde estoy porque nos buscan.

—¿Nos buscan? ¿Quién?

—Clara por favor... —suplicó.

—¿Qué pasa? Eva, cuéntamelo.

No quería. No podía. Eva lanzó un suspiro

cansado y gimió cuando un dolor agudo la hizo reclinarse.

—¿Recuerdas cuando bromeábamos con que si alguna vez una de nosotras asesinaba a alguien la otra le ayudaría a esconder el cadáver?

Hubo un silencio acusador al otro lado del aparato.

—No me digas que has matado a alguien. —La manera de hablar dejaba claro que no lo preguntaba en broma.

—No, pero no puedo decirte lo que me pasa. Necesito que confíes en mí y vengas a buscarme.

Hubo otro silencio como respuesta que pareció eterno, a pesar de que no duró más allá de tres o cuatro segundos.

—Dime qué quieres que haga.

—Desde luego ¿Cómo has podido meterte en este lío? —preguntó Clara por duodécima vez en lo que llevaban de hora—. Te dije que ese chico no te traería más que problemas.

—Sí, sí, lo sé —respondió Eva tomando otro sorbo de café aguantando estoicamente la bronca que le estaba cayendo.

—Lo sabes, pero a pesar de todo haces lo que te da la gana.

Su amiga suspiró frustrada antes de responder con la voz irritada.

—Necesitaba mi ayuda.

—Tu ayuda. Por favor, no es un chico que ha

pinchado en mitad de la carretera, os está buscando toda la policía.

—Lo sé —repitió cansada.

—Lo sabes pero no te importa. ¿Se puede saber qué es lo que hizo para no poder pedir ayuda a la policía en su estado? ¿Robó un coche? ¿Extorsionó a alguien? —poniendo una voz tétrica añadió—. ¿Tal vez violó o mató a una chica?

Eva se levantó incómoda mientras paseaba por la cocina. Todas esas posibilidades se le habían pasado por la cabeza no menos de mil veces, pero su instinto le decía que ninguna era correcta.

—A lo mejor es alguien de la mafia —se atrevió a aventurar su amiga divagando—. Según tú os persigue la policía. Tal vez han capturado a todos los suyos y él se está escapando del país haciéndose pasar por un estudiante.

—¿Y lo mejor que se le ocurre para desaparecer es apuntarse a una universidad y liarse con mujeres? Daniel es mucho más listo que eso.

—No sé qué tan listo es él, pero desde luego tú serás una estúpida si te quedas metida en este lío hasta que te salpique.

Iba a responder que lo sabía, pero ya estaba cansada de repetirse. ¿Qué era lo que se suponía que tenía que haber hecho? ¿Abandonarle a su suerte?

La cosa no estaba fácil para él. Si le dejaba, tenía todas las de perder. Habían conseguido el arma del crimen con sus huellas, el móvil era tan sencillo como alegar que Catty no quiso seguir pagando y seguro que ni siquiera tenía coartada para ese día. Les seguía la policía y posiblemente también los hombres del señor Menéndez. Puede que escapar no fuese una buena idea, aun así, estaba convencida de que era la opción más segura en esos momentos para seguir con vida.

—¿Quién es? —preguntó sobresaltada a su amiga cuando alguien llamó a la puerta.

—No lo sé, mis poderes de bruja piruja menguan cuando es de día. —Al levantarse, Clara, fue hasta el portero donde una cámara reflejaba a tres hombres aguardando—. ¿Si, que desean?

El corazón de Eva empezó a latir con fuerza. Nunca olvidaría aquella cara. Aquella barba de tres días en el hombre que vio en el *Holiday*. Asustada, negó varias veces con la cabeza para que no les dejase pasar.

—Agente especial Mersin del FBI. Quisiera hablar con la señorita Clara Hiten por favor.

La chica, tras pensarlo un segundo, pulsó el botón permitiéndoles atravesar la verja de seguridad.

—¿Qué haces? —exclamó aterrada Eva—. No les dejes pasar.

—Son del FBI, no puedo dejarles fuera.

—No son del FBI, son los hombres que nos buscaban en la universidad. —Incómoda, empezó a moverse de un sitio a otro, pensando—. Tenemos que salir de aquí, no pueden cogernos ahora. No así.

—¿Y qué harás? ¿Arrastrar a Daniel inconsciente por todo el pavimento hasta un lugar seguro?

—¡Es que no tenías que haberlos dejado pasar!

Clara suspiró irritada. Era evidente que su buena amiga ni siquiera se estaba dando cuenta de que cada vez alzaba más la voz.

—No esperan que estéis aquí. Créeme, sería mucho más sospechoso si les hubiese dejado fuera. Escóndete y que no te vean.

Incómoda, Eva se levantó y se alejó. Había conseguido despistar a esos hombres en un par de ocasiones, pero no era tan tonta como para creer que había sido su pericia y no la suerte la que lo había conseguido. Para cuando llamaron a la puerta, estaba temblando como un flan en una esquina donde podía oírles mejor.

Dirigiéndola una mueca para que no fuese tan obvia, Clara abrió la puerta. Dos de los tres hombres que había visto estaban allí esperando.

—¿Clara? —La voz con la que le habló aquella persona era dura e inflexible. Intimidaba solo oírla—. ¿Clara Hiten?

—La misma, —respondió con una sonrisa—. ¿Qué desea?

—¿Podemos pasar?

Por un momento dudó, para luego apartarse de su camino y dejarles vía libre. Como si entrasen por su casa, los dos hombres pasaron hasta el salón analizando todo cuanto veían buscando cualquier irregularidad.

Clara se frotó las manos nerviosa. Aquellos dos individuos se movían como si fuesen una amenaza constante. Como si supiese que les estaba ocultando algo. Se recordó a sí misma que no sabían nada y que si no se delataba, se irían pronto.

Sin pedirla permiso, los hombres se sentaron en el sofá.

—¿En qué puedo servirles? —les preguntó aparentando normalidad—. ¿Quieren tomar algo?

—No, gracias —desechó uno de ellos con un movimiento de su mano—, ¿Conoce usted a Eva Lightstorm?

Los ojos marrones del hombre que había hablado, parecían atravesarla. Le dio la impresión de que no era tan importante lo que llegase a decir como la forma en que su cuerpo reaccionase a las preguntas. Estaba segura que aquel era el tipo de hombres a los que no se les podía engañar de ninguna forma. Dijese lo que dijese, estaba frita.

Ni se molestó en mentir.

—Es mi amiga. ¿Pasa algo con ella?

—Aquí las preguntas las hacemos nosotros. —El tono con el que el otro hombre habló se le antojó demasiado agresivo.

Su compañero, el de los ojos marrones y mal afeitado, le amonestó con la mirada.

—Disculpa a mi compañero es un tanto impaciente. Su amiga está metida en un pequeño lío del que podemos sacarla tan pronto seamos capaces de encontrarla. Por casualidad ¿sabría cómo contactar con ella?

Ahí estaba otra vez esa manera de analizarla. La muchacha no se dejó engañar por la sonrisa felina que estaba mostrando.

—Por supuesto, tengo por aquí su número de móvil. Si quieren podría llamarla y...

—No —la cortó—, eso ya lo hemos intentado. Lo tiene apagado o sin batería. ¿Sabe de otro método para localizarla? ¿Un lugar al que iría si necesitase ayuda?

—¿Se puede saber qué pasa? —demandó con curiosidad—. Me están asustando ¿es que ha pasado algo? ¿Eva está bien?

Ambos agentes se miraron en silencio antes de que el hombre mal afeitado comenzase a hablar.

—Tenemos la sospecha de que su amiga viaja en compañía de un hombre que podría exponerla a un peligro de muerte. Si sabe cómo encontrarla, agradeceríamos cualquier tipo de información que pudiese brindarnos.

¿Un peligro de muerte? Aquello no le hacía ni pizca de gracia ¿Dónde narices se estaba metiendo?

—¿Quién es ese hombre? ¿Por qué le buscan?

Deduciendo que no sacarían ninguna información provechosa de ella, los dos hombres se levantaron dispuestos a irse.

—¡Esperen! Cuéntenme que ocurre.

Ya estaban en la puerta cuando el hombre mal afeitado se volvió hacia ella.

—Aquí tiene mi tarjeta señorita Hiten. Si sabe algo de su amiga, por favor comuníquese conmigo lo más rápidamente posible. Podemos ayudarla.

Al cogerla, los dos hombres se fueron sin despedirse.

—Dime qué es lo que pasa —ordenó a Eva en cuanto salió de su escondite—. Quiero saberlo todo.

La habitación en la que Daniel despertó era de un rosa chillón sin pizca de buen gusto en sus paredes. Todas las baldas tenían peluches y muñecos ordenados que parecían espiarle a través de sus fríos ojos de plástico.

La luz del sol que se filtraba a través de las cortinas estaba empezando a desaparecer tras el horizonte. Cuando se quiso mover, un dolor recorrió su organismo arrancándole un sonoro grito, provocando que unos pasos sonasen acercándose hacia la habitación.

—¿Estás bien? —quiso saber Eva al entrar—. Me tenías preocupada.

—¿Qué ha pasado? —preguntó Daniel mirando el amago de escayola que tenía puesto en el brazo derecho—. Me duele todo el cuerpo.

—¿Qué es lo último que recuerdas?

El muchacho se llevó la mano a la frente y se frotó como intentando hacer memoria.

—Estábamos escapando cuando perdí el control del coche, volcó y empezamos a dar vueltas. —Miró a su alrededor como si no se creyese que tras el incidente no estuviesen en un hospital—. ¿Qué pasó después? ¿Dónde estamos?

—En mi casa —añadió Clara entrando en el cuarto—. Eva me llamó tras vuestro accidente para que fuese a buscaros.

Al hablar, le estaba dirigiendo una mirada hostil que no se molestó en disimular.

—Entonces supongo que gracias —murmuró Daniel. Al mirar a Eva preguntó—. ¿Y tú? ¿Estás bien? No sé cómo no vi aquella piedra.

Antes de que pudiese contestar, Clara se anticipó parloteando sin parar.

—Y yo tampoco cómo diablos metiste un Lamborghini por una zona sin asfaltar, ni tampoco porque no puedo llamar a una ambulancia o porqué os busca la policía. Todo lo que he obtenido es la respuesta comodín de *"Cuando se despierte te lo cuento"*. —Nerviosa, cruzó los brazos sobre su pecho en un movimiento brusco e impaciente—. Bien, estás despierto y yo necesito saber qué pasa aquí.

Toda aquella perorata, consiguió que al pobre

muchacho le doliese aún más la cabeza. Su cuerpo era un cúmulo de nervios que solo transmitían dolor a su cerebro.

—Me tendieron una trampa. Una de las mujeres con las que salí murió a manos de su marido y me está usando de chivo expiatorio para ocultar su crimen. Eva tuvo la mala suerte de verse comprometida por error.

Clara asentía con la cabeza a medida que hablaba escuchando con atención.

—Entonces ¿todo esto es porque un marido descubrió a su mujer contigo? —preguntó con curiosidad.

—Es una posibilidad.

—¿Una? Es justo lo que acabas de decir.

—No. Lo que yo he dicho es que mató a la mujer con la que yo salía. Pudo ser que le diese un ataque de celos, que simplemente no la aguantase más o que llevase tiempo planeándolo y de pronto vio su oportunidad.

—Así que lo que me intentas dar a entender, es que nada de esto es culpa tuya. ¿No es así? —comentó Clara burlándose—. Pobrecito que no tuvo nada que ver en ese ataque de cuernos.

Como si el dolor que sufría no le importase, Daniel pegó un brinco y se plantó delante de ella en un segundo, preso de un ataque de furia.

—¿Acaso estás insinuando que por acostarme con una chica es culpa mía que un psicópata la mate?

Tenerle tan cerca, provocó en Clara respuestas opuestas. Por un lado, la sensación de peligro la hacía desear alejarse y por el otro, una tremenda atracción hacia él.

Por fortuna, su amiga intervino interrumpiendo

sus pensamientos.

—¡Chicos por favor! No hagáis esto. Ahora mismo tenemos problemas mayores de los que ocuparnos.

—Tienes razón —concedió Clara sin apartar los ojos de Daniel—; pero quiero que sepa que si os ayudé fue por ti. A él ni siquiera me molestaría en escupirle en la boca en un desierto, aunque eso le salvase la vida.

—¿Y quién te lo ha pedido? —respondió Daniel con arrogancia.

—Chicos —les cortó Eva—, discutir no va a sacarnos de este lío. Tenemos que plantearnos qué hacer para probar su inocencia.

Aquello fue un golpe bajo para su amiga.

—¿Por qué te molestas en ayudarle? —preguntó iracunda—. No le debes nada, esto se lo ha buscado él solito ¿Ya te has olvidado de que todo empezó porque se acostó con tu tía?

Daniel sonrió de forma burlona.

—No tengo tiempo que perder en estas chorradas. Solo dime dónde está mi mochila y me iré.

—Sí, me parece bien —afirmó Clara con sorna—. Por favor coge tus cosas y sal de nuestra vida antes de que...

—¡Basta ya! —la cortó Eva—. Él no tuvo la culpa de lo que está sucediendo, no hace falta que le trates así. Lo que tenemos que hacer...

—¡No tenemos que hacer nada! —interrumpió Daniel—. Solo dame mi mochila para que me vaya.

Fue entonces cuando notó la palidez extrema de la muchacha.

—No la cogí —confesó—. Tú estabas herido, me asusté y...

—¿Que no la cogiste? —hablaba como si no pudiese creérselo—. ¿Pero en qué diablos estabas pensando? Es donde tengo mis últimas pertenencias, donde está todo el dinero. ¡¿Cómo pudiste olvidarla?!

Al levantar la voz, lo único que consiguió fue poner a Eva más nerviosa de lo que ya estaba.

—Estaba preocupada. No te movías y me asusté. No se me ocurrió que te importase tanto una puta mochila.

Con la mano que no tenía lesionada, Daniel golpeó la pared con fuerza, provocando un sonido hueco con el puñetazo.

—¡Necesito esa mochila!

—Según los consejos de mi hermana lo que necesitas es descansar —interrumpió Clara intentando relajar el ambiente—. Bastante mala noche nos hiciste pasar a todas. Pero bueno ¿qué sabré yo?

Aquello sí sorprendió al muchacho que la miró anonadado.

—¿Que os hice pasar mala noche?

—Sí, no dejabas de gritar —contestó Eva—. Parecía que tenías una pesadilla de la que no podías despertar.

La sorpresa fue pasando mientras una idea terrorífica se abría paso por el subconsciente de Daniel.

—¿Cuánto tiempo llevo inconsciente?

—Desde ayer —respondió Clara que no entendía a qué venía el cambio de actitud.

Con una lentitud extrema, y bajando la voz como si le diese miedo preguntar, Daniel añadió.

—¿Qué hora es?

—¿Cómo?

—Qué hora es.

Las dos amigas se miraron como si de pronto aquel chico se hubiese vuelto loco. Mirando su móvil Clara contestó.

—Las diez menos cinco.

Estaba dolorido, cada paso era una tortura, pero eso no impidió que de pronto Daniel empezase a correr como alma que lleva el diablo.

Al salir al enorme pasillo, se sintió confuso ante la largura del mismo.

—¿¡Dónde está la salida!? —chilló—. ¡Hacia dónde!

Completamente fuera de sí empezó a zarandear a Clara que, sorprendida, señaló hacia la derecha. Antes de que pudiese reaccionar, él ya se estaba alejando a todo correr.

—Vamos. —Indicó Eva pasando como una exhalación a su lado—. Tenemos que atraparle antes de que haga una tontería.

Su amiga no lo tenía tan claro ¿qué narices había pasado? A pesar de todo, se apresuró a seguirles por la mansión.

Daniel no se detenía mientras buscaba la salida en aquel laberinto de puertas y paredes. Al llegar a las escaleras, saltó desde lo más alto y chilló de dolor cuando se torció el tobillo al caer. A pesar de todo, no cejó en su empeño de avanzar mirando hacia todos los lados.

—¡Dónde está la salida! —preguntó chillando.

Aunque parecía imposible, por un momento dio la impresión qué iba a ponerse a llorar de impotencia.

—¡Espera! —gritó Eva a la que no le costó alcanzarle una vez lesionado—. ¿Qué pasa? Déjame ayudarte.

—La salida. —El tono de súplica que usó era el de

alguien desesperado.

Eva le cogió del brazo para que se apoyase en ella y en cuanto empezó a moverse, vio cómo él intentaba ponerse a correr.

—Tranquilo. Ahora te llevo.

—No, tranquilo no, corre por favor —suplicó Daniel.

Ya estaban viendo la puerta cuando el reloj de la pared empezó a dar las diez. Sin esperar, Daniel abrió la puerta hacia la que se dirigían mientras miraba a todos los lados con auténtico terror.

Cayó al suelo en la calle y ni siquiera se molestó en levantarse. Se arrastró separándose lo más que pudo de la puerta, echando miradas furtivas como si esperase ver salir a través de ella a algún monstruo.

—¿Qué pasa Daniel? —repitió Eva angustiada ante su comportamiento.

La cara del muchacho estaba descompuesta del dolor. La angustia y un auténtico pánico se reflejaban en sus facciones. Clara se quedó mirando la escena saliendo al exterior con cuidado sin entender lo que pasaba.

—¿Qué le pasa? —preguntó nerviosa—. ¿Está bien?

No lo sabía. Eva nunca le había visto comportarse así. Fuera lo que fuese lo que le pasaba, estaba más allá de cualquier control racional que pudiese llegar a tener Daniel.

No podía creerse lo que tenía que hacer, pero antes de que le faltase el valor, levantó la mano y le abofeteó con fuerza.

—Tranquilo ¿me oyes? No pasa nada. Estás a salvo conmigo. —Hablaba con una voz pausada, intentando que la histeria del muchacho le permitiese escucharla—. Tranquilízate. Estamos solos nosotros.

Como si poco a poco despertase de la pesadilla, los ojos de Daniel la buscaron mientras luchaba por recuperar el control.

—Mi mochila —consiguió articular—, por favor, necesito mi mochila.

Eva dirigió una mirada a su amiga, que estaba intentando encontrar algún sentido a todo eso. Detrás de ella, el hombre más aterrador que hubiese visto nunca les estaba mirando con una enorme sonrisa.

13

—¡Clara! —chilló Eva fuera de sí—. ¡Detrás de ti!

La chica se giró asustada sin comprender a qué venia ese grito. Se había comportado como si a su espalda estuviese la muerte en persona y sin embargo, allí, no había nadie.

—¿Qué pasa? —preguntó desconcertada.

Eva no lo sabía. Tal vez había sido cosa del estrés o de su imaginación, pero hubiese jurado que en la puerta, un individuo con malas intenciones les estaba mirando.

Acariciándose el tobillo herido, Daniel bajó la cabeza intentando pasar desapercibido y no responder preguntas incómodas. Muchas veces había rozado el límite, pero esta vez, se había pasado. Un segundo más y...

Movió la cabeza desechando el miedo de sus pensamientos antes de que tuviese la oportunidad de echar raíces. A fin de cuentas, lo único que importaba era que había escapado y tenía un día más para celebrar que estaba vivo.

—¿Alguna de las dos sabe cómo llegar al lugar del accidente?

Al levantarse, se sacudió la ropa de polvo mirando a las chicas con naturalidad. Como si allí no pasase nada.

—¿Quién era ese hombre? —le interrogó Eva entre anonadada y cabreada—. ¿Qué coño está pasando aquí?

—No sé de qué me estás hablando ¿A qué hombre te refieres?

La muchacha analizó la expresión inocente en su cara y llegó a la conclusión de que era tan falsa como un billete de dos dólares.

—Había alguien en la puerta. Estoy segura.

—Y yo estoy seguro de que me tengo que ir de aquí. —Al levantarse y apoyar el pie lastimado, el movimiento le provocó un quejido—. ¿Dónde fue el accidente?

—¿Piensas ir caminando? —le interrogó Clara de mala forma—. ¿Por qué lo tienes que hacer todo tan difícil?

A modo de respuesta, le llegó el gruñido del chico, refunfuñando.

—¿Quién os ha dado permiso para meteros en mi vida?

—Somos así de guays. Por eso merecemos una explicación —presionó Eva negándose a darse por vencida—. Vamos ¿qué ha pasado ahí dentro?

—Nada.

—No es que tuvieses miedo, es que te ha vencido el pánico. Había auténtico terror en tu cara. ¿Tenía algo que ver con el hombre que he visto?

Daniel se mordió el labio incómodo.

—Yo solo quiero irme. Tengo que alejarme de aquí lo más rápido que pueda.

—Pensamos ayudarte. Por favor, déjanos hacerlo.

Llevaba tanto tiempo huyendo, tantos años sin confiar en nadie, que hacer lo que le pedían era imposible. ¿Cómo podía contar la verdad cuando él mismo intentaba mantenerla lejos de su vida?

—Quiero mi mochila —pidió con convicción—, eso es todo.

—Yo misma te llevaré hasta ella —comentó Clara

con energía—. Pero dinos en qué nos estamos metiendo.

Por un momento se hizo el silencio. Una vez más, Daniel analizó sus rostros antes de suspirar y empezar a hablar con tono apesadumbrado.

—No me creeríais aunque os lo dijese.

—Pruébanos —contestaron al unísono.

Daniel se llevó el dedo gordo a la boca mordisqueándolo distraídamente mientras sopesaba lo que iba a hacer. El pie le dolía mucho y dudaba que pudiese hacer todo el camino andando. Encima, aunque lo intentase, no sería difícil que la policía le encontrase y le detuviese sin que pudiese hacer nada por evitarlo. Y una vez preso, no tendría a dónde correr. Esas dos eran su mejor baza para seguir adelante si de verdad quería escapar de esa situación.

Todo se había complicado demasiado. Quién iba a decirle que el simple deseo de aparentar tener una vida normal, hubiese acabado así. Estaba harto de mentir, cansado de huir y hasta la coronilla de tener siempre mil ojos.

Lo que más le dolía era que había estado muy cerca de conseguir su estúpido título. Tanto tiempo invertido estudiando para nada. Él no quería complicaciones. Ir a la universidad, tener su espacio, salir los viernes a la noche... ser solo un chico cualquiera.

Agotado, dejó escapar un suspiro de sus labios. ¿Qué era lo peor que podía pasar si se lo contaba? ¿Que no le creyesen, que se riesen de él? ¿Acaso importaba? Su vida se estaba yendo por el retrete en cuestión de horas y ya no le quedaba nada que perder.

La curiosidad en los ojos de las chicas era

palpable. Antes de hablar tomó aire, reuniendo el valor para que sus palabras no le fallasen.

—De acuerdo, si me lleváis al coche os responderé a cualquier pregunta.

—No, primero nos lo cuentas y si cumples con tu parte te llevamos —le presionó Clara.

—No, ese no es el trato. Si queréis respuestas llevadme al coche, si no simplemente me iré sin decir nada.

—¿A dónde? —se burló la muchacha—. Ni siquiera sabes dónde está. Si te vas, nunca recuperarás tu querida mochila.

—Clara —musitó Eva que no se sentía a gusto con lo que estaban haciendo—, basta ya. Solo mírale.

Como si no hubiese dado cuenta hasta ese momento, se fijó en el aspecto deplorable que tenía el muchacho. La mueca de dolor permanente en su cara, el brazo mal escayolado que colgaba inerte y la manera tan inestable con que se mantenía en equilibrio. Estaba tan enfrascada en sacarle la información que no percibía la crueldad con la que le estaban tratando.

Por un instante se sintió una persona horrible.

—Perdona —se disculpó con sinceridad—. Tienes razón, no me di cuenta.

—No pasa nada —respondió Daniel brindándola una sonrisa indulgente—. Te prometo que en cuanto lleguemos al coche, pienso satisfacer vuestra curiosidad.

—Voy a por mi bolso.

—¡No! —gritó Daniel alarmado—. Ni se te ocurra entrar en la casa.

La muchacha se le quedó mirando antes de pasar la vista a su amiga que no supo darla una explicación.

Cansada, suspiró ante la perspectiva de volver a empezar aquella ronda de preguntas sin respuestas.

—Casi mejor, no me gustaría que mi BMW sufra el mismo destino que el Lamborghini de tu padre.

—Eso no es nada. Si te digo como acabó mi coche no me crees —comentó Eva con un retintín enfadado.

Su amiga movió la cabeza apretando los labios.

—Eso no es de ninguna ayuda. Estoy por mandaros en taxi. —Al hablar se quedó mirando a Daniel señalando una estructura a su espalda—. Ese edificio es el garaje de mi padre. ¿Hay algún problema si entro?

El lugar en cuestión no parecía para nada un garaje. Más bien hubiese apostado que era la casa de invitados por la manera tan curiosa en que estaban pintadas sus paredes. Se quedó pensativo analizándolo todo.

—¿Se conecta de alguna forma con la casa?

—Hombre... tenemos un telefonillo.

—No me refiero a eso —corrigió negando con la cabeza—. ¿Tiene algún pasillo subterráneo o algo que les una?

—No, que yo sepa.

—Sí o no. Si existe la mínima posibilidad quiero saberlo.

—Estoy casi segura de que no. —Al ver la mueca de exasperación de Daniel, se puso nerviosa—. En teoría no, pero no he entrado mucho allí. Es el santuario de mi padre, aunque siempre que va lo hace a pie.

Las posibilidades de que estuviesen unidas esas dos estructuras eran mínimas, pero con aquellas casas y el dinero de sus dueños nunca se sabía. A pesar de todo, la necesidad de un vehículo era apremiante.

—De acuerdo —concedió Daniel—, entra. Pero si ves u oyes algo sospechoso, sea lo que sea, sal de allí pitando.

—¿Sabes? —respondió Clara con una risita nerviosa—. Me estás asustando.

—Perfecto, es como tienes que estar. Eso te mantendrá alerta.

—Pero es que... ¿No podrías acompañarme?

Alzando el brazo escayolado Daniel añadió.

—Por si esto fuese poco, estoy cojo. Sería un estorbo para ti. Es fácil, entras, coges un coche y sales cagando leches.

—Pero es que...

—Iré yo —la cortó Eva—. Solo dime dónde están las llaves y vendré lo antes posible.

—¿Y si es peligroso? —interrogó su amiga echando furtivas miradas a Daniel—. No quiero que te pase nada.

Por la forma en que le miraba estaba esperando que se ofreciese para acompañarla, pero no iba a hacerlo. Si aquel lugar estaba conectado, a lo mejor ellas podían salir y a lo mejor no. Si entraba él, no tendrían ninguna oportunidad.

—Estaré bien —la tranquilizó Eva—. ¿Dónde están las llaves?

Tras una última ojeada esperando apoyo, Clara lanzó un bufido y contestó.

—Los coches están abiertos, cada uno tiene su respectiva llave en el cenicero.

—¿Así de fácil? —preguntó sorprendida.

—¿Para qué complicarse?

Era cierto. Tenía que convencer a su tío de que

organizase las llaves de los coches de esa manera. Era mucho más práctico en el caso de que necesitase huir a todo correr de la policía o de algún tipo siniestro con la habilidad de aparecer y desaparecer.

Sin mirar atrás, la chica comenzó a alejarse. Daniel no pudo evitar sonreír. Era orgullosa, había creído que en el último minuto le exigiría acompañarla, sin embargo ni siquiera se había dignado en mirarle.

—¿Qué es lo que pasa? —preguntó Clara a su espalda—. ¿Corre algún peligro?

—No creo —respondió con un encogimiento de hombros.

—¿No crees? ¿No estás seguro de si mejor mi amiga está poniendo su vida en peligro por ayudarte?

Le temblaba la voz al hablar. El muchacho aplaudió mentalmente el esfuerzo que hacía por controlarse.

—No estoy seguro. Si la casa está conectada de alguna forma, tiene un cincuenta por ciento de posibilidades de salir viva.

Aquellas palabras arrancaron una exclamación de asombro a la chica.

—¿Y la dejas ir así? ¿Por qué no le has dicho nada?

—Necesitamos el coche para ir a por la mochila.

—¿Eso es todo lo que te importa? ¿Tu puta mochila? ¿Qué tiene para que estés tan empeñado en conseguirla que arriesgas la vida de los demás?

—Nada que te interese.

Se adelantó unos pasos para que no siguiese molestándole. Clara no se dio por aludida y no tardó en llegarle una amenaza sin disimular el odio con el que hablaba.

—Si le pasa algo te arrepentirás.

De eso estaba seguro. Él no exponía a la gente a peligros innecesarios, había sido Eva la que se había empeñado en seguirle desde un principio. Sobre todo teniendo en cuenta los esfuerzos que había realizado para echarla.

Tenía que reconocer que nunca había visto a una mujer más cabezota y persistente. Era molesta, un incordio y quizás hasta algo gafe. La típica pija que se empeñaba en juzgar a alguien sin conocerle y en meter a las personas en mil problemas por seguir lo que dictaba su ética. Aunque también era noble y se arriesgaba por sus amigos. No se cortaba en decir lo que pensaba y cada vez que le tocaba, sentía algo raro en su cuerpo. Además, él mismo no habría entrado en ese garaje solo y ella ni siquiera había dudado.

Cuando la puerta se abrió y fue hacia ellos un Land Rover platino con los cristales tintados, suspiró aliviado.

—Vamos. Montad —les avivó Eva impaciente por irse de allí.

Daniel notó cómo Clara le dirigía una mirada acusadora antes de montarse. Ella no lo entendía, no podía explicárselo. O por lo menos no aún.

Intentó organizar sus ideas concentrándose en el monótono paisaje que circulaba a través de los cristales. Había pasado de ser un estudiante modélico a un criminal en menos de veinticuatro horas, un amante de ensueño a necesitar la ayuda de dos mocosas sin conocimientos de la vida, de tener un plan de huida perfecto, preparado durante meses, a improvisar cada una de sus escapadas. ¿Cómo se le había torcido tanto la vida?

Siempre había tenido suficiente cuidado de que no le descubriese ninguno de los maridos de las mujeres con las que se acostaba. Que el señor Menéndez fuese un psicópata un poco más inteligente de la media había sido un desafortunado incidente. No era culpa suya que aquella mujer estuviese muerta y no tenía que dejar que eso le afectase.

Los sentimientos matan. Si quería seguir adelante, tenía que dejar aparcada la culpabilidad de ese desafortunado incidente y buscar una vía de escape. El paso uno era recuperar su mochila, el paso dos aún no estaba seguro de cuál iba a ser, pero ya se preocuparía de ello cuando llegase el momento.

Apretó el puño en silencio y el dolor le recorrió todo el brazo. No lo tenía roto, casi estaba seguro de eso, pero por lo menos estaba dislocado. Con el esguince apenas si podría correr. Y él sabía dónde estaba. Todos estos años burlándole y por pura mala suerte, le había encontrado.

Al volverse, examinó a Eva que iba charlando con Clara ajenas a su mutismo. El sonido de sus voces parecía algo lejano e ininteligible, como si hablasen una lengua extraña. Eran dos seres diferentes pertenecientes a un mundo donde él no debía estar. Donde nunca debió meterse.

¿Qué clase de pensamiento estúpido le había llegado a hacer creer que merecía tanto esfuerzo un título? Él era mucho más inteligente que ninguno de esos ricachones que había en la universidad, no necesitaba ese estúpido papel. Podía haberlo falsificado y no hubiese corrido ningún riesgo. Además ¿Para qué ir a una universidad tan cara? ¿Qué necesitaba probar? Si no hubiese sido tan idiota, no habría tenido que acostarse con mujeres para pagar su carrera y nada de eso estaría pasando.

Encima, la gota de aquel enigma era Eva. ¿Por qué no conseguía separarse de ella? No le costaba adivinar las intenciones de la gente a los pocos minutos de conocerlos, pero al contrario que con el resto del mundo, esa chica era un lienzo en blanco que se dibujaba a medida que las situaciones la obligaban a tomar una decisión.

En todo este tiempo había esperado que se alejase de él, que le amenazase o incluso le llegase a denunciar a la policía. Sin embargo no había esperado esa fidelidad. Esa lealtad incondicional. Allí estaba, rumbo al sitio de un accidente que podía haberla matado.

—Ya hemos llegado —comentó Eva bajándose del coche.

La noche no era tan oscura como Daniel había esperado. La luna y las estrellas alumbraban lo bastante para ver cómo había quedado el coche. Fue una suerte que solo se hiciese daño en un hombro.

No había rastro de que nadie hubiese pasado por allí, así que lo más seguro era que su mochila aún estuviese intacta. Cojeando, se acercó al vehículo y se metió dentro para buscarla. No tardó ni un minuto en salir victorioso con ella en la mano.

—Creo que nos debes algo —comentó Clara con firmeza.

Como si no la hubiese oído, se agachó a revisar que todo estuviera en su sitio. El dinero, la cartera, sus escasas pertenencias. Al ver las fotos sintió un pinchazo en su corazón. Había estado a punto de perderlas.

Sacó un viejo móvil de un bolsillo lateral y juguéteo nervioso comprobando que aún tenía batería suficiente si la necesitaba.

—Te estoy hablando —atosigó Clara.

Cansado, suspiró reuniendo el valor para girarse.

—¿Qué queréis saber?

—Todo —respondió Eva.

—Es demasiado, os doy cinco preguntas. Os sugiero que las aprovechéis.

—Dijiste que responderías a todas —se quejó Clara.

—He cambiado de idea. O cinco o ninguna, vosotras decidís.

Ambas muchachas pusieron una mueca de decepción en la cara.

—Dijiste que si te ayudábamos...

—Cinco o nada, no lo repetiré —Daniel irguió la espalda seguro de sí mismo. Necesitaba mantener el control, saber quién era el dueño de la situación.

—Pero...

Antes de que Clara continuase, Eva decidió cortarla. Conocía lo bastante bien a Daniel para saber que no jugaba nunca de farol. No quería que se evadiese de su responsabilidad alegando que ya las había avisado.

—¿De qué tenías tanto miedo en la casa?

Aquella pregunta era matadora. Daniel había esperado que no fuese tan directa para poder esquivarla sin necesidad de mentirla, pero no le dio la oportunidad.

—Algo me persigue.

—Querrás decir alguien —le corrigió Clara. Daniel no la contestó, poco a poco el semblante de la muchacha se puso blanco—. ¿Estás insinuando que la persona que había detrás de mí en mi casa no era un ser humano?

—Yo no insinúo nada —añadió levantando un segundo dedo como recuento de las preguntas.

—Esa no valía —se quejó—. Era una aclaración de la anterior.

—Es una pregunta, os quedan tres.

El muchacho sintió cómo la mirada de Eva le atravesaba. Aquella forma de analizarle le incomodó, pero no dejó que se notase. Aparentó indiferencia mientras aguardaba a las siguientes preguntas.

—¿Por qué era tan importante la mochila?

Al responder, el chico dejó escapar un sonido burlón.

—Tenía todo mi dinero allí. ¿Siguiente pregunta? Ya solo os quedan dos.

—Esa respuesta no es cierta —añadió Eva segura de sí misma.

—Sí que lo es, tenía todo mi dinero allí.

—Mi pregunta no era donde tenías el dinero, sino por qué era tan importante la mochila y si vuelves a mentir, cogemos nuestras cosas y nos vamos. No dudo de que seas capaz de salir por tu propio pie, pero va a llevarte un buen rato.

Daniel la miró analizando si sería capaz. Bien podía ser un farol, pero con Eva casi siempre se equivocaba y si en esta ocasión lo volvía a hacer, no dudaba de que fuese capaz de dejarle allí tirado.

Desde un principio supo que se iba a arrepentir de aquel trato. Estaba desesperado cuando lo hizo y ahora pasaba factura.

—No quería perder mis fotos ni mi móvil.

—¿Qué pasa con ellos?

Eva estiró el cuello intentando ver el interior de la mochila que Daniel tuvo a bien de apartar de su vista.

—Es la foto de mi madre y la de mi primera amiga. Nunca más las volveré a ver, tampoco puedo llamarlas, así que no quiero perder lo único que conservo de ellas.

—¿Y el teléfono?

—Tiene números de personas que pueden ayudarme.

—¿Quiénes?

—Traficantes de identidades, abogados, policías... ese tipo de gente.

La sonrisa que sacó era la de alguien seguro de sí mismo. No había mentido, pero ese par de niñatas tampoco necesitaban conocer todos los detalles. Con aquella respuesta estaba libre del trato, ahora solo tenía que...

—Monta Clara, nos vamos.

La sorpresa en la cara de Daniel era genuina.

—¿A dónde vais? Yo he cumplido mi parte del trato.

—¿Ah sí? —respondió Eva con furia—. Te dije que si nos volvías a mentir nos iríamos y es lo que has hecho. Así que aquí te quedas, guapo.

El tono despectivo con el que habló, dio a entender que no se pararía a pensar en él una vez se montase en el auto.

—Eran cinco preguntas y las he respondido todas. ¡¿Qué más quieres de mí!? —gritando, lanzó la mochila contra el coche en un arranque de mal humor—. ¡Vamos, dímelo!

—¡Quiero la verdad!

—¡Vale, pregunta!

Eva tuvo que aguantar el aire en su interior mientras buscaba calmarse. La idea de atropellarle un par de veces no le pareció tan descabellada.

—¿Por qué era tan importante el móvil?

Como si supiesen que estaban hablando de él, fue el momento que el teléfono escogió para lanzar una tonada rítmica.

Daniel no quería contestar. Sabía quién estaba al otro lado de la línea y lo que quería. No estaba preparado para abordarle y no quería hablar. Tampoco podía esconderse. Por desgracia, los círculos en los que se movía eran ahora de dominio público.

Jugueteó con los dedos en la tecla de colgar o coger. Miró a Eva a la cara y se mordió el labio decidiendo. Le dolía todo, estaba mal, se sentía mal. Coger la llamada era el camino fácil para rendirse, acceder a sus caprichos era perderse a sí mismo. Nunca más volvería con ellos, nunca se rendiría. Y solo para asegurarse, se lo diría bien alto.

Pulsó el botón verde y esperó.

Al otro lado de la línea el silencio era absoluto, pero sabía que estaba allí escuchando con paciencia. A lo mejor quería doblegarle, hacer que se sintiese mal con el silencio y necesitase llenarlo con el sonido de su voz. El cabrón era listo, seguro que había pensado en todo y lo que ahora haría sería...

—Hola Eric ¿o debería decir Daniel? —saludó una voz con cordialidad—. Cuanto tiempo sin saber de ti.

14

Incluso a pesar del tiempo que había transcurrido, reconoció aquel tono impasible como si fuese ayer. Casi podía verle con el móvil en la mano charlando tan tranquilo, mientras jugueteaba con un portátil en la otra intentado localizarle.

No, no le hacía falta localizarle. Sabía perfectamente donde estaba. A Daniel le dio la impresión de que su voz se le había quedado atascada en la garganta. Por más que lo intentaba no conseguía decir nada.

Respiró hondo intentando imaginar que no estaba hablando con él, sino con otro hombre normal y corriente y que la razón por la que temblaba, eran por los acontecimientos de los últimos días.

—He estado ocupado —articuló aparentando normalidad—. Además, con tantos panolis a tu alrededor, pensé que no notarías mi ausencia.

Hacía un segundo había estado tentado de llamarle para que le ayudase a salir de aquel atolladero y ahora, solo deseaba colgarle.

—Reconozco que fue toda una sorpresa encontrar a la oveja perdida en todas las cadenas de televisión. Te has hecho muy popular estos días. —El hombre aguardó con paciencia unos segundos a algún comentario irónico que no llegó—. ¿Qué pasa? ¿Te ha comido la lengua el gato? Seguro que con tanta gente buscándote has manchado de marrón tus preciosos pantalones.

Daniel se llevó el pulgar a la boca en un tic distraído mientras cerraba los ojos imaginando lo que debía de estar disfrutando aquel cabrón con la situación.

—¿No vas a preguntarme siquiera si lo hice?

La risa que le llegó desde el otro lado del aparato le molestó.

—¿Tú? —La forma condescendiente con que se dirigió a él era venenosa—. He visto niños de seis años con más huevos que tú. Eres un imbécil, egoísta y un estúpido con la cabeza tan dentro del culo que cada vez que crees tener una idea solo es mierda. ¿Pero un asesino? No. Sé que no volverás a matar a nadie más en tu vida.

El recuerdo de toda aquella sangre en su cuerpo, con los mechones de pelo rubio en sus manos, le golpeó provocándole unas nauseas que le costó contener.

—Me ha encontrado.

El silencio que se formó le dio a entender que su oyente no necesitaba más datos para saber a quién se refería.

—Vuelve. —En aquella voz apática era difícil percibir cualquier cosa pero, por una vez, reconoció la oferta de una tregua—. Podemos protegerte como siempre hemos hecho. Somos una familia. No dejaremos que te pase nada malo.

La oferta era tentadora. Dejar de correr, dejar de esconderse. Dormir todas las noches de un tirón sin necesidad de cambiar de casa. Todas sus neuronas le gritaban que dejase el orgullo a un lado para que aceptase el dichoso trato de una vez.

—Sabes que no llevo bien la vida en comuna.

—No es una broma Eric. Si la policía te coge...

—Lo sé. —Al hablar miró a Eva a la cara

asegurándose de que lo entendía—. Si la policía me coge, haré que me maten. —Colgó.

No se atrevió a levantar la vista del móvil notando cómo tenía clavados los ojos de esas dos chicas.

—¿Quién era ese, y se puede saber a qué venía esa tontería de que si la policía te coge vas a hacer que te maten?

El reproche en su voz parecía tan sincero, que no pudo evitar sonreír.

—¿Es que acaso me echarás de menos?

—¡Responde!

Al mirar a Eva, el fuego que vio en sus ojos amenazaba con consumirle. Daniel no sabía a qué se debía, pero se preocupaba por él de verdad.

—Respondí a tus cinco preguntas. No tienes derecho a hacerme más. Dejadme en algún punto habitable y desapareceré para siempre de vuestras vidas.

El rencor en la cara de la muchacha no le amedrentó. Aunque ella no lo entendiese, estaba haciendo lo mejor para todos.

—Vamos—musitó Clara sujetando a su amiga del hombro y obligándola a darse la vuelta para montarse en el coche—. Un trato es un trato.

No, se equivocaba. Eva estaba segura de que aquel no había sido el trato. Lo que estaba haciendo ni siquiera era justo ¿Cómo podía pensar en quitarse la vida si le pillaba la policía? Eso no es lo que tenía que pasar. Se suponía que juntos tenían que dar con la forma de parar los pies al señor Menéndez y probar su inocencia, que debían escapar hasta tener un plan para demostrar que la justicia siempre prevalece. En esa empresa no había espacio para la muerte de nadie.

El camino hasta la civilización lo hicieron en completo silencio. Nadie tenía nada importante que decir y permanecieron callados. Por lo menos, hasta que Eva explotó.

—¿Por qué tienes que morir? Aún podemos resolver esto. Hemos sobrevivido a muchas cosas ya, hemos escapado una y otra vez de situaciones que parecían imposibles, si permanecemos juntos...

—Si permanecemos juntos podría caerte cárcel por ayudar a escapar a un presunto asesino —musitó Daniel sin mirarla—. Y eso como poco.

—Pero tú no mataste a nadie —se quejó—. Si lo explicamos...

—No puedo. Habrán buscado mis huellas en la base de datos, mi nombre, sabrán que todo es falso. ¿A quién crees que van a creer, a uno de los hombres más ricos del país o a un desconocido que pueden pintar como quieran?

—¡Di la verdad! Diles tu nombre, di quién eres, dales todo lo que te pidan y demuestra tu inocencia.

Estaba tan ofuscada por intentar hacerle entrar en razón que sus mejillas se habían sonrojado y tenía la respiración entrecortada. No se lo reconocería nunca, pero a Daniel le pareció maravilloso la ingenuidad y la fe que tenía en un mundo perfecto.

—Tengo que irme.

No había lugar para replica en aquella decisión, era algo que tenía que hacer y haría en cuanto pudiese.

Clara, mirándole a través del espejo retrovisor, le preguntó.

—Cuéntanos ¿Qué pasa con el otro hombre?

Sabía a quién se refería, a pesar de todo, Daniel probó a desviar el tema.

—Me da igual lo que le ocurra al señor Menéndez. Ha jugado bien sus cartas y yo pierdo, es así de fácil.

—No, no —corrigió la conductora—. Digo el hombre que había en mi casa. ¿Qué pasa con él? ¿Quién es? ¿Qué pinta en todo esto? ¿Es un vampiro o algo así? ¿Te está persiguiendo una manada de hombres lobo?

El comentario consiguió arrancarle una carcajada.

—No, que va.

—¿Entonces qué es? Desde luego no un hombre normal y corriente, porque los hombres normales y corrientes que yo conozco no consiguen desaparecer así como así.

Aquella respuesta traería nuevas preguntas que no podría contestar. Sería como abrir para ellas la caja de Pandora y luego irse, dejándolas solas ante el peligro. Daniel desvió su vista hacia la ventana disfrutando del paisaje.

—El trato eran cinco —contestó con indulgencia.

—Si tantas ganas tenía de encontrarte ¿Por qué no salió a buscarte fuera? Estabas allí mismo, tirado en el suelo a no más de cinco pasos de donde yo estaba. ¿Por qué no salió?

Daniel se puso a admirar una bandada de pájaros volando a lo lejos, dando por zanjada aquella cuestión.

—Porque sea lo que sea esa persona, o cosa, no puede salir de casa —contestó Eva arriesgándose a divagar a lo loco—. Por eso estaba tan desesperado por irse.

Al mirar al chico, este permanecía indiferente.

—¿Pero cómo le encontró? —interrogó Clara emocionándose con aquel asunto.

No tenía la respuesta. Empezó a repasar todo lo

que sabía de Daniel y recordó un dato que había oído al señor Menéndez cuando les encontró.

—Tiene varios pisos, estaba aterrado de pasar dos días en un mismo lugar. Si recuerdas, le entró el pánico cuando le dijimos que el día anterior había estado inconsciente.

—¡Vale, basta ya! —intentó cortarlas Daniel con un arranque de mal humor.

—Así que no solo te sigue la policía y los matones de Menéndez, sino que además, si pasas más de dos días en un mismo sitio un ser sobrenatural va a por ti. ¿Hemos acertado?

No las respondió. El chico estaba con el ceño fruncido y los dientes apretados mirando al exterior, como si allí solo hubiese maravillas.

—¿Y quién era el del teléfono? —aventuró Eva contagiada del buen humor del que hacía gala su amiga aderezado por fastidiar al muchacho—. ¿Su padre?

—No —la corrigió Clara—, era un sitio con mucha gente. Creo que él se escapó. ¿Una secta quizás?

Divertida, Eva se giró hacia el muchacho que tenía el ceño fruncido y una cara de cabreo que no podía disimular.

—Dime Daniel ¿De qué secta te has escapado?

—Me bajo aquí —soltó enfadado.

—¿Aquí? Pero si no hay nada —informó Clara conteniendo la risa a duras penas—. Aún quedan quince minutos hasta la carretera.

—¡Me bajo aquí!

—Vamos, Daniel —comentó Eva intentando restar hierro al asunto—. Tú no nos dices nada, pues tenemos que averiguarlo.

—Para el coche, me bajo.

—Por favor, si casi no puedes ni caminar.

—¡Que pares el coche!

Al frenar, cogió su mochila y se bajó dando un fuerte portazo. Esas dos estúpidas metomentodos les hacía gracia reírse de él. Que se riesen de su puta madre si les daba la gana pero que le dejasen tranquilo.

Cojeando, empezó a alejarse con lentitud sin volver la vista atrás. Unos pasos a su espalda le advirtieron de que Eva le seguía.

—¿Quieres dejar de hacer el tonto? —le pidió la muchacha—. Sube al coche y vámonos para que puedas perderte o hacer lo que te dé la gana.

—Déjame en paz.

—Y tú deja de comportarte como un niño.

Cuando le agarró del brazo, Daniel se la quitó con un movimiento brusco que hizo con el hombro.

—¿Te crees que esto es un juego? —la increpó—. ¡Os estáis riendo de mí, de mi vida, de mi supervivencia! ¿Encima vienes diciendo que me comporto como un niño? ¡Vete a tomar por culo!

Eva se sorprendió al oírle. Su intención no había sido reírse de nadie, sino saber la verdad de lo que estaba pasando. Se planteó dejarle marchar o plantarle cara allí mismo y como siempre, ganó su mal humor.

—¡Dime lo que está pasando! Sé sincero. ¿Acaso no te he demostrado que puedes confiar en mí? ¿Que pienso ayudarte?

—¿Que sea sincero? —preguntó encarándola de frente—. ¿Para qué? Tú no puedes hacer nada por mí.

—Puede que no, pero me lo merezco. —Aquella afirmación cogió la fuerza de su convicción sin dejarse amilanar al sentirle tan cerca—. Sabes que me lo merezco.

Daniel la miró como si no pudiese creer lo que estaba oyendo.

—¿Que te lo mereces? Estamos en paz ¿te has olvidado ya de lo que hice por ti en aquel garaje?

—¿Y lo que hice yo en la universidad?

—Me pegaste.

—Has conseguido que pierda dos coches.

—Lograste que me bajasen la nota media.

—Me robaste un camisón muy caro y no te denuncié. —Aquella broma por fin consiguió hacer desaparecer la mueca del muchacho al arrancarle una risotada. Eva esperó unos segundos dedicándole una tímida sonrisa antes de insistir—. Cuando Frank te apuntó con la pistola te llevé a mi casa, cuando vinieron sus hombres te saqué de allí, cuando tuvimos el accidente te llevé a donde mi mejor amiga e hice que su hermana te curase.

Notó cómo el chico empezaba a ablandarse con sus palabras, solo necesitaba un último empujón.

—Soy tu amiga, no te fallaré.

Aquella frase se le clavó a Daniel más de lo que Eva pudo sospechar. ¿Cuánto tiempo hacía que no podía confiar en nadie?

En su mundo, todos eran enemigos o posibles daños colaterales. Si quería seguir adelante, debía desechar todas las emociones que tenían el resto de las personas. Y ahora, allí tenía a una mocosa más molesta que una piedra en un zapato, rogando por que la dejase entrar bajo su coraza.

No estaba bien meterla en aquel embrollo, no quería hacerlo. Si desaparecía ahora, aún podría continuar con su vida normal como si nunca le hubiese conocido.

—Es mejor que no te metas en esto —musitó intentando creer lo que decía él también—. Todo esto te supera por mucho.

—Puede que sí, pero si compartes tu carga quizás no sea tan pesada entre dos.

El sonido de la risa de Daniel pareció tan irreal como renovador.

—¿En serio crees que vas a conseguir que me abra con chorradas filosóficas?

—No —contestó Eva devolviendo su sonrisa—, lo harás porque somos amigos y sabes que puedes confiar en mí.

Notó cómo su resistencia luchaba hasta derrumbarse, cómo aquella parte que quería irse perdía ante aquella que ansiaba quedarse. Sus hombros cayeron derrotados, dándose por vencido.

—Lo que habéis dicho en el coche es bastante acertado.

—¿Cómo? —preguntó sorprendida—. ¿El qué de todo?

—Todo.

Eva aguardó un minuto haciendo memoria de todas las tonterías que habían soltado en el coche. Habían sido muchas.

—Es decir —musitó precavida—; te sigue la policía, un asesino con su banda de mafiosos, un monstruo que no puede salir de casa pero que te encuentras si te quedas en una y una secta diabólica de la que te escapaste. ¿Me he dejado algo?

—Una rubia enfermiza a la que salvé en un garaje por error.

—Bueno —se defendió Eva blandiendo su sonrisa como arma—, y a mí que me parecías un chico aburrido ¿Ha sido tan difícil?

—Dímelo tú. ¿Me crees?

Por la manera en que la miraba, sabía que estaba esperando que dijese que no. Que le llamase loco o simplemente se riese de él.

—Los amigos no tienen por qué mentirse, así que no tengo por qué dudar de ti

Intentó usar un tono neutro, para que no pensase que estaba siendo condescendiente con él.

A pesar de todo, Daniel la miró con desconfianza. No dijo nada. No quería discutir. No quería pensar. Tan solo quería que alguien le dijese que todo saldría bien.

—¿Y cuál es tu idea ahora? —la preguntó.

Eva miró el coche donde Clara esperaba impaciente por saber de lo que estaban hablando.

—Al final ¿sabes desaparecer en serio? ¿Has pensado a dónde puedes ir?

Tanta tontería para acabar dejándole ir solo. El pinchazo que Daniel sintió en el corazón, solo le permitió que durase un instante.

—He pensado Italia, me gusta mucho la pasta y las pizzas y encima las mujeres no son nada feas —sonrió ante la mueca que puso su amiga.

—Está muy lejos ¿No crees?

—Esa es la idea. —Al mirarla a la cara le dio la impresión de que veía algo en sus ojos que luchaba por salir—. Si me quedo cerca me atraparán.

—Podemos hacer algo. Tan solo tenemos que encontrar la forma de...

Daniel sabía lo que iba a decir, se lo había

repetido hasta el infinito pero no era algo que estuviese en su mano. Conocía bien las consecuencias de no hacer lo que debía cuando aún estaba a tiempo.

—Tengo que irme. Lo siento, pero tengo que desaparecer.

Por la expresión que puso Eva en su cara, fue como si hubiese cogido un cuchillo y se lo hubiese clavado en el estómago para luego removerlo. Su tez se puso pálida y era incapaz de mirarle a la cara.

El ronroneo del motor del coche se hizo más audible a medida que Clara se acercaba hasta ellos.

—¿Queréis que os busque un hotel para que podáis discutirlo como un par de adolescentes o preferís montar y largarnos de aquí?

—Ya vamos —concedió Eva. Cuando abrió la puerta se quedó mirando a Daniel—. ¿Te vienes?

15

—Entonces ¿cuál es la idea? —preguntó Clara esquivando por milímetros un profundo socavón que había enfrente—. ¿Te llevo a algún sitio?

Daniel miró a Eva antes de responder.

—Conozco un chico... —Dudó entre decir la verdad o no, pero ya no tenía caso el seguir mintiendo más—. Sabe falsificar pasaportes bastante bien.

—¿Al final te vas? —al preguntarlo, Clara, echó una mirada de reojo a su amiga que estaba tan pendiente de la carretera como si fuese ella la que conducía.

—Sí, es lo más seguro para todos.

Esas palabras fueron el detonante para que Eva reventase.

—¡No es lo más seguro!

—Por favor, entiende que... —intentó cortarla Daniel sin éxito.

Bastó una mirada a la muchacha para darse cuenta de que no estaba por la labor de entender nada.

—¿Acaso no sabes que si no afrontas tus problemas ahora tendrás que huir toda tu vida? Tiene que haber otra forma de solucionar esto.

—¡Llevo huyendo toda mi vida! —chilló fuera de sí—. ¿Te crees que me gusta lo que ha pasado? ¿Que no le he dado mil vueltas al asunto buscando cómo solucionarlo? No sé cómo.

—¿Y lo arreglas huyendo?

La mueca en la cara de Daniel se distorsionó presa de una furia absoluta.

—¿Y qué sugieres tú que haga? Me presento

donde Frank y le digo: Oye macho, no te pases que me estás haciendo la vida difícil ¿Te importa ir de una vez a donde la policía y confesar que mataste a tu mujer para que pueda seguir con mi vida? Gracias.

Usó un tono irónico y ofensivo que hubiese sido gracioso si no llegase a estar tan enfadado como estaba. El incómodo silencio que se formó en el coche, se rompió con el carraspeo de Clara.

—No sé si debería decir esto, pero no me parece tan mala idea.

—¿Cómo? —Por primera vez desde que se habían montado en el coche, la expresión de Eva mostró una mínima esperanza.

—Si queréis, podemos contactar con el detective privado que tiene mi padre para sus asuntos personales y pedirle ayuda.

—¿En serio tu padre tiene un detective privado a su servicio? —preguntó su amiga con curiosidad—. Nunca me lo habías dicho.

—Porque no es importante —comentó ruborizándose—. El caso es que tengo su número y...

—¿Como que no es importante? —la interrumpió de nuevo—. ¿Para qué necesitas el teléfono de un detective privado?

—Eva, déjala hablar —pidió Daniel impaciente.

La muchacha le miró como si le estuviese perdonando la vida antes de sentarse en su sitio con los brazos cruzados.

—Cómo iba diciendo, podemos llamar y pedirle ayuda. Es un buen tipo y seguro que sabe lo que hay que hacer en estos casos.

Echando la cabeza hacia atrás, Daniel miró al techo sopesando esa opción. Aquella era la primera idea que parecía no desagradarle. Para él, desaparecer siendo un don nadie no era difícil. Hacerlo mientras te buscaba la policía por asesinato, complicaba mucho la situación.

Si conseguían resolver aquel problema, sería una bendición caída del cielo. Sin embargo, había demasiadas cuestiones que pendían de un hilo. No estaba convencido del todo.

—¿Y si llama a la policía? —preguntó—. Seguro que si lo hace su fama aumentaría y se le pasará por la cabeza en cuanto me vea.

—La lealtad de este tipo de hombres es muy alta, jamás morderían la mano que les da de comer.

De eso, no estaba convencido del todo.

—No lo sé...

Podía intentarlo. Estaba casi seguro de que si se lo proponía, conseguiría salir del país. Era bueno confundiéndose con la gente, aunque nunca había tenido que hacerlo mientras le buscaba todo el departamento de policía.

Por otro lado, no perdía nada por acudir a una entrevista con ese hombre y si no le gustaba la situación... sería mucho más fácil escapar de un solo hombre que hacerlo a su manera sin sopesar todas las salidas.

—De acuerdo, intentémoslo.

Al enfrentarse a la mirada de Eva, la muchacha asintió complacida y por un momento creyó ver en sus ojos una pizca de esperanza.

Para ser un detective, Jason Meik era el típico hombre que no pasaba desapercibido. Con sus treinta años, los ojos azules y el cuerpo de un gimnasta olímpico, era el centro de atención de todas las mujeres en la cafetería.

Se estaba tomando a sorbos el café haciendo como que leía el periódico, evaluando si estaba tan necesitado de dinero como para aguantar otra investigación sobre un futuro pretendiente de la caprichosa y millonaria Clara Hiten, cuando la vio salir de aquel Land Rover tan poco típico de ella.

Aún estaba a tiempo de levantarse y tener algo de dignidad, en lugar de quedarse sentado y aguantar más tonterías de una pija de papá. Cuando se había metido a detective no eran estos los casos que se había imaginado investigando.

Se tomó otro sorbo de café sin moverse del sitio, reconociendo que por lo menos la llamada que le había hecho, había tenido demasiado secretismo como para que ésta despertase su curiosidad.

Del mismo coche, salieron una pareja de amigos que seguro que serían igual de inaguantables que ella. Maldijo en silencio ¿cuántas veces le había pedido que guardase su acuerdo en secreto?

—Bien por mí —murmuró cabreado—, soy el detective privado para que en el jardín de infancia de ricachones puedan echarse novios decentes. Seguro que mi madre estaría orgullosa.

Analizándolos, no le fue difícil reconocer a Eva Lightstorm. Había oído aquel nombre en los labios de Clara un millón de veces, incluso había llegado a pensar que en secreto era lesbiana y estaba enamorada de su amiga de todo lo que la tenía en sus pensamientos. La chica en cuestión tenía la misma forma de caminar despreocupada de su amiga.

Aunque le sorprendió que su impoluta apariencia estuviese más bien ausente.

Aunque la ropa estaba limpia, era de Clara. Bien sabía que esas dos jamás repetirían conjuntos ni aunque les pagasen ¿Prestarse una muda? Ni aunque les fuese la vida en ello. Una vez se fijó en ese detalle, los demás fueron obvios. El pelo estaba despeinado y sucio y tenía aspecto de estar cansada.

A su lado, caminaba un chico que cojeaba ligeramente. Tenía un brazo escayolado y en una primera impresión parecía uno de los de su clase, pero no se dejó engañar. Se movía observándolo todo dos veces, con los hombros levantados y el cuello hundido intentando no llamar la atención.

No era como la típica persona que buscaba evitar a un conocido girando la cara, sino que aquel chaval parecía como si realmente supiese a dónde hay que mirar cuando alguien se cruzaba en su camino para que no le reconociese la cara.

La campanilla de la puerta sonó cuando entraron a la cafetería y él volvió a su periódico sin levantar la vista cuando les oyó acercarse.

—¿En qué puedo ayudarte esta vez? —preguntó con tono cansino antes de que Clara tuviese la oportunidad de hablar—. ¿Quieres que investigue algo para tus amigos? A no, perdona, acabo de recordar que teníamos un trato en el que me mantenías al margen del resto de tus compañeros. ¿Recuerdas?

—Es un caso de fuerza mayor —se disculpó la muchacha evitando su mirada de manera incómoda—, necesitamos tu ayuda.

—Sí, seguro. Un caso de vida o muerte ¿Verdad que sí?

Los tres muchachos se miraron antes de que Eva acertase a responder.

—Para ser sinceros, creo que es así. Señor...

Jason tomó otro sorbo divertido.

—¿La chismosa de Clara no os ha dicho mi nombre? Parece que es lo único que se ha olvidado de contar.

—¡No soy una chismosa! —se defendió—. Esto es importante.

Cuando la chica se dio cuenta de que todo el local les estaba mirando, bajó la cabeza avergonzada. Jason tomó otro sorbo evaluándoles.

—Sentaos —ordenó—. Supongo que todo esto es por el lío que organizó el señor no me llamo Daniel Flynn ¿me equivoco?

Mientras se sentaban, Daniel espero a tener la menor señal de alerta para desaparecer de allí. Aquel hombre no le gustaba en absoluto. Analizó su camisa desabrochada, su postura relajada y aquellos ojos que parecían querer absorber toda la información que le ocultaba.

—¿Cómo sabe quién soy? —preguntó sin rodeos.

Con ademán descuidado, lanzó el periódico sobre la mesa donde la foto de Daniel aparecía en primera plana.

—Así que supongo que tenéis una buena razón para ponerme frente a un asesino al que busca la policía.

—Presunto asesino —le corrigió Clara—. Es inocente.

—Sí, claro, como todos los que han acabado en la carcel —se burló.

—Es inocente —interrumpió Eva—. Yo misma oí al

señor Menéndez confesándole lo que había hecho a su mujer.

Mientras pensaba lo que tenía que hacer, el detective tomo otro sorbo de café lentamente.

—Si es así ¿por qué no habéis ido a la policía directamente?

—Problemas personales —comentó con sorna Daniel sujetándole la mirada—. ¿Puedes ayudarnos?

Jason levantó la mano haciendo una señal a la camarera para que le sirviese otro café. En ningún momento dejó de mirar a esos tres mocosos mientras imaginaba lo que se traían entre manos.

—¿Ayudar a un chico cuya foto está en la portada de todos los periódicos y en los informativos del país? Gracias pero no. Ahora si me permitís, quiero disfrutar de mi café mientras leo las noticias con calma.

Daniel se dio la vuelta dispuesto a irse cuando la mano de Eva le sujetó.

—No, es ayudar a una persona a demostrar su inocencia. —Aquella tenía que ser su oportunidad, él era la salvación para todo aquel jaleo y no iba a rendirse—. Por favor se lo pido, ayúdenos.

Durante un segundo le pareció que aquel hombre se lo estaba pensando. La miró de arriba abajo, juzgando si lo que había dicho era verdad.

—Esto es un caso sonado. Solo estar con él ya constituye un delito grave. Deberíais dejar que la policía haga su trabajo en paz y no poneros a jugar a los forajidos. De hecho, si lo que has dicho es cierto, tu misma puedes ofrecerte como testigo y ayudarle en los tribunales. No es a mí a quien necesitáis, sino a un buen abogado.

Dándose cuenta de que ese día no podría tomarse el café tranquilo, ya se estaba levantando cuando le detuvo la voz de Clara.

—Te daré veinte mil dólares si nos ayudas.

Era una suerte que hubiese bajado la cabeza para disimular la sonrisa lobuna que se le puso al oírla. Cuando les miró, tenía la misma expresión impasible de siempre.

—¿Veinte mil? Le está buscando todo el mundo.

—Yo añado veinticinco mil más —comentó Eva—. Te los daré en cuanto pruebes que es inocente.

—Esto no funciona así —la corrigió el detective—. Tú me pagas y yo hago mi trabajo. Si él es culpable, no pienso ocultar nada a la policía.

—Es inocente —se apresuró a corregirle la muchacha.

Ni siquiera había dudado un segundo. Jason tomó nota de que para ella aquel chico era inocente o la había engañado tanto que no tenía ninguna duda.

—A mí me da igual. Tanto si demuestro que es inocente como si es culpable, quiero todo el dinero antes de comenzar a trabajar.

Las dos chicas se miraron sin hablar. Clara asintió avisándola que podía conseguir el dinero con facilidad.

—¿Y tú no abonas nada a tu causa? —comentó Jason a Daniel que no había apartado sus ojos de él.

—Yo no soy rico.

—Ajá, pero seguro que puedes conseguirme los cinco mil dólares que falta para redondear los cuarenta y cinco mil.

—Como te he dicho, no soy rico.

El duelo de miradas que sostenían el uno con el otro, demostraba que ambos eran unos depredadores.

Por algún motivo que Jason no alcanzó a comprender, eso le gustó. Aún era pronto para debatir sobre su inocencia, pero no le parecía la clase de chico que matase a nadie por despecho como aseguraban las noticias, ni por dinero como se rumoreaba en los periódicos.

Solo con verle se notaba que aquel muchacho era un superviviente y esa clase de personas, siempre buscaban otras vías para lograr sus objetivos. El asesinato no solía estar entre ellas.

«*Suele, es la palabra clave en esa frase*» se repitió mentalmente.

Se quedaron callados cuando la camarera se acercó a servirle otro café que Jason agradeció.

—¿Qué habéis pensado? —les preguntó.

—Bueno... —Eva miró a sus amigos antes de proseguir—. Creemos que con un micrófono y teniendo a Daniel enfrente, a lo mejor conseguíamos que el señor Menéndez volviese a confesar.

—Sí —añadió Clara cada vez más emocionada con la ocurrencia—. Sería buena idea. Además, podrías convencer a algún policía amigo tuyo para que escuche la conversación. Así no podrán decir después que la hemos manipulado.

—A lo mejor... puede... tal vez... quizás... —El detective movía la cabeza arriba y abajo sonriendo—. ¿Vuestro plan no depende demasiado del factor suerte? ¿No habéis pensado que lo más probable es que nada más verle el señor Menéndez llame a la policía o le pegue un tiro?

Las chicas se miraron confusas. Su idea no les había parecido tan mala, aunque ese pequeño detalle se les había pasado por alto.

—No creo que eso pase. —Daniel tomó la taza del detective y le dio un trago—. No si voy a pedirle ayuda. Si le suplico que me deje en paz, que se busque otro chivo expiatorio, querrá humillarme, hundirme. Es una persona muy orgullosa, acostumbrada a aplastar a todos sus rivales. Podemos usar eso en su contra.

—Te veo muy convencido —concedió Jason—. Teniendo en cuenta que es tu futuro de lo que hablamos ¿Estás seguro de lo que vas a hacer?

El muchacho lo meditó un segundo.

—Sí.

Jason tomó otro sorbo de café riendo en su interior. Hacía unos instantes se quejaba de no tener un caso como siempre había querido y ahora le pasaba esto. Desde luego, estos chicos de hoy en día veían demasiada televisión, pero había que reconocer que tenían agallas para lo que estaban intentando.

—Y ya que lo tenéis todo pensado ¿Qué pinto yo en este plan?

Eva le dio un codazo a Clara que se había quedado absorta.

—Bueno —comentó la muchacha indecisa—, nosotros no sabemos nada de micrófonos ni cómo hay que hacer las cosas. Pensé que tú podrías ayudarnos.

—Así que buscáis que os asesore y os preste mi material. —Para su desgracia todo aquel asunto le estaba pareciendo francamente divertido.

—Sí, básicamente es eso.

—¿Cuándo tenéis pensado hacerlo?

Los muchachos se miraron entre sí preocupados por darle tanta información a alguien ajeno al grupo. Al final fue Daniel el que habló.

—Esta misma noche.

—¿Y cómo vais a hacerlo? ¿Entrarás en su oficina y te pondrás de rodillas delante de todos para que te permitan pasar o le abordarás en plena calle?

—Iré a su casa.

Aquella confesión arrancó una carcajada al detective.

—Chico, ese lugar es Fort Knox desde tu... desde el incidente —se corrigió—. Ni sueñes que te van a dejar pasar.

En todo el rato que llevaban allí, aquella fue la primera vez que Daniel se permitió sonreír con soberbia.

—¿Y si Catty me hubiese enseñado un pasadizo que comunica directamente con su cuarto y me hubiese hecho una copia de la llave de seguridad que usa la puerta?

Jason tomó otro sorbo de café. El plan era malo, no podrían reaccionar ante ninguna variante inesperada, pero la paga era buena y Daniel le caía bien. Encima estaba aburrido y no tenía nada mejor que hacer.

El recuento daba tres cosas buenas contra dos malas.

—Acepto.

El motel en el que Jason pidió a Daniel y Eva que esperasen su llamada, no podía haber sido peor. No por el olor a orines que desprendía el recibidor; tampoco porque las ventanas estuviesen tan sucias que ver a través de ellas era imposible; ni siquiera por la lámpara a medio caer que hacía equilibrios en el techo bamboleándose de manera peligrosa; todo eso era soportable, no como las paredes. Esos jodidos tabiques que no debían tener ni cinco centímetros por la manera en que los gritos de pasión de las otras habitaciones llegaban hasta ellos.

—¿Tanto te molesta? —la preguntó Daniel sin disimular lo divertido que le parecía su incomodidad—. Solo es sexo.

Eva ni siquiera quería mirarle. Sentía sus mejillas encendidas y cómo la vergüenza la dominaba. Sentándose en la cama, levantó la vista para mirarle a la cara y habló intentando parecer seria.

—Me gusta el sexo como a la que más, pero no es el momento de andar haciendo tonterías.

—¿Tonterías? Seguro que ahora a ellos les viene muy bien.

Su risa sonó fuerte y segura llenando la habitación.

—Pero preferiría no escucharlos ahora. Tenemos cosas más importantes de las que preocuparnos.

—¿Como por ejemplo?

La chica le miró como si no se creyese la poca importancia que daba a aquel asunto.

—Deberíamos estar planeando todas las situaciones que pudiesen llegar a ocurrir.

—Ya te entiendo. De esa forma, si un marciano entrase por la ventana sabría qué decirle ¿es a eso a lo que te refieres?

—Pues si creyésemos que la situación es posible... —la frase se quedó a medias cuando Daniel, de un rápido movimiento, se desprendió de su camiseta—. ¿¡Qué se supone que estás haciendo!?

De golpe, el calor dentro de aquel cuarto había subido cien grados.

—Voy a demostrarte que te equivocas.

—¿¡Qué?!

Que aquella palabra sonase histérica no fue nada en comparación a la multitud de sensaciones que la embargaron cuando Daniel se puso frente a ella.

—Puedo hacerte sentir tantas cosas, que te garantizo que hacer planes no será una de tus prioridades.

Eva tenía la lengua paralizada dentro de su boca. Tener aquel cuerpo perfecto a unos centímetros de ella, producía un efecto muy fuerte en sus hormonas y a duras penas conseguía mantener sus manos agarrando las sabanas en lugar de lanzarse a por esos duros abdominales.

—Esto no está bien —consiguió articular juntando toda su fuerza de voluntad—. No deberíamos...

—Detenme.

Se acercó otro centímetro. Otro maldito centímetro y el cuerpo de Eva se volvió un volcán.

¿Que le detuviese?

Por el amor del santísimo. Lo que ella quería era que la tomase allí mismo sin que pudiese resistirse. Que arrancase la ropa de su cuerpo con violencia mientras sus manos la sujetaban y ella se revolvía intentando...

El sonido del teléfono sobre la mesita, la devolvió a una realidad a la que en esos momentos no quería pertenecer.

—¿Quién es? —preguntó Daniel con voz neutra.

¿Cómo aquel jodido cabrón podía estar tan tranquilo? Solo se había quitado la camiseta y se sentía como una yegua en celo y la verdad era que odiaba sentirse así. Aunque ahora que le veía ocupado, podía aprovechar para pasar un dedo por su espalda y...

—Era Clara. Según ella, Jason ya lo tiene todo listo. Tenemos que salir de aquí ya.

—Pero... —por suerte para ella, pudo morderse la lengua antes de que saliese una débil protesta.

Como si hubiese leído sus pensamientos, Daniel se acercó a ella y pasó un dedo sobre su mejilla.

—¿O prefieres que sigamos un rato?

—Que te den —le indicó Eva levantando el dedo corazón.

—Si tú quieres... —No pudo acabar la frase cuando un tortazo le silenció—. ¿Pero qué te pasa ahora?

—No tenemos tiempo para una ducha de agua fría y pensé que era una buena forma de bajarte el lívido.

El chico se llevó la mano a la mejilla mirándola con dureza.

—Estás loca —sentenció—. Estás muy loca.

—Me lo tomaré como un piropo.

—Tómatelo cómo te dé la gana —respondió poniéndose su camiseta y dándose la vuelta para salir del cuarto.

Mientras lo hacía, Eva no quitó ojo a ese espectacular culazo. Los veinte minutos que tardaron en llegar a donde la furgoneta les estaba esperando, tuvo una sonrisa de tonta que nada podía quitársela de la cara.

—¿Qué te pasa? —la preguntó Clara nada más verla entrar—. Pareces más feliz que el gato que se comió al canario.

—Nada, cosas mías.

Como si el asunto no fuese con ella, se quedó mirando todos los trastos que habían colocados sobre una mesa de metal.

—Bueno, ¿estás listo? —le preguntó Jason

pasándole en una percha un traje a Daniel para que se lo pusiese—. Hoy es tu gran noche.

—Si dijese que no ¿cambiaría algo?

—Claro que sí, cogería mis cosas y me iría lo antes posible de aquí. Porque si tú no tienes confianza en lo que vas a hacer, nadie debería tenerla por ti.

—Sí que sabes dar ánimos —comentó el chico quitándole el traje de las manos—. ¿Y cómo va a ser esto? ¿Qué tengo que hacer?

A pesar de que intentaba disimular, los nervios que sentía eran visibles en la expresión de su cara.

—Tienes un transmisor en el bolsillo. Cualquier cosa que digas la podremos escuchar desde aquí. Prueba.

—¿Me oís bien? —preguntó Daniel comprobando que el chisme funcionaba como debía.

—No hace falta que le hables al bolsillo —corrigió Jason comprobando que el equipo funcionaba a la perfección—. Detectará cualquier conversación con nitidez a quince pies de distancia. Solo asegúrate de estar lo bastante cerca.

Daniel se miró en el espejo para ver cómo le quedaba el traje.

—¿Estás seguro de lo que vas a hacer? —preguntó Eva arreglándole el cuello de la camisa con cariño—. Ese hombre ya mató a su mujer. No creo que tenga problemas en repetirlo contigo.

Sentir su mano tocándole la piel del cuello, produjo en el muchacho una multitud de sensaciones placenteras.

—¿Ahora dudas? —No había ningún reproche en su voz, solo calidez al sentirla tan cerca y preocupada por él—. Tú misma lo dijiste. Si escapo ahora, estaré toda mi vida huyendo.

Con la mano derecha retiró la de su cuello y sin soltarla, la miró a los ojos hipnotizándose con el brillo que vio en ellos.

—¿Qué pasa? —preguntó Eva sonrojándose visiblemente.

—Quería agradecerte la fe que tienes en mí. Creo que nunca se habían arriesgado tanto conmigo.

—Es una tontería, no te preocupes. ¿Para qué están las amigas?

Cuando quiso retirar su mano, Daniel la sujetó con más fuerza.

—Yo no tengo amigas señorita Lightstorm —añadió con un ligero templequeo en el tono de su voz—. Así que espero que aceptes esto.

La multitud de colores que salieron en su mente cuando se acercó a ella, no fue nada comparados con los fuegos artificiales que estallaron en su interior al besarla. Todo el mundo desapareció a la vez que extendía sus manos para abrazarle y unirse a él.

Su cuerpo reaccionó de una manera brutal. Todo su ser la pedía a gritos que se dejase arrastrar por lo que sentía en ese momento y lo hubiese hecho, sino llegaba a ser porque un leve carraspeo sonó reclamando algo de atención.

—¿Ahora vas a pagarme a mí también? —preguntó Clara con malicia.

—Si no os importa, en lo que a mí se refiere sigo prefiriendo el dinero —bromeó Jason relajando el ambiente.

—Que os den —respondió Eva ruborizándose.

—Si queréis, puedo dejaros mi furgoneta quince minutos para...

—¡Basta ya! —se quejó Eva con las mejillas a punto de explotar—. ¿No os dais cuenta de lo peligroso que va a ser?

—¿Así que esto solo es un beso de despedida? —refunfuñó Daniel de mala gana—. Y yo que pensaba...

—¿Tú también? —exclamó Eva dándole un ligero golpe con el hombro—. Eso no es justo, sois tres contra una.

—Entonces —preguntó Daniel clavando sus ojos en ella—. ¿Es o no es un beso de despedida?

La muchacha le miró visiblemente incómoda. A pesar de todo, no podía apartar su mirada de esos ojos grises que tan loca la volvían.

—No es un beso de despedida —se quejó.

Las risas dentro de la furgoneta estallaron felices mientras Clara aplaudía.

—Pues cuando vuelva quiero otro —comentó Daniel arrancando un gemido a Eva que no supo qué responder—. ¿Listo, detective?

—Jason, mi nombre es Jason.

Daniel se permitió sonreír.

—¿Listo, Jason?

—Cuando quieras. Si veo que la cosa se complica demasiado llamaré a la policía. Todo lo que digáis allí dentro estará grabado. De todas formas, ten cuidado.

El muchacho asintió antes de salir.

La noche era fresca para variar. En cuanto Daniel se bajó de la furgoneta se dio cuenta de la necesidad que tenía de estar solo. Aquel era el primer momento que tenía para sí mismo desde hacía ya una eternidad.

La escayola le picaba, pero se había negado a quitársela para aparentar una necesidad urgente de ayuda. Estaba seguro de que Frank disfrutaría al verle lastimado. El tobillo lo tenía bastante hinchado y le costaba caminar, a pesar de todo, tenía que hacer un último esfuerzo para salir de todo aquel lío.

Las manos le temblaban ligeramente y se repetía que aunque sentía miedo, aquella era sin duda la mejor decisión que podía haber tomado. Por fin se acabaría el correr de aquel maldito psicópata y escapar de la policía. Bastantes problemas tenía por sí solo.

Avanzó diez pasos esperando que los gemidos que escapaban de sus labios a cada movimiento, no sonasen tan patéticos en el video como los oía ahora. Al ritmo que iba, solo le costaría una semana llegar al cuarto de Catty. Por suerte, tenía tiempo.

—¿Me dejas que te ayude? —preguntó una voz a su espalda.

16

—No, no puedes venir —repitió Daniel por tercera vez—. ¿No te das cuenta de lo peligroso que va a ser esto?

Eva cruzó los brazos sobre su pecho y miró con descaro su tobillo, adoptando una posición con la que no se podía negociar.

—¿Y tú crees que el señor Menéndez va a creerse que has sobrevivido tú solo en este estado?

—No me importa lo que él crea, mi respuesta es no y seguirá siendo no. Así que hazme el favor de volver a la furgoneta.

Hablaba con el ceño fruncido y la cara seria, aunque en el fondo, todo su ser agradecía el hecho de que se hubiese ofrecido a acompañarle.

—Pues da la casualidad de que sí importa lo que él crea. Si sospecha que esto es una trampa, no servirá para nada lo que estamos haciendo.

Eva le miró con prepotencia, como si con aquella fría lógica supiese que iba a ganar la discusión.

—Puedo encargarme de esto yo solo.

—¿En serio? No te creo.

—Pues puedo —alegó Daniel con energía—. No hace falta que te preocupes por mí. Yo solo me basto para entrar y salir de la mansión de una sola pieza.

—Bien, demuéstramelo —pidió Eva poniendo una mueca divertida—. Te acompaño y así lo veo con mis propios ojos.

Daniel no salía de su asombro.

—¡Eres imposible! —murmuró con una pizca de enfado en su voz—. ¿Por qué no me dejas que sea yo el que se preocupe por tu seguridad?

—Porque aunque no te lo creas, soy bastante capaz de cuidarme sola y tomar decisiones por mí misma.

—Pues yo no lo creo —contestó Daniel intentando aflorar su sentido común—. Te vas a meter en la casa de un asesino para provocarlo ¿No entiendes que eso es una locura?

—Perfectamente —replicó la muchacha—, pero eso lo dices porque eres un hombre y no entiendes a las mujeres.

Daniel puso los ojos en blanco frotándose la frente mientras dejaba escapar un suspiro enfadado.

—¿Vas a decirme que soy un machista?

—No —le corrigió—, lo que voy a decir es que enfocas mal el problema. Yo no voy a la casa de un asesino a encararme con él. Eso me asustaría. Voy a acompañar a un amigo que lo tiene muy difícil para que tenga en quien apoyarse si lo necesita.

Ante aquello no podía alegar nada. Refunfuñando, Daniel se dio la vuelta y empezó a caminar hacia un ligero montículo.

—¿No vienes? —musitó.

Nada más preguntárselo, Eva procedió a seguirle tan feliz como si le hubiese dicho que se iban a bailar. Puede que las cosas no estuviesen fáciles, pero estaba segura de que juntos tenían una oportunidad de lograrlo.

A primera vista, el montículo no parecía tener ninguna puerta visible por la que cruzar. Ya estaba a punto de replicar cuando Daniel metió la llave en lo que parecía una piedra y al empujarla, abrió un hueco por el cual podían pasar sin problemas.

Eva había esperado un estrecho pasadizo lleno de

ratas y arañas por el que tener que pasar reptando hasta llegar a la casa. Sin embargo, el enorme hueco que había en el interior la permitía andar de pie sin problemas. Al pulsar el interruptor al lado de la puerta, se encendió la luz mostrando un pasillo sin fin.

—Todas las comodidades que siempre deseaste en tu pasadizo secreto al alcance de tu mano —bromeó Daniel mientras comenzaba a caminar.

Al ver cómo cojeaba, la chica no pudo evitar preguntarle.

—¿Te ayudo?

—No gracias, puedo solo.

—¿Entonces para que te crees que he venido? —le informó cogiéndole la mano y pasando su brazo por el cuello para hacerle más fácil el caminar—. No seas tonto y déjame ayudarte.

—¿Encima yo soy el tonto? —comentó Daniel fingiendo enfadarse—. Aún no me creo que me hayas convencido para traerte.

Podía contestarle algo, pero Eva prefirió dejarle rumiando y disfrutar de la expresión de su cara, que mostraba el agradecimiento que no se atrevería a reconocer en voz alta.

Iban lentos, pero por primera vez en aquella aventura podían vislumbrar un final alternativo que no necesitaba que Daniel se alejase de su vida. Ese pensamiento consiguió arrancarla una sonrisa que se apresuró a ocultar. Aunque había accedido a acompañarle, el miedo no había desaparecido y la inseguridad que sentía se aprisionaba en su cabeza cada paso que se acercaban.

A pesar de todo, guardó silencio sobre sus miedos para no dejarles abrir una brecha en la que anidar. En lugar de eso, decidió concentrarse en la corriente eléctrica que sentía por su cuerpo cada vez que Daniel se apoyaba en ella para caminar. No entendía lo que le pasaba, jamás en toda su vida había sentido algo así de intenso por ningún hombre.

Incluso ahora, que tal vez se estaban dirigiendo a la muerte por propia voluntad, lo hacía feliz sabiendo que caminaba a su lado.

Todo su cuerpo reaccionaba ante él como ni siquiera en sueños había pasado. La antigua Eva deseaba ayudarle, permitir que se sintiese seguro a su lado y que confiase en ella. Pero otra parte de sí misma que no sabía que tenía, era mucho más egoísta que todo eso. Ansiaba que la tocase, que la besase. Quería que la lanzase contra la pared para aprisionarla mientras sentía sus manos acariciándola sin importar que ahora fuese él quien más la necesitaba.

Tal vez si se lo pedía, Daniel le arrancaría los botones de su bonita blusa para luego meterse sus senos en la boca y devorarla como ansiaba. Desde que le había visto desnudo no había dejado de soñar con su cuerpo perfecto sobre ella, de sentir su piel contra su piel y comprobar cuánto pesaba al ponerse encima. La sola idea de que la tomase allí mismo, en mitad de las cuevas, le pareció tan erótica que se tuvo que morder los labios para no gemir de placer.

Allí estaban, yendo a una muerte casi segura y ella pensando en hacerle el amor. ¿Qué hacer el amor? Follárselo como si aquello fuese lo último que fuese a hacer en esta vida. Nunca se sabía, con un poco de mala suerte a lo mejor acertaba.

Merecería la pena. Aunque solo fuese por sentir cómo su lengua abría un surco de fuego a través de su piel mientras bajaba desde sus pechos hacia abajo. Incluso por debajo de su ombligo, hasta un lugar en el cual podría explotar de placer con tan solo sentirle una vez.

Ni siquiera se dio cuenta de que sus labios se abrieron contra su voluntad pronunciando su nombre extasiada.

—Daniel... yo...

—Ya hemos llegado —la interrumpió.

Frente a ellos, una puerta blindada les cortaba el paso. Eva la miró sintiendo que había estado flotando en una nube los veinte minutos que habían estado caminando. Movió su cabeza despejándose y dejando que sus fantasías se diluyesen en el olvido, no así su excitación.

—¿Me oyes?

Por la forma en que Daniel la estaba mirando, aquella no era la primera vez que se lo preguntaba.

—Sí, sí claro. Dime.

—Una vez dentro tú no hables, prefiero que se centre solo en mí.

—Sí ya —añadió Eva con un movimiento de mano despectivo—, yo seré la rubia tontita que te acompaña.

—Exacto, que nada le haga cambiar ese pensamiento. Mientras se crea más listo que nosotros tendremos una oportunidad de cogerle con la guardia baja.

«Ya, pero no me gusta nada el papel de tonta.»

Afirmó con la cabeza aceptando el plan.

Cuando Daniel abrió la puerta, ni siquiera sonó un ruido. El pasadizo estaba escondido en un estudio que por la pinta, no tenía mucho uso.

Una pequeña librería con el polvo acumulado en

sus baldas, una mesa llena de papeles desordenados y una silla eran todo el mobiliario que tenía el lugar. Desde luego que para pasar desapercibido no podían haber elegido un lugar mejor.

—Sígueme —le ordenó Daniel saliendo por su propio pie.

Se movía por aquella casa como si la conociese al dedillo. Una vuelta aquí, un giro allá y aunque Eva había tenido miedo de cruzarse con alguien del servicio, no fue así. Daniel se paró delante de una puerta y la obligó a entrar. Unos pasos resonaron alejándose del lugar tan pronto como habían aparecido.

—Era Lourdes, la hija de la cocinera. A esta hora empieza su programa preferido y va a verlo al cuarto de su madre. —Cuando consideró que ya se había alejado lo bastante abrió la puerta y echó una ojeada fuera—. Vamos, ya está.

Asintiendo, Eva le siguió. ¿Cuántas veces había estado en aquella casa para conocerse tan bien aquellos detalles? Estuvo tentada a preguntárselo, pero no iba a dejar que el monstruo de los celos la mordiese.

Se movieron casi en silencio hasta llegar al espacioso salón de casi treinta metros donde Daniel puso una mueca de consternación.

—No está.

—¿Cómo que no está? —preguntó Eva sorprendida intentando buscar algún escondite—. Tiene que estar. Todo el plan depende de que esté aquí.

—Lo sé —murmuró enfadado dando un puntapié a un sofá—. Debería estar aquí. Todas las noches se

231

tumba a ver la televisión hasta más allá de las doce. A no ser que...

Ni siquiera acabó la frase. Salió tan rápido del salón que Eva tuvo que apretar el paso para cogerle a pesar de su cojera.

Esta vez se pararon frente a una puerta donde pudieron reconocer la voz del señor Menéndez gritando por teléfono.

—Su oficina —aclaró el muchacho con una sonrisa traviesa—. A veces trabaja hasta tarde así que si no está en el salón...

Eva le miró pálida e insegura. Era el momento de la verdad y ahora no estaba tan convencida de que llegar a este punto solos, hubiese sido tan buena idea.

—¿Estás seguro de lo que vamos a hacer? Aún podemos echarnos atrás.

Daniel solo sopesó aquello un segundo antes de abrir la puerta.

—¡Que demoni...! —Frank se quedó mirando anonadado cómo Daniel se internaba en su oficina con confianza—. ¿Qué haces tú aquí?

—He venido a hablar con usted.

—Acabo de pulsar la alarma. Mis hombres estarán aquí en unos minutos así que te recomiendo que escapes ahora que aún puedes.

El chico se giró a mirar a su amiga antes de proseguir. En sus ojos grises había seguridad y agradecimiento de su parte. Había llegado el gran momento y todo dependía de estos minutos a solas.

—Quiero pedirle que por favor pare esto. No puedo más, he venido aquí a rogarle que aleje a la policía para que me permita salir del país. —El tono sumiso con el que hablaba era tan sincero, que incluso

Eva se planteó si aquello era parte de su actuación o lo estaba diciendo de verdad.

Como si aún no pudiese creerse lo que estaba viendo plantado allí en mitad de su oficina, Frank Menéndez se levantó de la silla y se acercó hasta él.

—Reconozco que tienes unas pelotas que no te mereces, chaval —respondió sacando una pistola con la que jugueteó sin apuntarles directamente—. Se lo juro agente, el asesino de mi mujer vino a mi casa con una cómplice y tras amenazarme, tuve que dispararles varias veces. Aun me están temblando las manos del miedo que pasé. ¿Qué tal suena?

El tono divertido con el que lo preguntó era peligroso.

—No tiene por qué hacer esto. —Al hablar, Eva ignoró la mirada de advertencia que le estaba dedicando Daniel—. Podemos pagarle a cambio de que nos proporcione el tiempo necesario para poder huir. Se lo juro, nunca le diremos a nadie que usted mató a su mujer.

—¿Que yo hice qué? —preguntó Frank fingiendo sorprenderse—. ¿Estás insinuando que maté a la única mujer en toda mi vida a la que de verdad he amado? ¿A que estáis jugando?

Aquella hubiese sido una actuación memorable si no llega a ser porque al hablar, sonreía sabedor de su victoria.

El ruido de unos pasos acercándose a todo correr, dio paso a tres hombres que irrumpieron en la oficina pistola en mano.

—Llevad a mis invitados a las habitaciones del sótano. Tengo asuntos que atender antes de poder dedicarme a ellos por completo.

—Puedo pagarle —repitió Eva orgullosa—. Diga su precio y déjenos marchar.

Cuando Frank se acercó a ella y le pasó la mano por la mejilla, le costó contener la repulsión que se apoderó de ella.

—¿Cuánto vale para ti la vida de tu amigo?

—Diga un precio.

Solo le faltó babear cuando pasó la mano por el pecho de Eva, agarrando con fuerza uno de sus senos.

—¿Lo que yo quiera?

No había duda de lo que quería, la muchacha se obligó a no apartar la vista mirándole directamente a los ojos.

—Solo diga su precio por dejar escapar a una persona inocente y lo cumpliré. Le doy mi palabra.

Cuando aquel hombre se acercó y la besó, tuvo que contenerse para no pegarle, para no gritar, para no escupirle. Centró todas sus fuerzas en pensar que lo hacía por Daniel, que aquello estaba siendo grabado y no estaba haciéndolo por nada.

Sentir sus manos agarrándole el culo la hicieron sentirse sucia y violenta. Rezó para que aquel malnacido no la tomase allí mismo, delante de sus hombres.

—Esta chica es una fiera —comentó burlón deleitándose con la cara de cabreo que tenía Daniel—. Sigo sin saber qué hacías con la furcia de mi mujer.

La agarró del pelo arrancándola un grito para volver a besarle con fuerza, sin un ápice de delicadeza por su parte. Al separarse, la alejó de él como si le diese asco.

—No está mal, pero reconozco que puedo conseguir putas más baratas. —Mirando a Daniel divertido comentó—. Además, supongo que no sabrás lo que vale la vida de tu amigo Eric.

Aquel comentario fue como si de un puñetazo a Daniel le hubiesen sacado todo el aire de los pulmones.

—¿Cómo lo sabes?

—¿Te extraña? La primera vez que nos vimos me parecías un crio que se lo tenía muy bien montado. Luego, cuando la policía no consiguió dar contigo desde un primer momento, me picó la curiosidad e indagué por mi cuenta.

—¿De qué está hablando? —preguntó Eva confundida—. ¿Qué es eso de Eric?

El millonario lanzó una carcajada violenta.

—¿En serio le ayudas sin saber nada de él? Dime Eric, ¿prefieres contárselo tú o se lo cuento yo?

—¡Vete a la mierda!

La ira escapaba por todos los poros de su cuerpo.

—Aquí, nuestro amigo en común —señaló Frank pavoneándose—, es un asesino de verdad. El jodido cabrón secuestró y mató a una niñita de ¿quince años era? Sí, creo que sí. La torturó, la mató y mutiló su cadáver para que sus padres la encontrasen destrozada en el salón de su casa.

Eva estaba dispuesta a gritar que aquello era una burda mentira. Que Daniel no era ningún asesino y no creería nada que saliese de sus labios. Pero por la forma en que Daniel miraba al suelo, hacía ver que lo que contaba Frank era verdad.

—No es cierto —musitó insegura esperando que su amigo la respaldase—, él no haría algo así.

Seguía sin mirarla, sin proclamar su inocencia. Por primera vez desde que lo conocía, parecía derrotado.

—Vamos Eric —comentaba burlón Frank cogiéndole de la barbilla y obligándole a mirar a su amiga—. Dile ¿mataste tú a esa chica?

El silencio que se formó, era opresivo. Eva sentía que su corazón se detenía y le costaba respirar. Se sentía mal. Muy mal.

O eso creía, porque cuando Daniel abrió su boca se sintió mil veces peor.

—Sí.

17

Al igual que le había pasado con el pasadizo secreto, Eva se había esperado un lóbrego sótano con goteras y cadenas donde una multitud de cadáveres estuviesen desperdigados por el suelo. Sin embargo era un sitio bastante cómodo, a excepción de la cantidad de artículos fetichistas con que estaba decorado. Bueno, los objetos fetichistas y las rejas que tenía la jaula en la que los habían dejado encerrados.

En la esquina izquierda, tomó asiento en un sofá rojo chillón demasiado blando para su gusto. Se levantó incómoda y sin saber qué hacer, comenzó a caminar de un lado a otro de la jaula a toda velocidad.

A propósito, evitó mirar en la parte donde Daniel se había sentado sin moverse, desde que les habían dejado allí abajo.

—¿No vas a decir nada? —le preguntó harta de esperar—. Cualquier cosa me serviría. No fui yo, se lo están inventando, es una trampa.

Cuando el muchacho levantó la mirada, todo el brillo que siempre tenía en sus ojos estaba perdido.

—Qué quieres saber ¿Si la maté? Sí, yo la maté.

No podía creérselo. Eva caminaba histérica intentando que aquella pieza encajase en su puzzle. ¿La había estado mintiendo todo el rato?

—¿Por qué? ¿Quién? —preguntó desaforada.

—¿Eso qué importa?

—¡A mí me importa! —explotó en un arranque de mal humor—. Por el amor del cielo. Yo estaba dispuesta a acostarme con ese hombre por ti ¿Y tú ni siquiera eres capaz de decirme la verdad mirándome a la cara?

Daniel agachó la cabeza, derrotado. Ni siquiera tenía fuerzas para mirarla a la cara. Estaba harto, cansado y deprimido. Sabía que no era buena idea venir aquí. Tenía que haber hecho caso a su instinto y haberse marchado cuando tuvo la oportunidad.

—¡Dime algo! —ordenó Eva chillando—. ¡Vamos, dímelo!

—¿Para qué quieres que te lo diga? Ya te he confesado que la maté yo. ¿Qué más dan los detalles?

—Porque quiero saberlos.

Resignado, Daniel agachó la cabeza mientras se abrazaba las rodillas. Había guardado tanto tiempo sus secretos que parecía mentira cómo se estaba desmoronando todo el castillo que con tanto esfuerzo había construido.

Sin embargo, aquella bola de demolición no había terminado con él. Ahí estaba Eva para machacarlo aún más. Por si no le habían humillado lo bastante allí arriba, por si el dolor que sentía ante lo que había hecho no era suficiente penitencia, debía recordarlo todo. Revivir una vez más aquel fatídico día como si no fuese suficiente con las pesadillas que le habían acompañado desde entonces.

—Se llamaba Jessica.

Él fue el más sorprendido cuando su voz empezó a sonar monocorde, sin una pizca de emoción. Sintió que era otra persona la que hablaba a través de sus labios, la que contaba su historia, como si le hubiese ocurrido a otra persona.

Quiso parar, quiso decir a aquella voz que se callase, pero era incapaz. El recuerdo de Jessica le presionaba para hacerse oír, para hacer que la recordase.

—Tenía quince años y era la chica más hermosa, simpática y dulce que nunca había visto en mi vida. Tenía unas cuantas pecas cubriéndole la cara y su pelo era tan rubio como el sol del verano.

La manera en la que Daniel sonrió, le hizo darse cuenta a Eva del tiempo que hacía que no se sumergía en aquel recóndito lugar de su pasado. Quería preguntarle qué pasó, por qué la mató, pero no quería precipitarse. Tenía que ser él el que contase lo ocurrido.

—A ella fue la primera persona a la que le conté mi secreto.

—¿Qué secreto? —inquirió con curiosidad Eva.

El muchacho lanzó una sonrisa felina mientras la miraba.

—¿No te has dado cuenta?

Al preguntárselo, pasó su mano por su mejilla y una corriente de energía la invadió. En aquellos ojos solo había tristeza y una tremenda soledad. No importaba lo que hubiese hecho en el pasado, lo que dijesen de él o los problemas que tuviese, solo quería consolarlo. Quería besarle. Quería que la hiciese suya ahí mismo.

—No puedes controlarlo ¿verdad? —preguntó Daniel con tristeza—. El deseo es tan atroz que llena todo tu cuerpo de pensamientos lujuriosos, ni siquiera sé cómo pudiste ayudarme a llegar hasta aquí sin abalanzarte sobre mí.

Aunque le oía, no entendía a qué se refería ¿qué más daba? Solo eran palabras que poco podían hacer para calmar el hambre que se había despertado en ella. Un hambre que amenaza con consumirla si no...

Cuando Daniel retiró su mano, aquella apremiante sensación desapareció. Le seguía gustando, pero no tenía esa urgencia por tomarle, por besarle. Podía respirar sin que la doliese el pecho porque no la estuviese besando.

—¿Qué es eso? —preguntó angustiada—. ¿Qué me has hecho?

Daniel se miró la mano y fue cerrando uno a uno sus dedos hasta transformarla en un puño.

—Le conté que podía hacer que la gente quisiera estar conmigo, solo tocándoles. Que de hecho, si quería, me hacían caso en todo lo que pedía.

Analizó la cara de Eva mientras hablaba y reconoció en ella la mirada que veía en todos aquellos que sabían de su secreto. Primero, desconcierto y luego, miedo.

Levantó la cabeza orgulloso ante lo que era capaz de hacer. ¿No le había estado presionando para averiguarlo? Tan solo complacía su deseo.

Continuó su historia sin que le importase gran cosa la opinión que quedase de él cuando todo aquello terminase.

—Mi tío me había dicho que nunca usase ese truco, esa habilidad como él la llama. Pero yo era joven y estúpido y quería impresionarla.

—¿Qué pasó? —preguntó Eva preparándose para lo peor.

—Nada. En aquel entonces no tenía tanto potencial como el de ahora y no funcionaba siempre. Eso sí, conseguí que se riese de mí un buen rato cuando pensó que todo aquello era para hacerme el interesante.

Una mirada nostálgica cubrió su tez mientras los

segundos pasaban sin que se decidiese a continuar. Cuando parecía que no iba a decir nada más, siguió hablando como si nunca se hubiese interrumpido.

—Supongo que en parte era cierto. Todos los días quedábamos para charlar y yo cada vez estaba más enamorado de ella. Me volvía loco a pesar de ser quien era.

—¿Y quién era?

—La hija de Mor Yantes. —Esperaba que el nombre la sonase, pero se había olvidado de que Eva pertenecía a otro mundo alejado de ese tipo de personas—. Es un mafioso acaudalado bastante peligroso que vivía a poca distancia de mi casa. La gente decía que estaba loco. Una vez, incluso mató a un hombre de una paliza porque estornudó a su lado sin usar pañuelo y le manchó.

Eva se estremeció ante la idea de que existiesen en el mundo personas así.

—¿Y tú salías con su hija?

Parecía mentira el cariño con que Daniel la miró al hacerle esa pregunta.

—No sabía lo que era salir con una chica. Me gustaba, pero en aquel entonces solo éramos amigos. Aunque hubiese matado por un beso suyo.

—Entonces ¿qué pasó? ¿por qué la mataste? ¿No te quiso dar el beso o qué?

Aunque había intentado dar a la frase la entonación de una broma, las palabras fueron demasiado hirientes para Daniel que puso una mueca al escucharla.

—Su padre nos descubrió. —Hizo una pausa cuando escuchó el sonido de unos pasos acercándose. Pero era una falsa alarma y continuó—. Se puso como loco. Pensé que iba a matarme. Jessica se interpuso entre nosotros para intentar calmarle y de un bofetón la lanzó contra el suelo. Entonces ocurrió algo dentro de mí. Noté cómo una fuerza salía de mi cuerpo e invadía el suyo. No sabía lo que pasaba, pero aquella vez fue la primera que mi habilidad producía aquel efecto.

—¿Cuál? —preguntó Eva echa un manojo de nervios.

—Me besó. —Aguardó un instante para ver el efecto que producían las palabras en su amiga antes de continuar—. Aquel era mi primer beso y me lo había dado el padre homicida de la chica que me gustaba. Si lo piensas bien tiene su gracia.

A ella no se lo parecía, pero no le dijo nada. Por la forma en que Daniel estaba hablando, ella era solo una mera espectadora que había tenido la suerte de estar ahí. Bien hubiese podido ser un jarrón al que le estuviese abriendo su alma, que habría hecho el mismo caso.

—Yo no sabía lo que pasaba, pero estaba muy asustado y dolorido. Cuando todo excitado me preguntó si quería algo, le pedí agua. Entonces salió y aprovechamos para huir.

—¿Aprovechamos?

—Sí, Jessica me acompañó. Era mi amiga, realmente era mi amiga. Dudo que por mí mismo hubiese tenido fuerzas para abandonar aquel lugar. El miedo que tenía a su padre era demasiado real en ese momento y me paralizaba.

—¿Qué pasó entonces?

—Juntos, huimos hasta escondernos en una casa abandonada a las afueras de la ciudad. Supongo que no sabíamos bien lo que hacíamos. Ella solo pensó en protegerme y yo solo quería huir.

Un sollozo escapó de sus labios. Se apretó el pecho intentando con todas sus fuerzas no echarse a llorar. Le costó calmarse. A pesar de todo, Eva no le apremió. Le dejó su tiempo para recomponerse mientras pasaba la mano por su espalda, tranquilizándole.

Aquella era la primera vez que cuando Daniel levantó la cabeza, pareció perdido. Roto. Deshecho. Sin embargo, al hablar, su voz seguía teniendo esa fuerza, esa energía que le caracterizaba.

—A pesar del miedo que sentía, la presencia de Jessica me tranquilizó. Me limpió las heridas y me ayudó a sentirme mejor. Estaba destrozada y me dijo que entendía si a partir de ese día ya no quería ser más su amigo. ¿Sabes lo que hice?

Eva negó con la cabeza.

—Le dije que por mí, su padre podría irse al infierno. Que nada me impediría ser su amigo para toda la vida. Le dije que como se atreviese a ponerle un dedo encima otra vez, iba a ser yo quien diese una paliza. ¿Te imaginas? Un puto crío de quince años amenazando a uno de los hombres más peligrosos de toda la ciudad.

Señalando con la mano derecha hacia la puerta, Daniel añadió.

—Para que te hagas una idea el hombre del que te hablo, se comería con patatas a ese de ahí fuera. ¿Te imaginas?

—Debía de dar mucho miedo.

—De hecho aún lo da. El cabrón aún está vivo. Me busca desde entonces, después de lo que pasó.

La chica le miró extrañada.

—¿Pero qué pasó entonces? Por lo que estás diciendo, tú no mataste a nadie.

—La historia no ha terminado.

Hizo una pausa para volver a atrapar aquel recuerdo entre sus pensamientos. A pesar del dolor que sentía en el pecho, se obligó a contarlo todo hasta el final.

—Nunca había estado fuera de casa, aquella era la primera vez. Pero no podía volver donde mis padres y dejar que Mor nos descubriese. Una cosa es hacerte el héroe cuando no está y otra, probar que eres estúpido con él delante.

—¿Qué pasó?

No la respondió rápido, pero cuando lo hizo, tenía un fuego en su mirada de odio absoluto.

—Fue la primera vez que le vi a él.

No hizo falta decir a quien se refería porque Eva estaba segura de saberlo. Un escalofrío recorrió su columna vertebral mientras escuchaba con atención.

—Apareció la segunda noche que estuvimos allí. Eran exactamente las diez de la noche. Lo recuerdo porque era cuando empezaban las películas y justo nos estábamos quejando de que en aquella casa no podíamos verlas. No había nadie salvo nosotros dos cuando de pronto, le vi enfrente de mí. Me miraba con tanto desdén y odio que pensé que sería uno de los hombres de Mor viniendo a por mí. Salí corriendo tan deprisa que le pillé por sorpresa y pude escapar. Iba a perderme fuera de su vista cuando me di cuenta...

—Jessica —se anticipó Eva a la historia.

—Al mirar hacia la casa, aquel hombre la tenía

cogida del brazo y aguardaba desde la puerta. No podía irme y dejarla allí, me hizo señas de que me acercase y eso hice. —A medida que hablaba la respiración de Daniel comenzó a agitarse—. Podía notar la maldad emanando de él e intentando ahogarme en su furia. Estaba temblando cuando me pidió que entrase. Le dije que no...

—¿Entonces qué pasó? —preguntó impaciente preparándose para lo peor.

—La mordió. La mordió en el hombro y me asusté cuando vi cómo empezaba a salir mucha sangre de la herida. Recuerdo que grité que parase, que la dejase en paz. Él me dijo que lo haría si entraba en la casa. No me atreví. La arrancó el brazo y yo seguí mirando mientras la descuartizaba. La misma chica que se había enfrentado a su padre por mí y yo no era capaz de entrar en aquella casa por ella.

—Dios mío —el susurro salió tan bajo que dudaba que Daniel lo hubiese escuchado. Parecía lejano, ausente. Atrapado en aquel fatídico día que nunca podría olvidar.

—Yo era incapaz de moverme, mi amiga estaba tirada en el suelo convertida en un montón de carne sanguinolenta aún viva, y yo estaba paralizado.

Las lágrimas caían por su rostro como si pudiese verla enfrente de él pidiéndole por favor que entrase a salvarla.

—Aquel hombre no dejó de invitarme a pasar. Prometió calmar su dolor, que haría que todo terminase y yo... —Aspiró con fuerza apretando el puño con energía y rabia—... fui incapaz. No podía hacerlo. Ella se quedó allí sufriendo por mi culpa y no pude hacer nada. Fui un cobarde.

—Solo eras un niño...

Daniel acalló el comentario levantando la mano.

—¿Un niño? Se interpuso entre su padre y yo cuando lo necesité y ella sabía de lo que era capaz su padre. Yo miré cómo la descuartizaban sin hacer nada porque me faltó el valor para cruzar una puerta.

—Tenías miedo...

La manera en la que el muchacho la miraba le destrozó el corazón.

—No sabía qué hacer —prosiguió—. Volví a casa y como mis padres no estaban se lo conté todo a mi tío. Salimos de allí sin hacer siquiera las maletas. Me explicó que yo era un chico muy especial y que me perseguían. Hasta entonces no había podido localizarme porque teníamos algo en las paredes que no les dejaba encontrarme, pero al pasar la noche fuera de casa... era vulnerable. Prometió llevarme a un lugar seguro donde lo entendería todo y me explicarían lo que tenía que hacer si quería sobrevivir ahora que sabían de mi existencia.

—¿Y tus padres?

Al levantar la cabeza y mirarla, la tez de su cara estaba pálida.

—Dos días después de mi huida descubrieron el cadáver de Jessica y mis padres pagaron el precio por mí. Aunque yo no me enteré de eso hasta mucho más tarde. Los tejedores saben guardar bien los secretos cuando se lo proponen.

—¿Los tejedores? —preguntó extrañada—. ¿Quiénes son?

—Los tejedores de sueños, como les gusta hacerse llamar, son un grupo de personas que buscan gente como yo. Nos enseñan a sobrevivir, a luchar. A enfrentarnos a esos monstruos que nos persiguen.

—¿Y qué pasó?

—Eran como mi familia, aprendí con ellos casi todo lo que sé. Un día, sin embargo, quise hablar con mi familia. Estaba prohibido, aunque solo para mí y no me parecía justo. Burlé la vigilancia del campamento y entré en la oficina del mentor para coger el teléfono. Los demás no me hubiesen dejado usar el suyo, así que aproveché su ausencia. En ese momento me pareció justicia poética que el que había decretado que no me dejaran usar un teléfono, fuera engañado para usar el suyo.

—¿Quién es el mentor?

—Es la persona encargada de enseñarnos todo. Una especie de genio en todos los campos que conoce. Un tocapelotas de cuidado —añadió con una sonrisa—. Sin duda me había enseñado bien. Si hubiese hecho caso a mis necesidades, hubiese llamado directamente a mi casa y cuando no me respondiesen, hubiese probado otro día. Pero nos empujan tanto a ser cautos que lo adquieres como un hábito. Llamé a la señora Evelyn, una vecina que me cuidaba cuando era pequeño y vivía justo enfrente. Mi idea era pedirla que les dijese a mis padres que estaba bien. Fue ella la que me contó lo que Mor había hecho.

—Lo siento —musitó Eva—, debió de ser muy duro para ti.

—No te preocupes, ha pasado una eternidad desde entonces —Daniel se levantó y empezó a pasearse por la jaula mucho más tranquilo que antes—. Fue en ese momento cuando decidí que ya no soportaba estar allí. Me habían mentido y descubrir lo que pasó a mis padres fue muy duro. Así que esa misma noche cogí mis cosas y me fui en silencio.

—¿No te descubrieron?

—Nos enseñan muy bien a ocultarnos. Fue pan comido escapar de allí. Además que es un pueblo, no una cárcel. Tienen buenas protecciones, pero no murallas. Después de eso... seguí escapando de todo y de todos. Hasta llegar aquí —añadió abriendo los brazos y señalando la inmensidad de la jaula.

—Pero entonces, tú no la mataste.

—No te confundas cariño, sí que lo hice. Yo la maté. Si hubiese dado un solo paso más, ahora ella estaría viva.

—¡Y tú estarías muerto! ¿De qué hubiese servido?

—Para que ella tuviese la oportunidad de tener una vida. ¿No lo entiendes? Ella se puso en medio por mí, se enfrentó a su padre por mí y yo... yo no pude. Cambié una vida con futuro por la de otra persona que tenía que pasarse el resto de su vida huyendo. Soy un cobarde, mi gran logro en esta vida es que se me da bien escapar y esconderme.

—Eso no es así, no pudiste hacer nada. Aquel hombre te hubiese matado. Solo eras un niño.

—Esa no es excusa. Ella no lo merecía. Yo sí. Tenía que haberme matado su padre, tenía que haber entrado en aquella casa, tenía que haber hecho caso a mi tío. Tenía... —Cayó al suelo de rodillas cuando sus fuerzas se negaron a seguir aguantándole.

Eva no sabía qué hacer, alargó sus brazos para abrazarle y ofrecer un consuelo que necesitaba y buscaba. Pero no podía darle el perdón que tanto ansiaba y que solo podía conseguir por sí mismo.

—Tranquilo,   todo   estará   bien   —musitó

esperanzada—. Ya lo verás.

—Nunca lo estará. Jamás va a estar nada bien.

Se quedó callado cuando esta vez los pasos no cambiaron de dirección. Por la puerta, Frank entró risueño y feliz con una bandeja de comida en la mano.

—¿A qué no adivináis qué es lo que ha acaba de pasar? —Ninguno de los dos contestó, pero a él le dio igual y continuó como si tal cosa—. He tenido una conversación muy interesante con un viejo amigo tuyo. El señor Yantes, estaba muy interesado en volver a verte así que concerté una cita con él.

—¿Que has hecho qué? —preguntó Daniel con el miedo recorriendo sus venas—. ¿Es que estás loco?

—En absoluto. —Le dedicó un gesto desdeñoso mientras les acercaba la comida que había traído—. He llegado a un acuerdo de dos millones de dólares por verte ¿no es fantástico? Dos millones libres de impuestos solo por echarte la mano encima.

—Desde luego estás loco.

Aquel comentario sacó parte de la rabia del señor Menéndez que cogió uno de los boles de sopa y lo vertió en el suelo.

—Un comentario así reduce la comida a la mitad. Otro, y no volveréis a comer nada hasta que venga tu amigo ¿Ha quedado claro?

—Clarísimo —respondió Daniel sintiendo cómo la rabia le inundaba.

No podía dejar a Eva sin comer. Pero si por él fuese, cogería toda esa comida y se la lanzaría a la cara.

Frank ya se estaba alejando cuando se dio la vuelta hacia ellos.

—¿Sabes? En el fondo le has venido muy bien a mi vida. Me has servido de coartada para que matase a esa vieja bruja y por si el dinero del seguro fuese poco aliciente, me proporcionas dos millones extras libres de impuestos. No podría estarte más agradecido.

—¡Púdrete en el infierno!

—De eso nada niñato, por lo que tengo oído serás tú el que acabe allí y de una manera lenta y dolorosa.

El semblante que estaba adquiriendo aquel chaval era suficiente pago ahora mismo para él, pero necesitaba añadir un extra a su malestar.

—Lo único que lamento es que en el lote entre también tu amiga. Está demasiado buena para lo que la van a hacer, pero prometieron deshacerse de todos mis problemas y una testigo así es un problema.

—¡Que te jodan! —chilló Daniel fuera de sí.

El millonario respondió con una carcajada.

—¿Te da pena saber que esta chica va a morir por tu culpa? —Tras analizar el daño que veía que sus palabras provocaban en el muchacho se respondió a sí mismo—. Sí, claro que sí. En cierta manera es como si la hubieses matado tú. Así que os recomiendo que limpiéis vuestras almas para ir al cielo, porque mañana a estas horas estaréis muertos.

18

—¿Qué haremos ahora? —preguntó Eva en cuanto estuvieron a solas—. Está loco, ese tío va a matarnos.

—No te preocupes —dijo Daniel sacándose de la camisa el bolígrafo con el que lo había grabado todo. Enfocándolo a su cara añadió—. Jason, por aquí ya estamos listos. Llama a la policía y sácanos de una vez.

Lo volvió a guardar en su bolsillo por si acaso alguien llegaba. Lo que menos necesitaba, era que descubriesen su plan. Además, si Frank cometía otro error sería mucho mejor para la policía si estaba grabado.

Para cuando se quiso dar cuenta, tenía una enorme sonrisa en la cara. Estaba hecho, por fin estaba hecho. Por un momento creyó que algo saldría mal en el último minuto, pero ahora que todo estaba pasando, solo tenían que sentarse y esperar.

Por desgracia, lo de sentarse y esperar no se le daba demasiado bien. Los nervios empezaron a hacer estragos en su seguridad y tuvo que levantarse a pasear mientras repasaba todo lo que había sucedido.

Lo cierto era que había conseguido que Frank confesase, aunque había hablado demasiado sobre su vida. Por un instante, olvidó que lo estaban grabando todo. Nombrar a Mor fue un error gravísimo y dar a conocer a los tejedores había sido incluso peor. Cualquiera de esos dos detalles podía costarle caro si conseguían hacer desaparecer el video para salvar su precioso culo.

Sí. Quizás para cuando la policía llegase ni siquiera tuviese que pisar la cárcel, aunque ahora que la adrenalina había bajado y podía pensar con claridad, sentía que en el proceso se había destruido a sí mismo.

Demasiada gente sabía que estaba vivo y por primera vez, Mor tendría la posibilidad de hacer un retrato robot. Con eso le sería mucho más fácil localizarle. Aunque claro, no tendría que preocuparse de eso si los mafiosos llegaban antes que la policía.

Había dado por hecho que aún vivirían en su ciudad pero el tiempo pasa para todos ¿y si se habían mudado a allí por alguna razón? Podían estar mucho antes de lo que esperaba.

Ni siquiera quería saber qué hora era. Él ya había cumplido y el resto pendía de otras manos que no podía controlar; y eso le estaba volviendo loco. Se sentó en una esquina de la jaula repasando todo una vez más.

Notó cómo Eva le dedicaba miradas impacientes desde su rincón, esperando a ver si se le ocurría calmarla, si se daba cuenta de que necesitaba su consuelo para estar mejor, pero ¿qué podía decirla? ¿Que todo estaría bien? ¿Que no tendrían más problemas? No era cierto. Nada iba a estar bien nunca. Tan pronto viese un hueco libre, escaparía de allí antes de que la trampa de ratón se cerrase sobre él.

—¿Qué harás cuando todo esto termine? —le preguntó la muchacha al sentarse a su lado como si estuviese leyendo sus pensamientos.

Aquellos ojos verdes le miraban con la esperanza de que la engañase, que le contase una historia de amor donde el bueno siempre triunfa y la chica se queda con el protagonista. Se odió por no ser la clase de hombre capaz de crear falsas esperanzas en un momento así.

—Me iré.

Ella asintió como si supiese de antemano que eso era lo que iba a decir.

—¿Y las clases?

El atisbo de una sonrisa se creó en la boca de Daniel. Solo ella estaría preocupada por esa minucia.

—Supongo que suspenderé. —Levantó la cabeza y se quedó mirando el techo sumido en sus pensamientos—. Siempre supe que aquello era mala idea.

—¿Por qué? Estudiar nunca es una mala idea.

La mirada risueña que le dedicó, estaba destinada a hacerle sonreír. No consiguió su objetivo, aun así Daniel agradeció el esfuerzo.

—No puedo aspirar a tener una vida como la de cualquier otro. Intentarlo fue una tontería en la que me encabezoné.

—¿Y por qué lo hiciste? —El muchacho avisó con la mirada de que eran ya demasiadas preguntas las que le estaba haciendo—. ¿Acaso tienes algo mejor en qué ocupar tu tiempo? —comentó Eva con un encogimiento de hombros.

Aquello era cierto. Daniel suspiró antes de responder.

—Supongo que quise aparentar que era una persona normal. Lo cierto es que siempre soñé con ir a la universidad y sacarme un título. Lo estaba haciendo bien ¿no crees?

Se pudo detectar un leve atisbo de orgullo en su voz.

—Eras de las notas más altas de clase. Sin duda, hubieses sido de los mejores. De hecho creo que si acabas...

Daniel cortó la dolorosa conversación antes de que acabase de decir lo que ya sabía.

—No quiero hablar de eso.

—Pero si lo intentas...

—Ya no puede ser, ahora saben cómo soy y me encontrarían. Lo peor que puedo hacer es quedarme en un sitio quieto.

Aquello no era justo. Eva le dio una patada a la jaula como si pudiese tirarla.

—¿Y vas a pasarte toda la vida huyendo?

—Es por eso por lo que sigo vivo —añadió dedicándola una sonrisa triste llena de frustración.

Eva se giró para que no viese cómo las lágrimas empezaban a poblar sus ojos. Lo tenían todo bien planeado, pero aunque el plan se llevase a la perfección, él se iría de todas formas.

—¿Cómo sabes que es real? —preguntó Daniel a su espalda.

—¿Cómo?

—Lo que sientes, te he explicado la clase de poder que tengo. ¿Cómo sabes que lo que sientes es real y no producto de mi habilidad?

Se lo tuvo que replantear antes de responder. Esa posibilidad no se le había pasado por la cabeza aunque vamos ¿monstruos? ¿Gánster? ¿Poderes especiales? Todo eso parecía demasiado inverosímil para ser cierto.

—¿Acaso es tan importante? —El muchacho la miró con extrañeza sin entender a lo que se estaba refiriendo. Suspiró—. Siempre me has caído mal. A veces notaba que un deseo sexual muy fuerte se apoderaba de mí cuando estabas cerca, pero eso no restó   magnitud al odio que sentía cada vez que te echaba el ojo.

—¿Y?

—Yo no creo en el amor a primera vista. La gente no se enamora de alguien por muy guapo que sea. Tienes que sentir cosas por esa persona, vivir experiencias que te unan a ella. Tú eres más que una cara bonita y un culo de infarto. —Se permitió sonreír cuando Daniel, halagado, lo hizo—. Eres un chico increíble. Inteligente, simpático, dulce, valiente. Por eso me gustas. Solo tienes un defecto.

—¿Cuál? —preguntó con curiosidad.

—Una amiga rubia que al describirte solo sabe mentir.

La carcajada que se le escapó a Daniel, resonó en las paredes con eco. No tardó en unirse Eva que rompió a reír con ganas. Estaban presos, un asesino les tenía atrapados mientras una pandilla de mafiosos se dirigía a donde estaban para matarles, pero nunca se había sentido más feliz.

Cuando le besó, aquel gesto no solo le sorprendió a él. Ambos se miraron a los ojos intentando averiguar si estaban dispuestos a dar el siguiente paso.

Fue Eva la que avanzó los primeros cinco centímetros que les separaban. Los labios de Daniel eran suaves y dulces. Sus brazos, dieron la impresión de abrir un surco de fuego en su piel cuando la abrazó introduciendo sus manos por debajo de su blusa para hacerlo. Sentir su lengua jugueteando en el interior de su boca la hizo estallar de júbilo.

Aquel era su momento y no lo iba a dejar escapar. Eva enterró sus dedos en aquella castaña cabellera y la sujetó como si temiese que se fuese a ir mientras se ponía sobre él para sentirle. Inconscientemente empezó a mover su pelvis adelante y atrás en un rítmico movimiento. Cuando empezó a sentir entre sus piernas cómo lo que tenía escondido en los pantalones aumentaba su grosor, no se sorprendió.

Daniel la obligó a levantar los brazos y le sacó la blusa. Un segundo más tarde, la vistió con su propia boca, mordisqueándola los pechos por encima del sujetador. El jadeo que soltó Eva mientras se mordía el labio inferior le excitó muchísimo. Seguro de sí mismo, guiaba su lengua con delicadeza por su cuerpo, dándola ligeros mordiscos de vez en cuando que ella correspondía con gemidos de placer.

La multitud de sensaciones que la embargaban la llenaban. Aquella boca sobre su piel abría un apetito que se había esforzado en ocultarse pero que ahora escapaba a su control, llevándola a un infierno de placer. Cuando Daniel la empujó contra el suelo con delicadeza, se dejó hacer.

La despojó de sus pantalones dejándola tan solo en ropa interior. Un leve rubor cubrió sus mejillas mientras le miraba. Aquellos ojos grises destilaban un deseo abrumador que la embargaba por completo. Solo con desearla como lo estaba haciendo, ya se sentía mucho más mujer de lo que se había sentido nunca.

Daniel se sacó la camiseta mostrando unos duros abdominales que ella se moría por acariciar.

—Te deseo —murmuró Eva cuando él se reclinó sobre ella para besarle—. Te deseo como no he deseado a nadie.

No la respondió. Tampoco hizo falta. A medida que el chico iba bajando su boca saboreando cada centímetro de su piel, el nivel de sus gemidos aumentaba en escala. No podía controlarse, no quería hacerlo. Sentir cómo desplazaba su ropa interior para después notar la lengua de Daniel invadiendo su interior, la obligó a morderse el brazo y así evitar el grito que escapó de sus labios cuando un brutal orgasmo estalló en su cuerpo.

Normalmente necesitaba un par de minutos para reponerse cuando sentía algo la mitad de intenso de lo que había sentido ahora. Esta vez no la hizo falta. Daniel cambió el ritmo rápido y fuerte por unas dulces caricias con la lengua que la seguían excitando a la par que la relajaban dejando su sexo tan dichoso y feliz como ella.

Aunque su amante tenía la cabeza entre sus piernas saboreando su sabor más oculto, parecía que quería verlo todo a través del tacto. Sus manos la rozaban con la punta de sus dedos sin detener el compás al que le proporcionaba placer con la boca. Estando tan sensible como la había dejado, aquellas caricias extendían las sensaciones por todo su cuerpo provocando que diese pequeños gemidos de placer.

—Te deseo —repitió cerrando los ojos, al notar cómo la invadía un segundo orgasmo—. Te deseo mucho. Te quiero.

Indefensa, se dejó hacer cuando el chico le quitó la ropa interior desechándola a un lado. Podía hacer con ella lo que quisiera, no iba a resistirse porque ahora mismo, ni siquiera podía moverse.

Cuando abrió los ojos y se encontró esa melena castaña y esos ojos grises encima suyo, le sonrió. El beso que la dio tenía tanta ternura como la que ella misma sentía. Se sorprendió cuando notó que Daniel había aprovechado su pequeño respiro para desnudarse.

Sentir la facilidad con la que se deslizó en su interior fue algo tan inesperado como placentero.

—Daniel... —musitó insegura cuando sintió cómo con aquellos movimientos rítmicos la invadía y la exploraba.

Sintió otra vez la lengua de su amante jugueteando en el interior de su boca mientras, con sus dedos, frotaba con delicadeza el clítoris, arrancándola mayores gemidos de placer. Tuvo que morderle en el hombro para no chillar.

Todo lo que su mente era capaz de procesar, era disfrutar de las oleadas de placer que iban sucediendo embestida tras embestida. Repitió su nombre tantas veces que hasta las mismas letras le parecieron eróticas a medida que empezaba a levantar la voz sin poder contenerse.

Los gemidos fueron ganando en intensidad a medida que sus embestidas la hacían aumentar el ritmo. Rodeó con sus piernas aquellas caderas perfectas para tener una mejor sujeción y le abrazó mientras le besaba con pasión. Nunca se había sentido tan llena y dispuesta.

Iba a explotar de nuevo en otra oleada de placer y aunque no quería gritar, no pudo evitarlo al sentir el orgasmo que la sobrevino.

—Eres un cabrón —musitó sin fuerzas notando cómo el sudor la envolvía—. Sabes que podemos llegar a morir aquí abajo y tú jugando al gigoló. —La sonrisa traviesa que mostró la hizo ver pletórica.

—La expectativa de la muerte solo hace que el sexo sea aún mejor. ¿No crees?

—Déjame comprobarlo —bromeó poniéndose

encima y jugueteando con la punta de su miembro entre sus piernas.

Oír gemir a Daniel era como escuchar música clásica. Empezó a moverse con lentitud sobre él mientras sentía cómo se deslizaba centímetro a centímetro de nuevo en su interior.

Con habilidad, Daniel agarró uno de sus pezones entre sus dedos pellizcándolo con delicadeza.

—Eres preciosa —la confesó—. Te deseo.

Eso mismo le pasaba a ella. El deseo la consumía y ni siquiera podía hablar. Todo lo que podía hacer era bailar sobre él hasta saciar sus más bajos instintos, hasta dejarle agotado de placer como compensación por todo el que la había proporcionado.

Sentirle en lo más hondo de ella fue lo más delicioso que había sentido en su vida. Sus gemidos llenaban el lugar mientras se movía sin control sobre él. Supo lo que iba a ocurrir tan pronto notó cómo aquel miembro empezaba a vibrar.

Lejos de bajar la velocidad la aumentó, mientras le miraba a los ojos directamente y le regalaba un beso.

—Yo también te deseo.

Aquel leve susurro fue demasiado para el pobre chico que se dejó arrastrar hasta más allá del clímax llegando al orgasmo mientras la abrazaba con fuerza.

Eva se recostó agotada sobre su pecho cerrando los ojos y se dejó hipnotizar por la rápida cadencia de sus latidos. Aquello era una locura, pero sin duda lo repetiría de nuevo. Ni por un instante dudó qué Daniel también fuese capaz al sentir cómo aquello volvía a ponerse duro dentro de ella.

—¿Otra vez? —repitió divertida.

—Si tú quieres...

Iba a decirle que sí cuando el sonido de pasos acercándose rompió el momento. La urgencia obligó a los dos a buscar su ropa a todo correr.

Ni siquiera habían acabado de vestirse cuando dos hombres entraron seguidos de Frank, que hizo su aparición pistola en mano.

Al verles, se quedó paralizado en el sitio.

—¿Pero es que no se os puede dejar solos ni un momento? —añadió divertido—. Uno se descuida y toman su casa como un picadero. Pero por mí no os preocupéis. Disfrutad, que la vida son dos días. Literalmente. De hecho mira, os traigo una amiga para que sigáis jugando. Vamos pasa —añadió con un movimiento de su pistola.

Una mujer con la cara llena de golpes apareció tras la puerta tambaleándose.

—¡Dios míos! ¡Clara! —chilló Eva reconociendo a su amiga—. ¿Qué diantres la habéis hecho?

—¿Nosotros? —preguntó Frank sorprendido—. La hemos encontrado así. Ha debido caerse por las escaleras. ¿Verdad bonita?

La muchacha retiró el brazo cuando el señor Menéndez le pasó el dedo por su piel.

—¡Vas a morir por esto! —La promesa de Daniel solo provocó carcajadas en los allí reunidos.

—No te enfades, mi intención era que no os sintieseis solos aquí abajo. Si llego a saber que os lo pasabais tan bien, no se me hubiese ocurrido bajar a molestaros.

Les apuntó con el arma cuando abrió la puerta y uno de los hombres empujó a Clara dentro de la jaula. Hubiese caído al suelo si Eva no la hubiese sujetado.

—Perdóname —musitó débilmente—, se lo tuve

que decir. Lo siento Eva, lo siento muchísimo.

—¿Qué dijiste? —preguntó.

La muchacha lloraba desconsoladamente y apenas sí podía hablar. Pero no le hizo falta saber lo que había dicho cuando oyó a Frank.

—Será mejor que no os quitéis la ropa, dentro de poco os traeré un invitado que está esperando aburrido en esa furgoneta de ahí fuera. No tardo, lo prometo. Tú —Añadió dirigiéndose a uno de sus hombres—, no vuelvas a dejarles solos. Quédate fuera y vigila, que para algo te pago.

Daniel quiso gritar, maldecir, insultar, pero todo parecía poco. Tan pronto Frank desapareció, empezó a dar patadas contra los barrotes.

—¡Mierda, mierda, mierda, mierda, mierda!

—Tranquilo —pidió Eva—. La han dejado muy mal y la estás alterando.

—¡Dime que habéis llamado a la policía! Por favor, dime que lo habéis hecho antes de que te pillasen.

Pese al dolor y tener la cara desfigurada por los golpes, Daniel pudo ver el esfuerzo con que Clara levantaba la cabeza.

—Perdimos la señal en cuanto entrasteis a la casa —Su voz sonaba rota y dolorida, como si cada sílaba costase parte de la energía que ahora necesitaba—. No sabíamos lo que pasaba, yo me impacienté y vine a ver si podía ver algo a través de los cristales.

—Y te vieron —acabó la historia Eva por ella—. No tenías que haber salido fuera de la furgoneta. Te dijimos que era peligroso.

La muchacha empezó a llorar presa de un ataque de dolor y culpabilidad.

—Les conté lo de Jason, les dije que me esperaba

fuera. No quería pero no pude evitarlo, me hacían mucho daño.

—No pasa nada —susurró Eva abrazándola mientras la mecía con ternura—. Todo va a estar bien, tranquila.

Miró a Daniel que se giró para que no viese la mueca que ponía. Él no estaba tan seguro de que todo fuese a estar bien. Si la cámara no había captado la conversación que habían tenido y Jason no había llamado a la policía, sus posibilidades se habían reducido hasta el cero por ciento.

Comprobó que las dos mujeres estaban bien antes de sacar el bolígrafo y arrancarle la parte metálica que lo sujetaba a su bolsillo. No estaba dispuesto a quedarse allí quieto esperando a la muerte.

Empezó a juguetear con la cerradura usando la improvisada ganzúa mientras deseaba con todas sus fuerzas que funcionase.

—Clara está muy mal —comentó Eva con preocupación acercándose hasta él—. Deberían llevarla a un hospital.

—Puedes comentárselo la próxima vez que bajen.

Un débil click sonó cuando giró la ganzúa hacia la izquierda, pero la puerta quedó inmóvil.

—¿Sabes lo que estás haciendo? —preguntó la muchacha analizándole.

Aquel sonido volvió a repetirse y por un momento la esperanza floreció en ambos, pero tampoco se movió esta vez.

—La cerradura no es de buena calidad, no debería ser muy difícil. Aunque nunca había hecho algo así.

—¿En el campamento ese donde te enseñaban supervivencia no te instruían en abrir cerraduras?

—Nunca se me dio demasiado bien.

Soltó una maldición cuando oyó el mismo sonido sin resultados. Un quejido de Clara hizo que Eva fuese a su lado corriendo.

—No te muevas, guarda tus fuerzas —la pidió limpiando parte de la sangre que le caía por el labio con un pañuelo—. Daniel va a abrir la puerta y pronto saldremos de aquí. Tenías que verle es un genio de las cerraduras.

—No es cierto, le he oído. Vamos a morir aquí ¿verdad? —preguntó su amiga sin esperanza.

—No, tranquila. Ya verás como saldremos de esta. Sabes que nada en este mundo puede pararnos si estamos juntas.

—Te dije que lo dejases pasar, que no te metieses en medio —comentó con evidente esfuerzo y pesadumbre—. Éste no era tu problema.

Eva miró a Daniel que había parado en su intento de abrir la puerta. No las miró, no quiso volverse, un segundo después volvía a entretenerse con su ganzúa como si no hubiese oído nada.

—Tranquila, no pasará nada. El detective que nos recomendaste es un profesional. Seguro que los ha visto venir de lejos y ahora mismo estará llamando a la policía para que vengan a sacarnos.

—Silencio —musitó Daniel en cuanto oyó los pasos.

Escondió la ganzúa improvisada en su bolsillo derecho y se sentó al lado de las chicas como si no pasase nada.

—Lo prometido es deuda —citó Frank al entrar con sus guardias—, aquí tenéis. Metedle en la jaula con ellos.

Jason avanzó sin resistirse hasta meterse en la jaula. Miró a Clara en el suelo y apretó sus puños con fuerza.

—Déjalos libres —pidió Daniel—. No hace falta que les hagas daño a ellos. Soy yo el que vale el dinero. Haré todo lo que me pidas, ni siquiera intentaré escaparme, pero por favor, suéltales.

Frank se acercó hasta la jaula para mirarle a la cara.

—Me gustaría. De hecho, aunque no te lo creas, no soy un asesino. Es solo que tú te follabas a mi mujer y tus amigos se han metido en medio. No quiero testigos de lo que hice ni de lo que te va a pasar.

—¡Te juro que ninguno de ellos hablará si los sueltas! ¡Déjales ir! —chilló histérico mientras el millonario se alejaba—. ¡Maldita sea, ellos no tienen la culpa! ¡Ellos no tienen la culpa! Ellos no tienen la culpa —repitió débilmente por tercera vez cuando se fue.

Sintió una mano en su hombro transmitiéndole energía y se relajó. Jason le miraba sabiendo lo que había intentado, como si no fuese culpa suya que todos estuviesen allí abajo esperando la muerte.

De un manotazo retiró aquella mano que no se merecía y volvió a la puerta. Sacó la ganzúa y volvió a intentar abrir aquella maldita cerradura.

—¿Me dejas? —pidió el detective al acercarse a él.

—Puedo hacerlo.

—Estoy seguro, pero ¿me dejas a mí? Se me dan bien las cerraduras.

—¡Puedo hacerlo! —chilló sin volverse.

Esta vez el click que sonó fue distinto. Al sacar la

ganzúa rota, Daniel se la quedó mirando con odio. Todo se había acabado. Ya no tenían ninguna salida.

19

Habían pasado ya veinticuatro horas allí abajo cuando uno de los hombres de Frank tuvo la deferencia de bajar con algo de comida para darles.

—¡Escucha! —pidió Daniel con tono de urgencia—. Tienes que ayudarnos a salir de aquí.

—Atrás estúpido —ordenó el matón sacando una pistola y apuntándole a la cara—. Si haces alguna tontería no dudaré en matarte.

A Daniel no le quedó más remedio que obedecer con las manos en alto.

—Por favor, escúchame. Tengo que salir de esta casa, tenéis que sacarme de aquí antes de que...

—No te preocupes —murmuró burlón el hombre—, en cuanto venga tu amigo Mor te sacaremos.

El muchacho bajó las manos mientras el sonido de la risa se perdía cuando el matón volvió a su puesto.

—¡Vas a morir y ojala pueda verlo! —gritó fuera de sí.

—Todos vamos a morir aquí abajo —musitó Clara casi sin fuerzas—. Van a matarnos.

El sollozo rompió el silencio de aquel lóbrego sótano como un signo inequívoco de su destino. Todos miraban al suelo desesperanzados. Eva acarició con cariño la cabeza de su amiga, que no tenía fuerzas para moverse y cuyos moratones eran más que evidentes por todo el cuerpo.

—Tengo que salir de aquí —murmuró el muchacho mientras probaba a zarandear las verjas por millonésima vez para ver si se habrían solas.

—Tranquilízate ¿quieres? Estas asustando a las muchachas —murmuró Jason acercándose a él—. Lo que tenemos que hacer es esperar hasta ver una oportunidad y lanzarnos de cabeza. No perder los estribos como te estoy viendo.

—Tú no lo entiendes.

—Lo que sí entiendo es que si sigues en este plan, vas a desmoralizar tanto a las chicas que no podrán reaccionar si lo necesitamos.

—Lo necesitamos ahora.

Jason apenas sí conocía a aquel chico, pero hubiese apostado que no era de los que se asustaban. A pesar de todo, vio en sus ojos que estaba a punto de dejarse llevar por el pánico.

—¿Qué es lo que pasa?

Parecía mentira. Había estado años sin confiar en nadie, sin hablar jamás de su secreto y ahora lo vocifera al primero que se lo preguntaba.

—Algo me persigue. Si para cuando lleguen las diez no he salido de esta casa, podemos darnos todos por muertos.

Pareció que el detective iba a objetar algo, pero tras pensarlo mejor, se guardó bien su opinión.

—¿Hay algo que pueda hacer?

—Por supuesto que sí —musitó Daniel entre bromeando y nervioso—. Sácame de aquí echando leches.

Era fácil decirlo.

—¿Algo que pueda ayudarnos?

Daniel se planteó qué cosas podían hacer desde allí. Ninguna de utilidad, quería gritar de frustración, pero eso tampoco iba a ayudar gran cosa.

—Si tuviese acceso a un teléfono podría llamar a

un... —Se quedó callado cuando fue a escapar la palabra amigo—...conocido que tengo. A lo mejor él podría echarnos una mano. Aunque no es seguro, no le caigo especialmente bien.

— No sé por qué, me lo creo —dijo el detective con ironía.

Aquella era otra espina que tenía clavada.

—Que te den.

—Puedo conseguirte el teléfono —alegó Jason seguro de sí mismo—, pero si lo hago quiero saber dónde me estoy metiendo. Me parece que tienes muchos más enemigos de lo que me pareció en un principio.

No se equivocaba. Daniel iba a negarse a seguir contando su vida, pero ya había visto a donde conducía su terquedad.

—Me escapé de su campamento de verano. Mandó a diez chicos a buscarme y solo cuatro de ellos regresaron.

—¿Los mataste?

Tenía los ojos clavados en él como si pudiese ver una mentira antes de que saliese por su boca.

—No, pero al salir en mi busca se expusieron y fueron vulnerables. La persona que conozco no me lo perdonó.

Jason se quedó mirando el vacío analizando lo que le había dicho. Aquella confesión había abierto nuevas interrogantes que ahora no podía responder.

—Perdóname —Daniel le miró con curiosidad cuando, con un rápido movimiento, el detective le dio un puñetazo en la nuez que lo lanzó al suelo sin aire—. ¡Eh, guardias! —chilló con fuerza—. ¡Sé que me estáis escuchando! ¡Se está muriendo! ¡Daniel se está ahogando!

Antes de que los guardias llegasen, el detective hizo un signo de silencio a Eva que ya se acercaba para exigir respuestas.

La muchacha dudó un segundo antes de inclinarse sobre Daniel e intentar ayudarle a respirar.

—¡Qué coño pasa! —exclamó uno de los dos hombres que habían bajado—. ¿Qué le sucede?

—No lo sé, estábamos comiendo cuando de pronto empezó a hacer gestos raros como si se ahogase. No sé qué hacer.

Si salían de aquella con vida, Jason se prometió dar clases de interpretación.

—Se está ahogando. El muy cabrón se está ahogando. ¡Abre la puerta corre! Si la palma, el señor Menéndez se desahogará con nosotros. —El otro no dudó. Sacó las llaves y la metió en la cerradura mientras su compañero apuntaba al detective—. Si haces algo raro, te vuelo la tapa de los sesos.

Movió la cabeza arriba y abajo como si lo hubiese entendido, como si no fuese a intentar la estupidez que iba a hacer.

Tenía que haber un plan mejor, aunque ahora no se le ocurría, pero tenía que haber otra forma de salir de aquella situación. El tiempo mientras abrían la jaula pareció detenerse y formar una eternidad, quizás la última antes de que le pegasen un tiro en la cabeza por hacer una tontería como la que estaba pensando.

—¿Qué coño te pasa? Abre la puerta de una puta vez —exigió el matón de la pistola al otro.

Nervioso, el hombre movía las llaves sin entender lo que ocurría. Agachó la cabeza y miró a través de la cerradura.

—Hay algo metido, no me deja abrir la puerta.

«*Mierda.*»

Con eso no había contado.

—¿Qué coño habéis hecho? —preguntó el hombre de la pistola demasiado nervioso para su gusto.

—Nada, no sé de qué me estás hablando.

—¿Qué habéis metido en la cerradura?

—No lo sé.

—¡No hemos metido nada! —chilló Eva sujetando la cabeza de Daniel mientras las lágrimas caían por su rostro segura de que iban a morir ahora—. Daniel estuvo jugueteando con ella para ver si podía abrirla pero no...

En ese momento Daniel aspiró con fuerza una bocanada de aire levantando parte de su espalda del suelo.

«Willy ¿Dónde estás?»

La voz procedía de fuera del sótano. El tal Willy era el que sostenía la pistola. Pareció que no iba a responder. Por la cara que tenía, Jason supo que era de las personas a las que le gustaba disparar y estaba planteándose si tendría algún problema con su jefe si lo hacía en esos momentos.

Finalmente, pareció creer que el riesgo no merecía la pena y bajó el arma a la par que contestaba.

—¡Aquí abajo!

El hombre que bajó era un poco más fornido que el resto. Llevaba gafas oscuras y le faltaba el aliento.

—¿Qué coño haces aquí abajo? El señor Menéndez te está buscando.

—¿Y qué quiere? —musitó de mala gana sin dejar de mirar con odio a Jason.

La voz que respondió era la del propio Frank al

entrar en el sótano.

—¿Acaso eso importa? —Se acercó hasta el tal Willy y se encaró con él a menos de dos palmos de distancia de su cara—. Si te digo que vengas vienes y punto ¿te ha quedado claro?

—¡Sí, señor!

Detrás de Frank, estaba observando una persona de traje oscuro con dos guardaespaldas que parecían montañas. Al mirarle a la cara, Jason habría apostado que aquel intento de demostración de poder por parte del señor Menéndez le parecía divertido.

Aquel hombre no parecía ser alguien acostumbrado a valerse de aquellas estupideces para hacerse respetar. Su sola presencia imponía una obediencia que no se adquiría solo con dinero.

Acabada aquella disputa, Frank se acercó a la jaula y señaló a Daniel que seguía tirado en el suelo, apoyado en las piernas de Eva.

—Tal y como hablamos aquí tienes al chico, más unos cuantos amigos que se trajo como compañía.

El hombre frunció el entrecejo disgustado.

—No quiero amigos, solo deseo a Eric.

—Tienen el mismo precio. Con la compra de un Eric, se lleva dos mujeres y un detective de regalo. Son el problemilla que me prometió resolver.

Aunque había intentado usar un tono de broma, tenía la voz tensa y se notaba que estaba intentando disimular el miedo que le producía aquel hombre.

—Me lo llevo, mañana tendrás el dinero.

—No, no, no, no mi querido Mor. —Frank levantó levemente la voz—. Creo que no sabes cómo van las cosas aquí. Soy yo el que tiene al muchacho y quiero que me des el dinero antes de soltarle. Supongo que comprenderás que no es nada personal, solo negocios.

Mor volvió a fruncir el ceño disgustado de nuevo.

—Lo entiendo, nada personal. —Sacar la pistola y pegarle un tiro en la cabeza no le costó ni siquiera un segundo—. Solo negocios.

Los dos gigantes ya tenían la pistola en la mano apuntando a los secuaces del difunto Frank Menéndez para cuando reaccionaron e hicieron el amago de moverse.

—Era nuestro jefe —musitó Willy forzando una sonrisa—, pero era un capullo. Por mí no hay problema.

Mor suspiró frustrado.

—¿Es que ya no queda el mínimo respeto por la profesión? —Con un movimiento rápido le pegó un tiro en la cabeza para luego encañonar a los otros dos hombres. Al hablar, su tono era duro pero no amenazador—. ¿Sabéis lo que tenéis que hacer?

El hombre corpulento empezó a lloriquear y se tiró de rodillas al suelo.

—Por favor, no nos mate —suplicó—. Tengo esposa y dos hijos. No quiero morir, no le diré a nadie lo que he visto.

Los dos matones se quedaron quietos esperando la reacción de su jefe que miraba a aquel hombretón con sorpresa.

—¿Se puede saber por qué lloras?

—Porque no quiero morir.

—¿Tus lágrimas te hacen a prueba de balas? —El fortachón, confundido, negó con la cabeza balbuceando incoherencias—. Entonces ¿por qué lloras?

Cuando acercó la pistola hasta la frente de aquel

hombre, dejó de llorar.

—Mucho mejor —le felicitó—. Odio a la gente llorica. Volviendo a mi pregunta inicial ¿sabéis lo que tenéis que hacer?

Los dos secuaces volvieron a negar con la cabeza.

—Vais a ir a la policía y confesaréis lo que ha hecho vuestro jefe. Todo, incluyendo la muerte de este imbécil por su propia mano —añadió dando una patada a Willy—, y la desaparición del cadáver del que se creía sospechoso que no era más que un inocente escogido al azar. Aunque erais sus hombres os parecía algo tan... ¿Cuál es la palabra que busco?

—Ruin, mezquino —señaló uno de los gigantes.

—Sí, mezquino, me gusta esa palabra. Cuando os enterasteis os pareció un acto tan mezquino que quisisteis pararle y cuando se resistió pues... —Abarcó con sus brazos la habitación—. Pasó esto y todos lamentáis la muerte de Willy que murió haciendo lo correcto.

—Pero a lo mejor acabamos en la cárcel y yo no quiero ir a la cárcel —añadió el hombre de Frank cabizbajo.

El disparo le voló la tapa de los sesos.

—Y tú ¿quieres ir a la cárcel, gordito? —preguntó dando un par de tortazos suaves al fortachón en la cara.

El hombre tenía la cara pálida y aunque por su rostro seguían cayendo lágrimas, sus sollozos eran silenciosos.

—Sí. Haré lo que me pide —musitó.

—¿Veis? No todos los hombres de ese gilipollas eran tan ineptos —alegó Mor a sus hombres con desdén—. Bueno ¿Y tú qué te cuentas? —preguntó mirando a Daniel y acercándose a la jaula.

El muchacho le miró con odio y culpa a partes iguales.

—Siento lo de Jessica.

La mención del nombre de su hija provocó que al mafioso la cara le adquiriese un aspecto asesino.

—¡Ya lo creo que lo vas a sentir!

Apuntó y disparó al pie derecho de Daniel que gritó presa de un dolor absoluto.

—Esto no hace falta —intentó detenerle Jason—. No vamos a resistirnos.

—¡Cállate! —Luego, dirigiéndose al hombre de Frank, añadió —¡Tú, abre la puerta de una puta vez!

El hombre rebuscó en el cadáver de Willy las llaves. A medida que pasaban los segundos, empezó a ponerse más nervioso al no encontrarlas y pasó a buscarlas en los restos de su otro compañero. Al encontrarlas, fue corriendo a la jaula e intentó abrirla sin éxito.

—¿Se puede saber a qué estás jugando? —preguntó el mafioso que ya estaba perdiendo la paciencia.

El hombretón revisó la llave antes de volver a intentarlo, miró por la cerradura y volvió a probar suerte.

—No puedo —murmuró asustado. Cuando Mor apoyó la pistola contra su cabeza, empezó a hablar a todo correr—. Han metido algo dentro de la cerradura. Está atascada, no puedo hacer nada.

El mafioso lanzó una maldición y disparó al lado del hombre.

—Vete, vete a la policía antes de que te mate. —No había terminado de hablar y aquel hombre ya estaba corriendo más rápido de lo que parecía que fuese capaz—. ¡Y si me entero de que no has contado lo que te he dicho o no has conseguido que te crean me aseguraré de encontrarte a ti!

No obtuvo ninguna respuesta, aunque tampoco la esperaba. Nadie jamás le desobedecía, por lo menos no sin pagar un alto precio.

Miró de nuevo a Daniel preguntándose qué clase de torturas podría empezar a hacerle. La primera era obvia, hizo un gesto con su pistola hacia Eva indicándola que se acercase.

—¿Quién eres? —la preguntó—. ¿Su novia?

—Una amiga.

Mor asintió con una sonrisa cruel en la cara.

—Pues ahora verás lo que les pasa a las amigas de esa escoria —añadió mientras levantaba la pistola con calma apuntando a su cara.

20

La única razón por la cual no apretó el gatillo, fue porque le distrajeron los estertores de uno de sus guardaespaldas. Al mirarle, tenía los ojos desencajados mientras se cogía el cuello intentando respirar a dos palmos del suelo. Su sufrimiento terminó cuando alguien detrás suyo le rompió el cuello.

—Te encontré —proclamó una voz que no parecía de este mundo.

El que había hablado era un hombre con un traje blanco impoluto. Tenía los ojos inyectados en sangre, una larga melena que caía descuidadamente por su espalda y unas uñas tan largas como los dedos de una persona adulta. Su aspecto era escalofriante, llegando a lo terrorífico, pero lo peor era el aura de maldad que destilaba todo su ser.

Ladeó la cabeza examinando a los allí presentes antes de alzar los restos del esbirro sin esfuerzo y arrojarlo contra Mor como si no pesase nada.

El mafioso, con unos reflejos entrenados en situaciones peligrosas, tuvo a bien rodar hacia la izquierda antes de que el cuerpo lo aplastase. El sonido de huesos rotos cuando el cadáver chocó contra la jaula se hizo estremecedor.

Se podía decir muchas cosas de Mor, pero que no estaba siempre preparado no era una de ellas. No había acabado de ponerse en pie y ya tenía la pistola en la mano apuntando a aquel imbécil.

—Estás muerto —pronosticó.

Empezó a disparar sin parar. Su guardaespaldas le imitó gritando, mientras vaciaban el cargador sobre aquel pobre desgraciado. La cara de concentración que tenían pasó a una de estupefacción cuando se dieron cuenta de que las balas no hacían efecto. Al parecer, dispararle tan solo conseguía que aquel hombre pareciese más cabreado.

El secuaz de Mor debía de medir dos metros y pesar por lo menos ciento sesenta kilos de puro músculo, pero cuando el hombre empezó a correr y lo atrapó, lo levantó como si fuese ligero como una pluma. El infeliz intentó defenderse lanzando un puñetazo a la cara de su atacante, que atrapó el golpe con su mano libre y apretó aquel puño como si fuese plastilina.

Los chillidos histéricos sonaron más fuertes que el crujido de los huesos rotos, aun así estos últimos fueron audibles para todos. El espectáculo era hipnótico, ninguno de los presentes podía moverse. Todos sentían en su propia carne que ellos serían los siguientes. El aura de desesperación se iba haciendo inaguantable. De allí no había escapatoria posible, no de él.

De un solo tirón desgarró el brazo del hombre, que en ningún momento dejó de chillar de agonía. Mor fue el primero en correr, el único que podía escapar.

Tuvo que pasar al lado de aquel ser que se le quedó mirando sopesando si merecía la pena perseguirlo. Aquellos ojos crueles se quedaron mirando a Daniel y como si entendiese que el muchacho no podía huir, salió a toda velocidad en pos del mafioso.

—Ayúdame —pidió Daniel a Jason intentando acercar al cadáver—. Rápido, necesitamos su arma.

—¿Has visto esa cosa? —exclamó el detective fuera de sí—. No era humana ¡esa jodida cosa no era humana!

—Ya te lo había dicho. Ahora ¡ayúdame!

Lo que más le cabreaba a Daniel era que al contárselo, pensó que le había creído a la primera.

La disposición del cuerpo no era la mejor, pero consiguieron acercarlo lo bastante como para poder registrar sus bolsillos y sacar la pistola que encontraron sujeta en un lateral.

—Retrocede, voy a disparar —avisó Daniel.

Esperó hasta que Jason se alejó unos pasos, apuntó y disparó.

No pasó nada. Siguió apretando el gatillo sin que pasase nada.

—El seguro —informó el detective—, quítale el seguro.

Daniel miró la pistola preguntándose dónde narices estaría el seguro. Ninguno de los allí presentes tenía tiempo para aquello. Le pasó el arma a Jason que nada más cogerla, disparó sin dudar a la cerradura cuatro tiros. Una patada después, les sacó de la jaula.

—¿Qué se supone que es lo que tenemos que hacer? —preguntó a Daniel—. Tú te has enfrentado a esa cosa antes ¿Cómo escapamos?

Ojalá lo supiese. Necesitaban un plan y él no tenía ninguno. Suspiró mirando a Eva, que cargaba a Clara a cuestas.

—¿Podrás correr con ella hasta la puerta?

Para su desgracia negó con la cabeza. Eso les restaba opciones y movilidad. Si había conseguido escapar de ese ser era porque corría más rápido que él. No sería fácil hacerlo con una persona semiinconsciente y con un disparo en el mismo pie que tenía un esguince.

Suspiró cansado mientras todos aguardaban en silencio su consejo, o más bien dicho, sus órdenes.

—Buscad la salida, yo iré en dirección contraria a la que elijáis. Si nos separamos, tendrá que decidir entre capturarme o mataros. Creo que tenemos un cincuenta por ciento de posibilidades cada grupo, aunque espero ser yo quien le resulte más jugoso.

—¡No! —gritó Eva—. Ven con nosotros.

En ese momento, el sonido de un grito agónico les llegó con claridad. Lo primero que pensó Daniel era que Mor ya no sería nunca más una molestia.

—Si vamos juntos solo tendrá que buscar un grupo, si nos dividimos, tendrá que decidir a por quien ir y eso nos da ventaja.

—Daniel...

Iba a decir algo bonito. Iba a pedirle que se quedase con ellos. Quería confesarle sus sentimientos o tal vez afirmar que se estaba comportando como un héroe. No lo sabía, lo que sí sabía era que él no tenía tiempo para esas cosas. La miró a los ojos un instante para memorizar su cara y salió corriendo.

Clara arrastraba los pies sin fuerza y si no llega a ser por Jason, Eva dudaba mucho que hubiese sido capaz de sacarla.

Su mente volaba constantemente hacia Daniel. No había oído ningún grito y eso tenía que ser necesariamente algo bueno, aunque claro... solo si aquel ser había decidido ir a por él y no a por ellos.

El recuerdo de cómo aquel bicho había acabado a

los pocos segundos con los guardaespaldas de Mor la hizo dudar de que Daniel tuviese la mínima posibilidad si se lo encontraba. Ellos aún menos. Ese pensamiento la hizo temblar y la dotó de fuerzas para caminar más rápido con el cuerpo casi inerte de su amiga.

—¿Crees que Daniel se salvará? —preguntó al detective—. Aquella cosa era rápida y podría matarle con facilidad.

—Me preocupa mucho más que venga a por nosotros —comentó como si la hubiese leído los pensamientos—, a Daniel le quiere vivo.

Al oírle, un escalofrío recorrió la columna vertebral de la muchacha ¿para qué querría ese monstruo a alguien como Daniel? Desde luego para nada bueno.

Dio un traspié en el que perdió el equilibrio y Clara se cayó al suelo con ella. Jason la ayudó a levantarse dirigiéndola una mirada de reproche.

—¿Estás bien?

—¿Sabes dónde vamos? —preguntó al detective, insegura—. Estos pasillos no terminan nunca.

—A la salida.

—¿Pero sabes dónde está? ¿Has estado aquí antes?

—No.

Aquella confesión fue descorazonadora.

—¿Entonces cómo sabes que no nos hemos perdido?

—Todas estas casas de ricos son iguales. No te preocupes.

Era fácil decirlo, pero la que iba a cuestas era su mejor amiga. El que estaba despistando a un ser capaz de cargarse a dos mafiosos que le estaban acribillando sin inmutarse, era el chico del que se había enamorado.

—¿Qué pasa? —preguntó Jason al ver que se detenía abruptamente.

—Nada —mintió—. ¿Puedes llevarla fuera tú solo?

—¿Cómo? ¿Qué vas a hacer?

Una tontería, una estupidez.

—No puedo dejarle sacrificarse solo. No puedo —confesó alejándose a toda velocidad antes de que pudiese detenerla.

—¡Vuelve! ¡Esa cosa te matará!

Lo sabía, al igual que sabía que no podía separarse de Daniel, que no podía dejarle solo, que no quería vivir sin él.

—¡Estoy aquí! —bramó Daniel desde una habitación en el segundo piso—. ¡Vamos, te estoy esperando!

Llevaba un rato gritando para atraer la atención de la criatura. Todas las fibras de su ser le avisaban de que si corría conseguiría salvarse, que aún estaba a tiempo. A pesar de todo, se negaba a moverse, se negaba a retirarse o rendirse. Tenía que conseguir todo el tiempo necesario para que sus amigos pudiesen escapar.

Hacía ya unos minutos que los chillidos de Mor no sonaban, así que ya tenía que haber dejado de sufrir. Una pena, teniendo en cuenta que por su culpa tenía que haberse vuelto el doble de cauteloso todos estos años.

Inconscientemente, se llevó el pulgar a la boca y

lo mordió mientras esperaba. La criatura había pasado demasiado tiempo buscándole, no iría a por sus amigos, era a él a quien quería y no dejaría pasar esa oportunidad.

—¡Estoy aquí! ¡Vamos! —vociferó de nuevo con más energía—. ¿No tienes huevos de enfrentarte a mí? ¿Quieres que me vaya corriendo y esperar otra vez más de diez años para tener otra oportunidad? ¡Vamos, solo tienes que decirlo y desapareceré! ¡Aunque esta vez será hasta que me haga viejo!

Sonó un siseo enfrente suyo, aunque no había nada allí.

—¡Vamos, déjate ver!

Aquel sitio sin nadie volvió a sisear. Por algún motivo, el sonido parecía el de una risa divertida.

—¡Estoy harto! Dime, que es lo que quieres de mí ¿Matarme? —preguntó Daniel a la nada—. Aquí me tienes, estoy esperando.

Un humo negro empezó a bailar ante él creando la forma de un hombre. El traje blanco inmaculado que vestía el individuo tenía manchas de sangre por todos los lados. Aunque esas manchas eran relativas, toda la atención al mirarle era para la oscuridad que parecía manar a través de su piel y lo impregnaba todo. Un aura que llamaba a la desesperación.

—¿Matarte? —siseó—. No tendrás tanta suerte, aunque pronto desearás estar muerto cada día que te reste de vida.

—¿Por qué? ¿Qué te hice yo para que me castigues así?

El monstruo se acercó a él y le pasó la mano por la mejilla. Su contacto era extrañamente caliente.

—Si me hubieses hecho algo no estaríamos

teniendo esta agradable conversación. Mi misión era solo capturarte.

—¿A mí? ¿Por qué?

—A cualquier humano con poder. ¿Te creías que eras el único de tu especie? Mi raza puso muchas semillas en tu mundo.

—¿Tú raza? ¿Qué raza es esa?

La risa de aquel ser era como pinchar una pizarra con un tenedor y frotar.

—La misma que la tuya, eres medio humano medio como nosotros. Fuiste creado para un fin con el propósito de ayudar a tu pueblo.

—¿Para qué? ¿Cuál es el propósito?

—Mi dulce niño, no te preocupes por esas menudencias.

—Quiero saberlo. —Involuntariamente retrocedió un paso cuando aquel ser alargó la mano para tocarle de nuevo—. ¡Respóndeme!

Un bufido fastidioso escapó de los labios de la criatura.

—Queremos el don de la mezcla entre nuestra sangre y la de los humanos. Necesitamos más fuerza.

Daniel analizó todo eso confundido.

—No os puedo dar mi habilidad, no funciona así.

—No —concedió el hombre ladeando la cabeza para mirarle—, pero podemos robar el poder dejando que sea lo único que perdure en el cuerpo del anfitrión.

Aquello le dejó sin habla. Había tenido esperanza hasta el último minuto de que su suerte fuese otra, pero aquella confesión se lo confirmaba. Después de todo, sí que iba a morir.

Cuando el ser alargó la mano para tocarle contuvo

sus ansias de alejarse. El tacto seguía siendo caliente y los dedos de la criatura pasaron por su rostro hasta capturar una lágrima que caía por su mejilla.

—Déjale ir.

La voz a la espalda del monstruo provocó que éste se girase con rapidez.

Eva estaba allí levantando las manos e intentando aparentar ser lo más indefensa posible, cosa nada difícil teniendo en cuenta que solo era una chica de cincuenta y ocho kilos.

—Por favor, no te ha hecho nada, no es mala persona, es tan humano como el resto de nosotros. Déjale ir.

La criatura se acercó a ella y al igual que como con Daniel, tocó su mejilla con la mano. El contacto a la muchacha le resultó frío y desagradable.

—¿Qué haces tú aquí? —preguntó Daniel anonadado—. Se suponía que yo me quedaba para que vosotros pudieseis huir.

Eva se acercó hasta él con lentitud demostrando no ser una amenaza a los ojos de aquel ser.

—No podía dejarte solo. Me di cuenta de que...

—¿Qué? —demandó saber el chico.

—Que te quería.

Aquella confesión fue como un puñetazo para Daniel. ¿Había venido hasta aquí porque le quería? ¿Iba a suicidarse porque le quería?

En una escala en la que el uno representaba que era subnormal perdida y el diez que estaba loca de remate ¿En qué punto se encontraba esa muchacha?

—Vete. Vive tu vida, yo ya estoy muerto.

—Por favor —musitó Eva dirigiéndose al monstruo y obligando a Daniel a retroceder dos pasos hacia la pared del fondo—, déjanos ir. Le quiero.

Buscó a tientas la mano de Daniel y la cogió entrelazando sus dedos a los de ella mientras se echaba atrás como si interponiéndose pudiese proteger al chico.

El ser miró aquel gesto sin decir nada. Al acercarse a ellos alargó los brazos y los pasó por la cara de ambos a la vez.

—Él es mío —contestó con aquel siseo.

—Te equivocas —contradijo Eva—. Él es mío porque tú no tienes lo que yo le doy.

—¿El qué? —preguntó el ser tan confundido como Daniel.

—Confianza. Daniel hace todo lo que le pido sin dudar.

—Yo no necesito confianza —razonó el monstruo— . Puedo obligarle a que haga lo que quiero o será peor para él.

—Díselo a mi amigo, no te cree. Es el que está a tu espalda.

La criatura se giró tan rápido como la vez anterior. Allí no había nadie, pero aquella molesta humana también se había acercado sin que la percibiese. Con lentitud se acercó a la puerta.

Eva no necesitó más, dio un suave tirón del brazo de Daniel y empezó a correr hacia la ventana.

El ser les escuchó y giró su cabeza para mirarles. Estaba en medio de la puerta y no sería difícil pararles si decidían huir. Pero no iban hacia él. Tan pronto se dio cuenta de sus intenciones, corrió desesperado para detenerles.

Lanzándose de cabeza, Eva atravesó el cristal seguida por Daniel. Confianza había dicho. En una escala del uno al diez donde el uno representaba subnormal perdida y el diez loca de remate, ella estaba loca de remate y si sobrevivían se lo iba a decir a la cara.

Cayeron al suelo ante el alarido furioso de aquel ser, que golpeaba el espacio en la ventana como si un muro invisible le impidiese salir al exterior y pudiese derrumbarlo con fuerza bruta.

Lanzando una mirada hacia arriba, Eva se encontró con unos ojos malignos que prometían toda clase de torturas.

—¿Estás bien? —preguntó levantándose dolorida.

Daniel no se movía. La pierna la tenía torcida en un extraño arco y la sangre del pie estaba empapando la hierba.

—Háblame, Daniel por favor, háblame —pidió zarandeándole.

Entonces sucedió algo extraño que no acertó a reconocer. Miró a su alrededor intentando percibir qué era distinto.

El silencio.

A su alrededor había solo silencio. El sonido de la criatura frustrada dejó de oírse y eso solo podía significar una cosa.

Eva ignoró el dolor lacerante de todo su cuerpo y corrió hacia la puerta delantera en busca de sus amigos.

—¡Jason! —gritó desesperada—. ¡Clara!

—Estamos aquí —respondió una voz.

Allí, apoyados en un coche, su gran amiga y el detective aguardaban su retorno.

—Qué alegría que estéis vivos —confesó Eva abrazándolos—. Daniel está muy mal, necesito ayuda para moverle.

Un sonido sibilante seguido de un estrépito sonó cuando una mesa de madera chocó contra el coche en el que estaban apoyados provocando una lluvia de cristales rotos.

En la puerta de la mansión, el hombre ya tenía un perchero a mano y lo arrojaba con fuerza hacia ellos. La madera se incrustó en el metal del coche al lado de la cabeza de Eva como si fuese plastilina. Asustada, se levantó y ayudó a Jason a alejarse con Clara.

Una silla victoriana les pasó rozando y se rompió en varios pedazos cuando chocó contra el suelo. Algo que creyó que era un televisor, les pasó por encima de la cabeza y se perdió tras unos matorrales. No podían correr más, pero por suerte alcanzaron un montículo donde se sintieron a salvo de los proyectiles.

—Tenemos que ir a por Daniel —pidió Eva desesperada—. No podemos dejarle allí, está muy mal herido.

—¿Estás loca? Esa cosa pretende matarnos. No debemos ir.

—No podemos dejarle ahí.

—Sí podemos, esa cosa lo quiere vivo, a nosotros por desgracia nos quiere muertos.

Eva se levantó.

—Voy a por él.

—No es buena idea.

Lo sabía, no importaba que ya se estuviese alejando, sabía que lo que estaba haciendo no era una buena idea.

En el lado de la casa donde Daniel estaba no había nada sospechoso. A Eva le hubiese gustado asegurarse de que realmente no había nadie antes de moverse, pero no tenía tiempo de preocuparse por su seguridad. Por el aspecto de la hierba, su amigo había perdido demasiada sangre.

Avanzó intentando moverse en silencio y ser lo más discreta posible.

—Te vas a poner bien —vaticinó acariciándole la cara al llegar a su lado—. No te preocupes, te vas a poner bien.

Intentó moverlo arrancando del muchacho un fuerte quejido desgarrador. Se dio cuenta de que ella sola no podría moverlo. A lo mejor arrastrando...

El sonido de un tenedor raspando contra una pizarra por encima de su cabeza la hizo mirar hacia arriba. Sosteniendo un perchero a modo de lanza, la criatura sonreía.

21

Eva levantó las manos en señal de rendición. No había escapatoria posible, dudaba mucho que aquel ser fallase el tiro a esa distancia.

Con tristeza, echó un último vistazo a Daniel que yacía inconsciente ajeno a su fin. Solo le quedaba un as en la manga y esperaba que fuese lo suficiente bueno como para ganar esta mano.

—Si me matas, él morirá desangrado.

Aquel hombre tenía en su mirada tanta furia que era probable que no le importara. Tal vez incluso se alegraba de que por fin aquel esquivo muchacho muriese. Aunque teniendo en cuenta que lo había perseguido durante trece años, seguramente no querría que esto acabase así.

—Nadie va a venir a buscarle. Nadie le salvará. Si me matas, lo verás morir justo frente a tus narices. —Que no hubiese arrojado la improvisada lanza ya era motivo de alegría, pero tenía que hacer algo diferente, tenía que crearle una esperanza—. Si me dejas llevármelo, puedo curarle.

—¿Para que pueda volver a escapar? —siseó con desprecio—. No, gracias.

—Casi le atrapas dos veces, pero escapó. ¿Cómo?

—Tuvo suerte. —El odio con el que profirió aquella frase la retaba a que se la contradijese si tenía valor.

—Exacto. ¿Cuánta suerte puede tener un humano antes de que caiga? Ya le cogiste dos veces y se dice que no hay dos sin tres. A lo mejor la siguiente es la definitiva. —En la expresión de la cosa pareció que aquel razonamiento tenía mucha lógica—. Si muere ahora, tendrás un final que no deseas pero...

—Métele en la casa y no te mataré.

Aquella promesa estaba llena de tentación. Al agachar la cabeza Eva se sorprendió planteándoselo.

—No. Moriremos juntos si es lo que quieres.

Un rápido movimiento del brazo de su enemigo la hizo creer que todo estaba perdido. Cerró los ojos esperando un final que no llegó. Solo había sido un amago para asustarla.

—¡Tráemelo!

—¡No! —chilló Eva sorprendiéndose a sí misma—. Es el hombre de mi vida y no pienso fallarle.

—No lo entiendo —siseó—. Ni siquiera es completamente humano.

—Ni completamente de lo que diablos seas tú. Es mi amigo y le apoyaré, con eso me basta. Ahora tú decides, puedo llevármelo y salvar su vida o me matas y le ves morir.

Ni siquiera le dio tiempo a arrepentirse de su alarde de valor cuando el hombre arrojó la improvisada lanza contra ella.

Lanzando un suspiro de alivio al ver que se había clavado a sus pies, Eva movió la cabeza hacia aquel ser agradeciendo la decisión que había tomado.

—Yo no puedo moverle con su peso, es muy grande para mí. Necesito la ayuda de mi amigo.

La criatura la examinó unos segundos valorando a aquella extraña humana. Con un movimiento de su mano, le indicó que podía irse y la siguió con la mirada viendo cómo se alejaba de allí a todo correr. Apostaba lo que fuese a que esa humana no volvería.

—Ha prometido no matarnos, le necesita vivo.

—¿Y tú te fías? —le recriminó el detective—. Hace un rato lanzaba todos los objetos de la casa intentando aplastarnos.

—Estaba enfadado, nos escapábamos.

—Y ahora por arte de magia nos ha perdonado.

—Si Daniel muere, habrá dedicado treces años de su vida a perseguir un fantasma. Le sale más rentable mantenerle con vida y esperar a que cometa otro error.

—¿Y eso a mí que me importa? No pienso arriesgarme.

—Te daré cincuenta mil dólares.

—Ni por todo el oro del mundo —dijo—, es de mi vida de lo que estamos hablando. No tiene precio.

—Entonces hazlo porque eres buena persona. Daniel se quedó para que pudiésemos escapar, se lo debes.

—¡No le debo nada! Ninguno estaría en este lío si no se hubiese mezclado en nuestras vidas.

Eva tuvo que apaciguarse para no levantar la voz.

—Nada de esto es culpa suya, necesita nuestra ayuda y cada segundo que pasa allí tendido está más próximo a la muerte. Creí que te caía bien ¿acaso es que prefieres que muera?

El detective bajó la cabeza.

—No he dicho eso.

—No, pero es lo que pasará si no actuamos. Nos necesita.

Debía haber aceptado los cincuenta mil dólares extra desde un principio. Hubiese sido mucho más fácil que tener un juicio de valores con esa mojigata que le estaba demostrando ser más hombre que él. Aceptó.

A medida que se acercaban hasta donde Daniel estaba tirado, el odio latente que desprendía el hombre de la ventana se podía sentir. Aquel sentimiento inundaba el aire dificultando la respiración a cada paso que daban.

El ser clavó sus ojos en ellos con una mirada llena de furia inhumana que prometía un sufrimiento eterno. Sus articulaciones se movían impacientes, ávidas por lanzarse contra ellos y matarlos de la manera más cruel que se le pasase por la cabeza.

Tenía la cabeza ladeada sonriendo, desafiándolos a que diesen un paso más en pos de la muerte.

—Vamos —pidió Eva cuando Jason se detuvo—, no nos hará daño.

—No puedo. No puedo...

—¡Mírame! —pidió con fuerza la chica mientras le daba un tortazo en la cara—. Solo estamos tú y yo, ignórale. Tenemos que sacar a Daniel de aquí antes de que sea tarde.

Era fácil decirlo, pero sentía un nudo en el estómago a medida que avanzaban. A cada centímetro, sentía un peligro mayor y tenía que luchar contra sus instintos para no dejarse llevar por el pánico.

—Ayúdame a levantarlo ¡Jason! Ayúdame a levantarlo.

Quería ayudarla, quería obedecerla, pero todo su ser estaba paralizado ante la presencia de aquel hombre. Nunca se había considerado un cobarde, pero ahora mismo tenía ganas de tirarse en el suelo y echarse a llorar.

El contacto de la mano de Eva cuando le cogió

del brazo le arrancó del lugar en el que se estaba sumiendo. La miró ausente sin entender las palabras con las que le hablaba. Luchaba por levantar a Daniel que parecía estar muerto a sus pies. ¿Habían venido aquí para sacar un cadáver de la hierba?

Su cuerpo reaccionó sin que se lo pidiese. Se agachó a cogerlo y ayudó a Eva a cargar con su amigo llevándoselo de allí.

Un gruñido inhumano sonó con fuerza llenando su alma de terror. A pesar de todo no se detuvo. Continuó caminando alejándose de aquel lugar llevándose con él a sus dos compañeros.

—¡Le encontraré! —siseó con ímpetu el monstruo—. ¡Dile que no podrá escapar de mí!

Al despertarse, el bamboleo de una bombilla colgada de un cable amenazó con acabar con la cordura y las retinas de Daniel. Le dolían todos y cada uno de los músculos y huesos del cuerpo y algunas otras partes que no sabría identificar.

Miró a su alrededor para ver dónde estaba. Un par de mesillas cutres, una silla con pinta de incómoda, el televisor apagado y bolsas vacías con lo que debía de ser comida basura, era todo el mobiliario de aquella habitación. Desde el baño, el ruido de la ducha le llegaba con claridad.

—Ho... ho... —Tragó saliva para poder hidratar la garganta y hacerse oír—. Hola. —Esa palabra provocó que una sensación de vértigo y malestar se apoderase de él y le quitase cualquier gana de repetir la hazaña.

El ruido del agua se detuvo. Unos segundos después, Eva salió con una toalla cubriendo su cuerpo.

—¿Estás bien? —preguntó preocupada.

—Do... do..

—No hables —le pidió preocupada al ver lo que le costaba.

—Do... donde esta... mos.

—Un motel. Tranquilo.

Hizo amago de moverse pero el dolor que sintió era tan agudo que solo consiguió ponerse a gritar.

—No te muevas. Estás muy mal Daniel, han venido unos amigos de Jason y...

—Cuan... to he dor...mi

—No te preocupes, cada día te movemos de hotel en hotel o pensión. Lo que pille más cerca. No dejaré que te pase nada malo.

Daniel la miró con aprobación intentando sonreír, un segundo antes de dejarse caer en la cama, inconsciente.

Había pasado un mes desde aquel fatídico día. Daniel miraba con envidia un programa de cocina mientras le daba otro mordisco a su hamburguesa.

—¿En serio no puedes traer algo mejor cada vez que vienes? Estoy harto de estas hamburguesas baratas.

Clara le miró con cara de pocos amigos.

—Me he tomado la molestia de traerte comida ¿No? Así que no te quejes.

—¿Queréis dejar de pelear? —pidió Eva visiblemente molesta—. ya tiene que estar al llegar.

—Que estés pegada a la mirilla de la puerta no le hará correr más —comentó burlón Daniel.

La chica ignoró el comentario mientras aguardaba

al menor signo de movimiento.

—Tiene que estar al llegar.

Un golpe en la puerta la sobresaltó haciendo que pegase un brinco hacia atrás. El sonido de las llaves procedió a dejar pasar a Jason sonriente.

—¿Mirando por la mirilla?

—Lleva un buen rato así —bromeó Daniel.

El detective lanzó una sonora carcajada mientras invitaba a entrar a una amiga suya. La mujer entró como si estuviese esperando que la atacasen. No debía llegar al metro sesenta, tenía el pelo sucio y unas gafas demasiado gruesas para su cara.

—Esta es Janire, la mujer de la que te hablé.

La chica analizó con ojo crítico a Daniel que levantó la mano a modo de saludo.

—Tienes razón —añadió Janire con un toque chillón—. Está bueno de cojones.

—¡Oye! —musitó Daniel enojado—. Que os estoy oyendo.

—Disculpa —dijo el detective riéndose—, era la única forma de que me hiciese el favor que le pedí sin tener que darle demasiados detalles.

—¿Y lo ha logrado?

El repaso que le estaba haciendo aquella chica le hacía sentirse violento.

—Estaba pidiéndoselo a un amigo cuando una cosa llamó a la otra y se empeñó en verte para darte lo que pediste.

—¿Cómo? — preguntó extrañado—. Te di dinero suficiente para hacer eso, no hace falta ver a nadie más.

—Ya bueno —añadió Janire esquivando su mirada todo lo que pudo—, digamos que él me permite ciertas libertades cuando no me propaso. Así que... —Tras ella apareció un hombre mal afeitado sonriendo abiertamente—... le invité a venir.

—¡Es uno de los hombres de Menéndez! —chilló Eva fuera de sí—. Jason, es uno de los hombres de Menéndez.

— Tengo noticias sobre eso —comentó el detective visiblemente incómodo.

Daniel miró a esos dos hombres esperando una respuesta. En su estado, no podía ofrecer ninguna resistencia y de hecho ya estaba cansado de estar siempre escapando.

—Buenos días. Agente especial Mersin del FBI. El verdadero FBI. Y no, no trabajo para Frank Menéndez. De hecho, buscaba detenerlo.

—Usted... trabaja para el señor Menéndez —añadió Eva un tanto confusa—. Le vi sacando fotos a Daniel mucho antes de que todo esto comenzase.

El agente parecía resignado al contestar.

—De hecho ni siquiera nos importaba Daniel, solo era una más de las muchas aventuras que Catty Menéndez tenía. La estaba siguiendo para negociar un acuerdo y retirar sus delitos a cambio de que entregase a su marido con pruebas de blanqueo de capital, corrupción y asuntos de drogas. Por desgracia, un chivatazo avisó a Frank de lo que iba a pasar y actuó con rapidez.

—Entonces ¿por qué seguíais a Daniel?

—No le seguíamos, contábamos con que nos proporcionase algún dato que se le hubiese podido escapar a Catty cuando estuvo con él a solas. Cuando en la universidad escapó, nos preguntamos por qué huía y al ver que iba a ser el cebo, quisimos protegerle antes de que acabase muerto.

—Pero... yo creí...

—Entonces —la cortó Daniel—, si no me hubiese sacado de la universidad...

—Te habríamos usado como cebo para atrapar a Frank y nada de esto habría pasado. Ni siquiera sé por qué escapasteis en un primer momento, aunque Jason me ha explicado parte.

Eva examinaba el suelo incómoda y Daniel no quería ni mirarla.

—Si no me hubiese movido de la universidad no hubiese pasado nada —añadió para sí mismo—: nada. Tan solo responder unas preguntas y seguiría con mi vida normal.

—Yo... —intentó excusarse la muchacha.

—No digas ni una palabra —la avisó—. ¿Te das cuenta de que lo has jodido todo solo por meterte donde nadie te llama?

—Pero yo creí...

—¿Tenéis lo que pedí? —preguntó Daniel dirigiéndose a Jason.

—En realidad lo tengo yo —respondió el del FBI—. Janire es buena chica y aunque no me ha dicho por qué lo quieres, me fío de su instinto. Aquí tienes —añadió extendiéndole un pasaporte y varios documentos—; todo lo necesario para una nueva vida.

El muchacho extendió la mano y los repasó.

—Daniel Jackson, un nombre curioso.

—Sabía que te gustaría —comentó el detective riéndose—. De Jackson a Jason solo hay un pelo. ¿Qué te parece? Nunca te podrás olvidar de mí.

—Un trabajo estupendo, —comentó Daniel impresionado—. Estoy convencido de que pasarían un examen meticuloso.

—¿Cómo? —preguntó Janire confundida—. ¿A qué te refieres?

—Los pasaportes, nadie diría que son falsos.

—Es que no lo son —comentó el agente—. Jason pidió un trabajo de primera, así que busqué la manera de conseguirlos legalmente.

—¿Pero cómo...?

El agente encogió los hombros sonriente.

—Tan solo no lo desaproveches. Además, tengo un regalo extra de parte de Jason a condición de que prometas abrirlo luego —añadió ofreciéndole un sobre cerrado.

—De acuerdo —concedió el muchacho—. Total, ahora tampoco tengo muchas ganas de regalos.

Clara carraspeó llamando su atención.

—Yo no sé si será buen momento, pero también tengo lo que me pediste. Aunque ahora ya no sé si lo querrás.

Cuando Eva vio el billete de avión se quedó paralizada.

—¿Te vas? —preguntó confundida.

—Sí. —A pesar de todo lo que había hecho le faltó valor a la hora de mirarla a la cara—. Espero que entiendas que tengo que irme.

—Pero yo creí...

—Lo sé —musitó.

Al buscar el apoyo de Clara, esta agachó la cabeza.

—Pero ¿por qué? Todo fue un mal entendido pero aun así estamos bien. Podemos arreglar esto.

Daniel no sabía cómo decírselo. Había meditado mucho sobre ello e incluso ensayó un discurso para la ocasión. Y ahora que tenía que soltarlo, no podía.

—Es lo mejor para todos.

Le odiaba. ¿Cómo podía hacerla eso?

—No te vayas —suplicó—. Mor ha muerto, la policía no sabe que existes y te moveremos constantemente. Prometo no meterme más en tu vida.

Daniel escuchó negando con la cabeza.

—No lo entiendes. He pasado toda mi vida escapando. Casi os mato a todos esa noche por qué me negué a enfrentarme como un hombre a lo que sea que me persigue. Necesito respuestas que no voy a encontrar aquí.

Respuestas. ¿Y lo que sentían? ¿Qué pasaba con todo lo que habían vivido juntos? ¿Es que esas respuestas eran más importantes que ella?

—Lo entiendo —musitó negándose a llorar—, pero aún no puedes moverte bien ¿Cuándo te vas?

—Esta misma tarde. Voy a ir a ver a los tejedores a ver qué pueden contarme sobre todo lo que me pasa.

—Esta tarde —musitó Eva sin fuerzas.

No quedaba tiempo. Se iba ir y no tendrían tiempo de nada.

—El único problema que tengo, es que no sé a quién voy a invitar con el billete extra que he pedido.

A Eva se le abrieron los ojos como platos al ver cómo del billete salía una segunda copia y se lanzó a besarle provocando que chillase de dolor cuando se apoyó en la cama.

—Desde luego a ti no te invito. Intentas matarme desde que me conociste. —El tono de enfado que estaba usando se notaba que era fingido—. Estoy convencido de que eres una gafe. Aunque una gafe de lo más sexy.

—¿Y si digo algo que te llegue a convencer?

—No hay nada en este mundo que puedas decir que me convenza.

Eva se acercó coqueta hasta su oído y susurró.

—Te quedaste mi camisón, así que ahora tengo que dormir desnuda.

—Me has convencido —añadió Daniel arrancando una sonrisa a todos los presentes.

Clara miró a su amiga con los ojos empañados.

—¿Estás segura? Allí no sé cómo estarán de rebajas, pero seguro que todo será feo y hortera.

—Suerte que tengo de tener a una amiga con la que comprar un montón de conjuntos cuando vuelva.

La muchacha sonrió enjuagándose las lágrimas. El del FBI hizo un gesto al detective de que tenían que irse.

—Nosotros nos vamos —añadió Jason ofreciendo la mano a Daniel—. Ha sido todo un placer. Si te metes en líos...

—Te llamaré —confirmó el chico apretándole la mano.

—Justo iba a decirte que llamases a otro, pero bueno. No te diré nada porque con las dos piernas rotas me das algo de pena.

Daniel sonrió.

El grito de Eva fue lo que le sobresaltó.

—Yo no he hecho la maleta, no tengo la maleta —comentó preocupada—. Tenemos que irnos otro día, puedes planearlo para la semana que viene o...

Epílogo

El cuerpo desnudo de Eva adornaba la cama cuando Daniel se apartó las blancas sábanas. La ducha le relajó, aunque no lo bastante como para quitarse de la cabeza los funestos pensamientos. Con solo una toalla enroscada a su cintura, volvió al cuarto donde admiró la belleza de su amada.

—Sé que me estás mirando —informó Eva medio somnolienta—. Y si tú me miras no puedo dormir.

Al tumbarse a su lado, Daniel recorrió con dulzura su espalda, cubriéndola de besos tiernos.

—Necesito dormir —se quejó la chica entre risas—. Así no hay quien pueda. ¿Es que no te cansas nunca?

No la contestó. Se limitó a coger sus pechos mordisqueándola el cuello mientras los masajeaba suavemente, moviendo su pelvis hacia delante y hacia atrás permitiendo a la muchacha que notase la dura erección que tenía.

—¡Aaaaah! Necesito dormir —contestó Eva girándose y dándole un buen beso en los labios—. Eres insaciable y te adoro.

La ternura con la que Daniel la miró, la hizo sentirse turbada.

—Yo también te deseo.

Cuando la besó, cerró los ojos y se dejó transportar por su magia.

—Así que hasta que no te deje satisfecho supongo que no podré dormir tranquila ¿no es así?

—Quizás —contestó dirigiéndola una sonrisa radiante—, aunque a lo mejor si me satisfaces tampoco te dejo; eres demasiado bonita.

Cuando Eva le empujó para ponerse encima, no se resistió.

—Tendré que arriesgarme —susurró moviendo sus caderas en una lenta cadencia torturadora.

Ni siquiera le sorprendió cuando, sin tocarlo, su miembro se deslizó con facilidad en su interior. Llevaban tanto tiempo practicando el arte de amarse, que conocían sus cuerpos a la perfección.

Todo en Daniel era perfecto. El calor de su cuerpo, el sabor de su piel, su olor, sus ojos, sus besos... y lo más perfecto de todo era sentir cómo la completaba cuando la penetraba.

Galopó suavemente sobre su regazo mientras los gemidos de su chico inundaban la habitación.

—Te deseo —murmuró golosa.

—Yo también —contestó su amante.

Se tuvo que agarrar a la cabecera cuando su cuerpo empezó a moverse sin su permiso, aumentando el ritmo de las penetraciones. Sentirle tan hondo la hizo chillar de placer mientras se retorcía cerca del éxtasis.

—Te quiero —confesó Daniel por primera vez desde que estaban juntos, llevándola al séptimo cielo del placer y el romanticismo.

Aunque cada vez que hacían el amor era mejor que la anterior, llegar al orgasmo mientras le oía decir que la quería era el mejor regalo que podía llegar a hacerla. Cuando sintió que la inundaba llegando él también al clímax, se dejó caer agotada sobre su pecho.

Los latidos de su corazón acelerado eran hipnóticos e inducían a quedarse allí dormida. A pesar de que su cerebro le advertía que no lo hiciese, antes de dejarse llevar por Morfeo hizo la pregunta de rigor.

—Sobre lo de antes... no te preocupes, son cosas que se dicen en el calor del momento. No lo tendré en cuenta.

—¿El qué? —preguntó haciéndose el despistado.

—Que me quieres.

Sentir su cálido abrazo la hizo sentirse vulnerable a pesar de la ola de deseo que la invadió cuando la tocó.

—Te quiero —susurró con voz melosa en su oído logrando que se le erizase la piel—. Te quiero con todo mi ser. Nunca he querido a nadie igual.

La besó con la ternura que solo él era capaz de proporcionar.

—Yo también te quiero —contestó Eva escapándose de entre sus brazos—, pero noto como ese monstruo vuelve a cobrar vida y yo si no duermo por lo menos necesito una ducha.

—No puedes dejarme así —se quejó Daniel mirándola impotente.

—Claro que puedo.

La muchacha se escurrió de la cama completamente desnuda, mientras Daniel la veía alejarse deseándola con todas las fibras de su ser.

—¿Una última vez? —suplicó antes de que cerrase del todo la puerta.

Una suave risa desde el baño le llegó como respuesta.

Aún excitado, se levantó y se acercó a la puerta. Puso su oído contra ella y escuchó cómo el agua caía deseando ser él el que tuviese la suerte de acariciar así su piel.

Desechando esos pensamientos libidinosos, fue a

mirar por la ventana perdiéndose en sus pensamientos. Examinaba el exterior como si pudiese encontrar lo que buscaba a simple vista en las pobladas calles.

Había pasado demasiado tiempo. Había sido una estupidez pensar que los tejedores seguían en el mismo sitio que donde los dejó. Lo malo era que ni siquiera sabía por dónde empezar a buscar para encontrarlos. Si por lo menos el móvil del Mentor estuviese aún en funcionamiento podría llamar y...

—¿Para qué te levantas? —preguntó juguetona Eva abrazándole por la espalda. Aunque Daniel le dedicó una sonrisa, vio la sombra de una duda en sus ojos—. Les encontraremos. Te lo prometo.

El susurro en su oído consiguió calmar esa parte en su alma que siempre tenía miedo de todo.

—Son maestros en el arte de esconderse, no será tan fácil.

Eva miró con una sonrisa cómo la Torre Eiffel se erguía despampanante, símbolo de la ciudad del amor y lo abrazó más fuerte.

—Los buscaremos, no te preocupes.

—Pero... ¿Dónde? Tenían que estar aquí.

La muchacha admiró cómo los transeúntes caminaban por la calle, ajenos a que aquel Dios hecho hombre la proporcionaba el mayor amor que nunca había sentido.

—Yo probaría en Venecia, Italia, Hawái...

La risotada que se le escapó a Daniel no podía haber sido más honesta e inocente.

—¿Qué te hace pensar que están ahí?

—¿Quién diría que su gran base de operaciones secretas estaría en Francia? Pueden estar en cualquier parte, esa es la gracia. Ya los encontraremos, solo es cuestión de viajar.

—¿No te importa?

Nunca nadie le había mirado con tanta dulzura como la que le dedicó Eva en ese mismo instante.

—¿Dar la vuelta al mundo por los lugares más hermosos de la tierra con el tío más macizo que ha caminado sobre el planeta? —Miró al techo evaluando su respuesta—. Creo que podré soportarlo una temporada.

—Serás...

Al empezar a perseguirla por el cuarto, Eva lanzó un grito escapándose a todo correr intentando resistirse. Fue el azar el que hizo que cayese el sobre de Jason que mantenía un equilibrio precario sobre una maleta.

—¿Qué es? —preguntó Eva en cuanto Daniel lo cogió.

Al abrirlo, el chico se quedó con la boca abierta.

—Será hijo de...

—¿Qué es? —la curiosidad dio paso al miedo, preocupada por lo que pudiese haber en su interior.

Daniel movía la cabeza negándose a que el detective hubiese podido llegar a ser tan sumamente cruel.

—El muy cabrón me ha dado un nuevo expediente con las asignaturas pendientes que aún no me han evaluado.

Eva sonrió coqueta.

—¿Y cuál es el problema?

—Después de dar la vuelta al mundo, mientras les buscamos y les encontremos o no... tendremos que volver a la universidad también.

—No sé —añadió poniéndose seria por primera vez desde que estaban juntos—. La última vez que estuve allí me encontré un imbécil que me tiró al suelo.

—¿Ah sí?

—No solo eso, me insultó.

—Según tengo entendido tú le pegaste.

—Se acostó con mi tía.

—Tenía que ganarse el pan —se excusó.

La chica le miró con malicia.

—Pues tendrá que ganárselo a menudo si quiere seguir yendo a hoteles de lujo a hacer cosas malas.

El muchacho desechó la hoja lanzándola al suelo y cuando cogió la cabeza de Eva entre sus manos, la besó con toda la pasión que fue capaz. Su aventura no había hecho más que empezar.

Nota del autor

Mi querido lector:

Aquí finalizan de momento las aventuras de Daniel y Eva. En esta, primera novela de los tejedores de sueños, me he sorprendido descubriendo un género que me gusta mucho como es el de la romántica paranormal.

Espero que hayas disfrutado de este libro tanto como yo y que su historia te enganche hasta el extremo de que no puedas esperar por la siguiente entrega. Por cierto... ya estoy trabajando en ella ☺

Quiero mandar un saludo especial a toda la gente que me sigue en el blog:

www.gaelsolano.com

y que semanalmente aguantan las tonterías que pongo allí para divertirme y divertiros. Otro para los que me acompañan en mis peripecias diarias en:

www.facebook.com/Solano.gael

que siempre tienen algo que opinar. E invitarte a ti, querido lector, a unirte a esta pequeña familia de amigos que cada vez es más grande.

Si deseas escribirme puedes hacerlo en:

Cartasparaelcielo@gmail.com

El mail de mi primer libro que usaré a modo de viejo recuerdo personal para no olvidar dónde y cómo comencé. Y si está en mi mano intentaré responder a tus cartas cuando pueda, como siempre he hecho.

Ahora sí que me despido mandándote un fuerte abrazo y esperando que hayas disfrutado de esta experiencia tanto como yo. No olvides que pronto te esperaré en la siguiente.

Atte. Tu amigo

Gael Solano

Made in the USA
Middletown, DE
23 February 2022